その手に、すべてが堕ちるまで

～孤独な半魔は愛を求める～

Characters

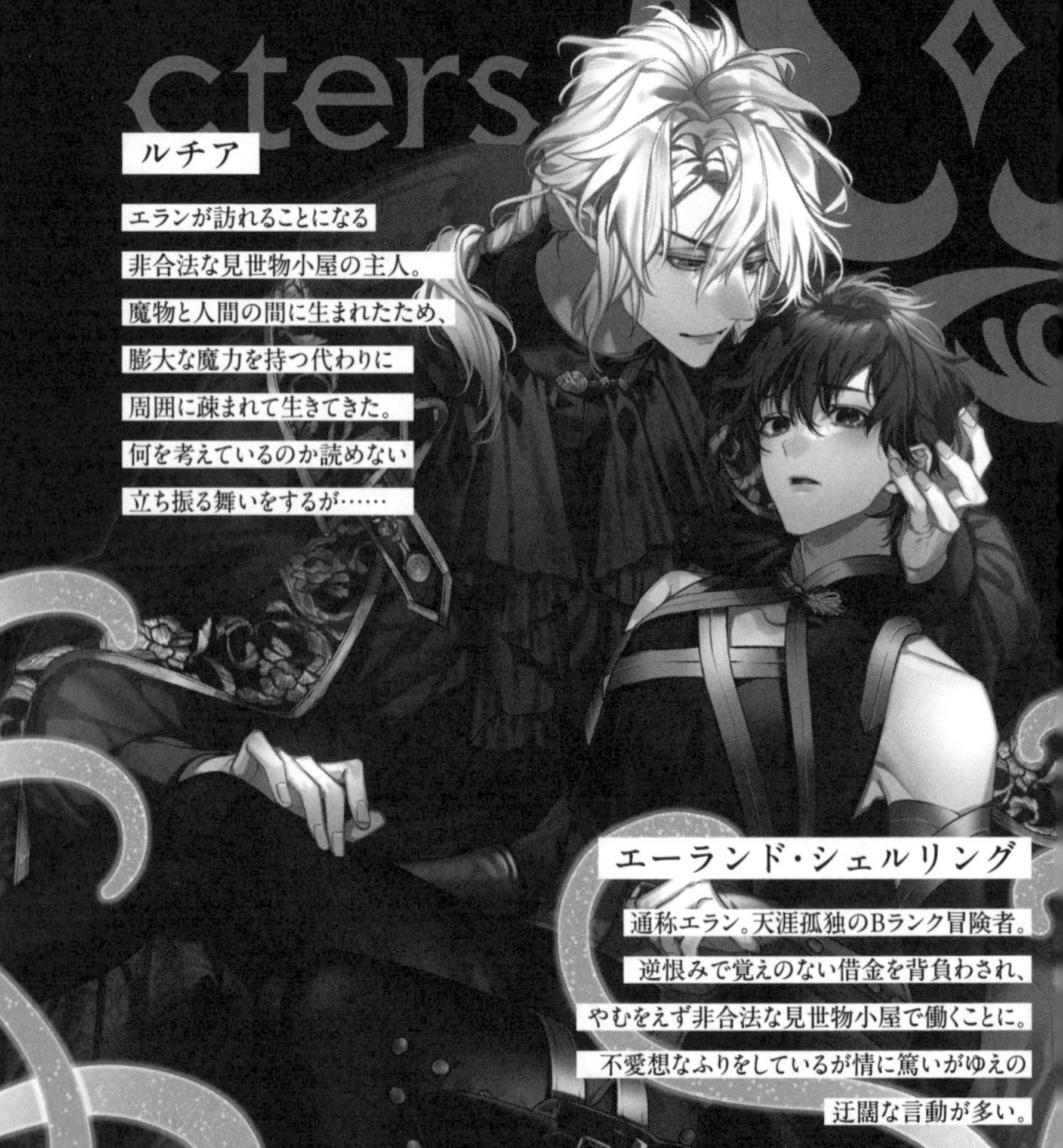

ルチア

エランが訪れることになる
非合法な見世物小屋の主人。
魔物と人間の間に生まれたため、
膨大な魔力を持つ代わりに
周囲に疎まれて生きてきた。
何を考えているのか読めない
立ち振る舞いをするが……

エーランド・シェルリング

通称エラン。天涯孤独のBランク冒険者。
逆恨みで覚えのない借金を背負わされ、
やむをえず非合法な見世物小屋で働くことに。
不愛想なふりをしているが情に篤いがゆえの
迂闊な言動が多い。

Sonote ni subete ga
Ochiru made

目次

第一幕　冒険者は傀儡《くぐつ》に堕《お》ちる

――一晩でこんなに稼げる仕事が、まともな仕事なはずがない。

そんなことは、誰に言われるまでもなくわかっていた。

わかっていたが、背に腹は代えられない。こんな見るからに怪しい依頼書に飛びつかなければいけないほど、エランは窮地に立たされていた。

エーランド・シェルリング。通称エラン。冒険者ギルドに所属するBランクの冒険者だ。

冒険者といっても短剣使いなので、身体はそこまで大きくない。むしろ小柄なほうだった。

加えて童顔のせいで二十二という実年齢よりもずいぶん若く見られる。女顔ではないのに、臨時のパーティーに入れば「嬢ちゃん」などという不名誉なあだ名で呼ばれることもあった。

黒髪黒目という見た目も、大人しそうに見えるのだろう。全身黒ずくめで不機嫌そうに顔を顰《しか》めていても、身体が小さいというだけで周囲の冒険者からは舐《な》めた態度ばかり取られる。

今回こんな窮地に立たされたのだって、この外見が原因の一つだった。

華奢で小柄というだけで、エランは冒険者ギルドの中でよく目立っていた。相手に舐《な》められないようにと、わざと愛想悪く振る舞っても、エランにちょっかいをかける者は後を絶たない。

冷たくあしらえば、『お高く止まっている』などと難癖をつけられることも少なくなかった。

容姿だけでなく、この歳でBランクというのも、他の冒険者の自尊心《プライド》を刺激するのだろう。

ランクに見合った実力は充分あるのに、周りはそんな風に見ない。エランを外見だけで判断し、実力にそぐわない評価だと勝手に決めつけるのだ。そんな馬鹿げた理由から、エランのことを「嬢ちゃん」どころか「姫さん」などといって揶揄《からか》ってくる輩もいた。

言葉で揶揄《からか》ってくるだけならまだマシだ。それだけでは済まされないこともある。

これまでも数えきれないほどの面倒事に巻き込まれてきたエランだったが、今回のいざこざはその中でも最悪の部類だった。


きっかけは、酒場で起こった小さな諍《いさか》い。

目をつけられたのはエランではなく、酒場の一人娘だった。

いざこざの原因となった男たちは冒険者とも呼べないゴロツキどもで、酔っぱらいの扱いには慣れているはずの彼女も、うまくあしらえずに困っていた。

「やめてくださいっ！」

そう叫ぶ彼女を助ける人間は誰もいなかった。皆、騒ぎには気づいているのに、離れた場所から様子を窺《うかが》うだけで、男たちとなるべく目を合わせないようにしているのがわかる。

そんな状況を見過ごせるエランではなかった。

「あまり騒ぐな。それぐらいにしておけ」

エランは食べかけの料理を置いて席を立つと、我が物顔で振る舞う男たちに近づいた。男たちは後ろから割って入ったエランを上から下まで舐《な》めるように見た後、揃って下卑《げび》た嗤《わら》い声を上げる。

「なんだァ、嬢ちゃん。一緒に遊んでほしいのかぁ？」

エランの肩に手を置いて、ねっとりとした声で言ったのは、エランの真横に座っていた髭面の男だった。醜い巨体を揺らして、ギヒギヒと笑う姿が不愉快極まりない。

エランが何も応えずに眉を顰《ひそ》めていると、酒を一気に飲み干した男が気持ち悪い笑顔を張りつけたまま、エランの尻を鷲掴みにしてきた。

「ぐ、あ……ッ！」

しかし、無様な悲鳴を聞かせたのは男のほうだ。

エランに容赦なく手首を捻り上げられ、声を我慢できなかったらしい。

「てめえ！　何してくれてんだァ!!」

反撃に逆上した男は唾を撒き散らしながら叫ぶと、椅子を蹴って立ち上がった。

太い腕でエランの胸倉に掴みかかる。酒とドブを混ぜたような臭い息を吐きながら、血走った目でエランを睨みつけた。

「表へ出やがれ。相手になってやらァ」

その挑発にエランは無表情のまま頷いた。ゴロツキどもを全員連れて、酒場を後にする。

――酔っぱらいが四人か。

店のすぐ脇、路地の突き当たりに追い詰められたエランだが、内心は極めて冷静だった。

自分を取り囲む男たちの様子を観察する。男たちは皆それなりの装備を身に着けているが、大した相手には思えなかった。エランのことを舐《な》めきっているからか、全員隙だらけだ。こんな相手はたとえ数が多くても、返り討ちにするのは難しくない。

その見立てどおり、エランは男たちをほぼ一撃で無力化した――が、それが逆効果となった。

男たちは人数でも体格でも勝っていた自分たちが負けたことが、相当気に食わなかったらしい。恥をかかせたエランにどうにかして復讐しようと考えた挙げ句、とんでもない手段に出た。

エランの名を騙り、多額の借金を重ねたのだ。

エランがそんな男たちの所業に気づいたのは、しばらく経ってからのことだった。住まいにしていた安宿に大量の督促状が届き、初めて事態に気づいたのだ。届いた書面に記載されていた額はエランがどうやったって支払えるものではなく、しかも返済期日はすぐそこまで迫っていた。

もちろん、エランもそんなことをされて、何も手を打たなかったわけではない。

届いた督促状を手にすぐにギルドへ行き被害を訴えたが、見せられた借用書は紛れもなく本物で、内容を覆《くつがえ》すことは叶わなかった。こういうとき、孤児院育ちのエランの訴えは真剣に取り合ってもらえない。窓口の職員は親身に話を聞いてくれたが、さらに上の立場の人間となるとその扱いはひどかった。不在だったギルド長の代わりに対応した副ギルド長は、『どうせ本当は自分で借りたのだろう』と最初から決めつけ、話すらまともに聞いてくれなかったのだ。

エランはギルドに助けを求めることを早々に諦め、自力で犯人たちを捜そうとした。だが、男たちの居場所を突き止めることはおろか、手がかり一つ見つけられない。

気づけばこの借金を返済する以外、エランに残された道はなくなってしまっていた。

「……クソが」

督促状を握り締め、低く悪態をつく。外見にそぐわない言葉遣いだとよく言われるが、エランは魔物との戦闘を生業とする冒険者だ。荒くれ者というほどではないが、可愛らしいお嬢さんではない。可愛い自分なんて望んだことは一度だってなかった。

それがこんな面倒事を引き起こす一因なのだから、喜べるわけがない。

――でも、そうも言っていられない……今は、この容姿をうまく利用するしかない。

今回だけは、その覚悟を決めるしかなかった。


エランは裏通りを訪れていた。

馴染みの武器屋やギルドがある表通りからそこまで離れているわけではないのに、その雰囲気はかなり異質だ。空気は重く淀《よど》んでおり、無遠慮に向けられる視線も不快でしかない。

建物の中からは一人や二人ではない気配を感じるのに、やけに静かなのも不気味さを醸《かも》し出していた。夕暮れ時という時間帯もまた、この異様な雰囲気を助長しているのだろう。

入り組んだ路地に差し掛かり、エランは一度足を止めた。手の中にある依頼書に視線を向ける。

エランの持つそれは、正規の依頼書ではなかった。だというのに、その依頼書にはギルドが発行する正規の依頼書より上質な素材が使われている。さらには緻密な紋印まで押されていた。複製が難しいとされる紋印は、依頼主が誰であるかを示すものだが、ここまで緻密なものは珍しい。

この依頼書はエランが今まで手にした物の中でも、極めて怪しげな代物だった。

「……怪しいのは、中身もか」

依頼内容は、えらく遠回しな文脈で書かれていた。

要約してみれば『一晩、いかがわしい舞台で見世物になれば報酬を与える』という、いかにも下《げ》衆《す》らしい内容だったが、それだけなら非正規の依頼で特に珍しくもない。

その依頼書が怪しい理由は、依頼の内容以外にもある。

――報酬額が破格すぎる。

そこに書かれた金額は、Aランク討伐依頼の一回分の報酬と同程度。そう言ってしまえば安く思えるが、決してそんなことはない。Aランク討伐依頼の九割以上はパーティーでその任を請け負うものだ。それにどれも一日で成し遂げられるものではなく、人数と日数をかけた上で達成し、支払われる額が討伐報酬となる――それも個人ではなく、パーティー単位で支払われる額だ。

そこから経費を差し引き、人数で割った額が個人の報酬となる。

五人パーティーならば、一人当たりの報酬は五分の一になるというわけだ。

しかし、この依頼はその額を〈一晩で一人に支払う〉というのだから、破格で間違いない。

「明らかに……怪しいよな」

誰が見たって怪しい。それでも、こんな怪しいものに縋《すが》るしか、もう手段がない。

それが、今のエランにつきつけられた現実だった。

「ここが、そうだな」

細い路地の先に、エランの目的地はあった。

壁の一部が剥《は》がれ落ちている古びた石造りの建物だ。傷と汚れが目立つ木製の扉の上部に目を凝らせば、そこに依頼書に押されているものと似た、緻密な紋印が刻まれているのが確認できる。

「……同じだな」

二つが全く同じものかどうか、エランは手元の依頼書を近づけて見比べた。

場所は間違いないようだ。しかし、すぐに扉を開く気にはなれない。

何度もドアノブに手を伸ばすが、指先が触れるより前に手が止まってしまう。

――扉を開けば、戻れなくなるかもしれない。

迷わないわけがなかった。冒険者が消えるなんてことは珍しくない。

たった一人で消えれば、失踪の理由は誰にもわからない。依頼中であればギルドが行き先を把握しているが、それ以外は足取りを掴む方法すらなかった。

自分から消えたのかもしれないし、何者かに消されたのかもしれない。

行方知れずになった冒険者を、わざわざ金を出して捜索する者は少ないのだ。

――俺が消えたって、誰も気づかない。

この依頼書だって、どこで話を聞きつけたのかもわからない怪しげな男が無理やりエランに握らせてきたものだった。ギルドの前で途方に暮れていたエランに近づいてくるなり、『金に困っているんだろう』と囁きかけてきた男の正体を、エランは知らないままだ。

男は、エランとギルド職員の会話を偶然耳にしたと言っていたが、その話だって本当かどうかわからない。これがさらにエランを貶《おとし》める罠だという可能性もある。そう疑うのが一番自然だろう。

――こんなものに釣られる俺は馬鹿なんだろうな。

エランはおもむろに扉を見上げ、溜め息をこぼした。

「でも……行くしかない、か」

呟いて、心を決める。勢い任せにドアノブを回し、建てつけの悪い扉を全身で強く押すと、扉は低く唸るような音を立てて開いた。

「………」

入ってすぐは、狭く薄暗い廊下だった。人の気配は感じられない。立ち止まって廊下の奥に目を凝らすエランの後ろで、扉の閉まる音が響いた。

心臓は早鐘を打っているのに、指先から少しずつ冷えていくのがわかる。

まるで、初めての討伐任務で魔物と対峙したときのようだ。

――冒険者がこんなことで怖《お》じ気《け》づいてどうする。

拳を強く握り、なんとか気持ちを奮い立たせる。周囲に警戒しながら廊下を進むと、最奥に扉を見つけた。それ以外に扉はなかったので、この先に進むしかないのだろう。

今度は一瞬も躊躇《ため》わず、扉を開く。

「遅かったね」

「……っ」

いきなり声を掛けられ、エランは身を竦《すく》めた。

声の主はエランの正面、机を挟んだ向こう側に座っている。革張りの椅子の肘置きに寄りかかりながら、興味深げにエランのことを見上げていた。

――こいつが、依頼主か？　ずいぶん若いな。

依頼主とおぼしき青年は、エランとそう変わらない歳に見えた。

魔術師のような格好だ。繊細な金糸の刺繍で縁取られた上質な黒地のローブは一見派手に思えたが、高貴な上品さもあり、青年にはよく似合っている。

優男と呼ぶのがふさわしい雅やかな顔には、柔和な笑みが浮かんでいた。

青みがかった淡い銀色の長い髪は、編み込むようにして一つに束ねられている。顔の横に垂れる毛先を指先でくるくると弄《もてあそ》びながら、青年は金の砂粒が混ざったような不思議な煌めきを宿す藍色の瞳をエランに向けていた。

――この男、亜人族か。

青年の髪の隙間から、特徴的な尖った耳が覗いていることに気がついた。その特徴は青年がエランと同じ人族ではなく、亜人族であることを示している。

姿形は人族とよく似ているが、人族とは違う特徴や能力を持つ種族のことを亜人族と呼ぶ。

こうして街中で見かけるのは珍しかったが、討伐任務で森を訪れたときに何度か遭遇したことがあるので、エランは特に驚かなかった。耳の尖った種族は亜人族の中でも自然を好み、街の喧騒を特に嫌う種族だと聞いていたが、どうやらこの青年は違うらしい。

まさか、こんな裏通りで亜人族に出会うなんて。

――不思議な男だ。

エランがじっと観察しているあいだも、青年は笑みを崩すことはなかった。

どこにも奇妙なところはないはずなのに、エランは青年に小さな違和感と悪寒に似た感覚を覚える。慣れない状況にいつもより緊張してしまっているせいだろうか。

なんとか落ち着こうと、エランはゆっくり息を吐き出した。

「――どうぞ、座って」

観察はもう充分だろうと、遠回しに告げられた気分だった。青年は優雅な仕草で、正面にある椅子をエランに勧める。エランが腰を下ろしたのを確認して、にっこりと笑みを深めた。

「扉の前で立ったまま全然入ってこないから、帰っちゃうのかと思ったよ」

青年は馴れ馴れしい口調で話しかけてきた。その内容にエランは首を傾げる。この部屋の前で長く立ち止まった記憶がなかったからだ。

悩んでいた時間があったとすれば、この建物に入る前のあのときだけ。

――まさか、そこから見られていたのか？

エランは眉を顰《ひそ》めた。見知らぬ相手に監視されて、気分のいい人間などいない。

「そんな警戒しないでよ。この辺りは物騒だから、外の監視は必要なことなんだ。扉の前で立ち尽くしている人がいたら、気になって当然だと思わない？」

エランの心を読んだかのように、青年が付け加えた。笑顔で首を傾けながら、「ね？」と同意を求めてくる。

「それに、君はその依頼書を持ってるからね。ここに近づけばすぐにわかるんだよ。ボクに用があるのに入ってこないなんて、外を確認して当然でしょう？」

青年はそう言って、エランの手元にある依頼書を指差す。

「近づけば、すぐにわかる？　なぜだ？」

青年の言葉に引っ掛かりを覚え、エランは疑問を口にした。

「ああ。その依頼書は魔術具だからね。ボクは魔術具の気配に敏感なんだ」

「これが、魔術具……？」

「そうだよ。気づいてなかったの？」

気づけるわけがない。青年はさも当たり前のことのように言ったが、エランでなくとも、この依頼書が魔術具だと一目で気づく者はいないだろう。

魔術具は極めて珍しく高価なものだ。庶民が簡単に手に入れられるものではない。

——これが、魔術具。

エランは手の中にある依頼書をまじまじと凝視した。視線に反応するように、依頼書に押された紋印がふわりと発光する。

「そんなことよりも、その依頼書を持ってここに来たってことは——いいんだよね？」

青年の問いに、エランはゆっくりと顔を上げた。

青年はわざと濁《にご》すように言ったが、その質問の意味は聞き返さなくともわかる。ここに書かれている依頼を本当に受ける気があるのかと、エランに確認しているのだ。

「…………ああ」

エランは躊躇《ためら》いつつも、青年の問いに頷いた。

もう、これしか手段がないとわかっていても、不安な気持ちを押し殺すことは難しい。

青年はエランの躊躇《ためら》いに気づいたはずなのに、ふっと息を漏らすように笑っただけだった。しばらくエランを見つめた後、ゆったりとした手つきで机の上に一枚の紙きれを置く。

「じゃあ、ここに署名《サイン》してくれる？」

「これは？」

「契約の魔術具だよ。これがどんなものか、冒険者の君なら説明しなくてもわかるよね？」

まだこちらの身分は明かしていないはずなのに、どうして冒険者だとわかったのだろうか。

エランは訝しげに眉を顰《ひそ》めながら、青年の差し出した紙きれを見つめた。

——契約の魔術具か。厄介なものが出てきたな。

契約の魔術具とは、秘匿性の高い依頼を受けるときにギルドでも使われている魔術具だ。実際に使ったことはなくとも、冒険者なら誰もが知っている。これに署名《サイン》した者は、契約書に記された内容に魔術によって縛られることになる。もし契約を破った場合、即時罰則が下される魔術が施された魔術具だった。その罰則は契約主が自由に決められるようになっている。その中で一番重い罰則は『死』——そんな恐ろしい契約も簡単に結べてしまう、とんでもない代物だった。

「そんなに険しい顔をしなくても大丈夫だよ。契約を破ったとしても殺しはしないから。詳しいことは読んでもらえればわかると思うけど」

「読むのは面倒だ。説明してくれるか？」

「うん？　それはいいけど……ボクが嘘をつくとは思わないの？」

「……別に」

そう答えたが、別にこの青年を信用しているわけではない。ゴロツキどもに嵌《は》められてここにいるエランは、既に自分以外の誰のことも信用できる状態ではなかった。

しかし、それはこの契約の魔術具にだっていえることだ。

この契約書は国やギルドを通して発行されたものではない。書かれた契約内容が偽装されていないと証明する方法が存在しないのだ。魔術によって見えない文字を刻み、書かれた内容とは違う契約を結ばせることだって容易にできてしまう。ならば、これをエランが読んで確認するのも、この胡散臭い青年に説明させるのも、結果は同じに思えた。

「まあ、君がいいって言うならいいよ。ボクから説明しよう」

「簡潔に頼む」

「わかった。説明の足りないところがあったら君から質問してくれる？　じゃあ早速、君に頼みたい仕事の内容だけど――君には、見世物小屋で見世物になってもらう。期間については、君に選んでもらって構わない。一晩だけでも一か月でも、なんならずっとでも」

青年は慣れた様子だった。手元の契約書には一度も視線を向けず、エランをまっすぐ見つめたまま、淀《よど》みない口調で説明する。

――見世物の内容について、はっきり言わなかったのは……わざとか？

事前にエランが確認した依頼書には、これが『いかがわしい舞台』であるとはっきり記載されていたのに、青年はあえてその説明を避けたようだった。こちらを試しているのだろうか。

わかっていて誘いに乗るのは癪だったが、確認しないわけにはいかない。

「……その、見世物というのは？」

エランが緊張した声で問うと、青年は眉をわずかに持ち上げた。静かに笑って、口を開く。

「――魔物との性交だよ」

その答えにエランは目を瞬かせたが、瞬時に納得した。

ここに来るまでずっと謎だった、高額な報酬の理由がわかったからだ。

――人間と魔物を、性交させる見世物か。

魔物とは文字どおり、魔の生き物のことだ。魔力の澱から生まれ、人々に害をなす生物。

その討伐を請け負っているのが、エランたち冒険者だった。普段は倒すべき敵との性交……それも理性や意思を持たぬ魔物を相手に、大勢の前で行えと言っているのだ。

「……その魔物の種類は？」

「っはは。今のは驚いたり、怒ったりするところだと思ったのに。次の質問はそれでいいの？」

「俺だって、それなりの覚悟はしてきている」

「そっか。面白い子なんだね、君は」

青年は目を細め、たまらないといった表情を浮かべた。

「魔物の種類か。そうだね、うちにはいろんな子がいるよ。人型、獣、植物……他には丸呑み系もいたかな。君と相性のいい子を選んであげるから、楽しみにしておいて」

――楽しみなわけがないだろう。

青年は心底楽しんでいる様子だが、その気持ちを理解することは到底できそうになかった。

それでもエランはできるだけ冷静を装って、質問を続ける。

「そんな風に魔物を扱って、危険はないのか？」

「危険？」

「俺は冒険者だから普段の奴らのことをよく知っている。魔物は話の通じる相手ではないだろう。そんなことをして、こちらが危険に晒《さら》されることはないのか？」

「ないよ。きちんと調教してあるからね。君は気持ちよくなるだけだよ」

青年は笑顔を崩さずに答えたが、その言葉を素直に信じることはできなかった。

――魔物相手に気持ちよくなるなんて、そんなことがあり得るのか？

「……本当に？」

「そんなに心配？　何かあったとしても、回復する手段はきちんと用意しているから安心して。腕や足の欠損ぐらいならすぐに元に戻せるし、普段の君たちの仕事よりも安全だと思うけどな。それでも君が気になるって言うなら、先に特級万能薬を渡しておくこともできるけど」

――特級万能薬……そんなものまであるのか。

青年が口にしたのは、Sランクの冒険者でも簡単には手に入らない薬の名だった。

一つ購入するだけで、依頼一回分の報酬が吹き飛んでしまうほど高価な薬のはずなのに、それがこんな怪しげな場所に用意されているなんて。

「必要かな？」

「別に……きちんと治してもらえるなら問題ない」

「そう。じゃあ、他に質問は？」

「――報酬について確認しておきたい」

依頼を受ける前に、これだけは絶対に聞いておかなければならなかった。

エランの声の調子が変わったことに気づいたのだろう。青年が笑みを引っ込める。

「報酬について、か。具体的には何が聞きたいの？」

「何か理由をつけて、この依頼書の額より報酬を減らされたりすることは？」

「あり得ないよ。増えることはあっても減ることはない」

「……増える？」

通常こういった高額報酬の依頼にありがちなことといえば、何かと理由をつけて報酬を減らされることだ。失敗するたび減額され、最後に手に入る金額が依頼書に書かれた額の何分の一だけだったなんてことはギルドの依頼でもよくある。それなのに青年は報酬が増える可能性まで口にした。

「そんなに不思議なこと？　うちは見世物小屋だよ。観客から投げ銭があって当然でしょ？　その投げ銭の半分は見世物である君のものになる決まりなんだ。だからここに書いてあるのは、最低報酬額ってことだね」

――これが、最低報酬額？

エランの視線は、契約書に書かれた数字に釘づけだった。

Ａランク討伐依頼の成功報酬と変わらない金額が本当に全額支払われる上、追加報酬の可能性まであるなんて想像もしていなかった。エランは小さく息を呑む。

「一度、魔物と性交すれば、最低でもこの金額がもらえるということで間違いないか？」

「間違いないよ」

おそるおそる尋ねたエランに、青年はまたしても断言した。

その口元にはうっすらと笑みが浮かんでいるが、嘘を言っている様子ではない。

「じゃあ、最後の確認だが……この契約書の縛りとはなんだ？　ここから逃げ出すことか？」

契約の魔術具の役割とは、契約を破った者に罰を与えることだ。いったい何をすれば、この魔術具に罰せられるのか、きちんと確認しておく必要があった。

「ううん、違うよ。君に守ってほしいのは、たった一つ。『ここで起こったことを、決して口外しないこと』、それだけだよ」

「口外しない？　本当にそれだけか？」

「そう。逃げても口外しなきゃ、何も起きない」

「では……それを破った場合の罰則は？」

「ボクがいいと言うまで、見世物小屋でタダ働きしてもらう」

――なんだ、それは。

契約を破った場合の罰則が『死』ではないとは聞いていたが、まさかこんなおかしな条件だとは思わなかった。

「本当に、それだけなのか?」

「信じてよ。それだけで充分罰になるとだけ、君は知っていてくれたらいい」

ここで働くということは魔物と性交させられるということだ。それを無報酬でさせられるとなれば、確かに罰として相応しいのかもしれない。しかし、口外した相手が相手なら、青年自身が囚われの身になることだってあり得るのに、そういった可能性は考えないのだろうか。

――いや、深く考えるのはやめておこう。

今すべきなのは、この青年を摘発することではない。自分に必要なのは〈金〉だけだ。

「まだ質問はある?」

「……今は思いつかない」

「そっか。じゃあ、どうする?」

「受ける」

「即答だね。君には驚かされることばかりだよ」

口ではそう言ったが、青年に驚いた様子はなかった。エランの答えを最初から見越していたように、手に持っていた羽根ペンをエランに差し出す。

受け取ったエランも躊躇《ためら》うことなく、ペン先を契約の魔術具へ滑らせた。

「エーランド・シェルリング、これで契約完了だね」

「……ああ」

「ここでは、なんと名乗る？」

「エランで構わない」

「エランだね。ボクもそう呼ばせてもらおう。ボクのことはルチアと――呼び捨てにしてもらって構わないよ。じゃあ、行こうか」

そう言って立ち上がったルチアを見て、エランは自分が一つ大きな勘違いをしていたことに気がついた。自分の洞察力不足を自覚せざるを得ない。

――この男、魔術師なんてそんな生易しいものじゃない。

座っていたときにはわからなかったが、ルチアは恐ろしく鍛えられた体躯をしていた。

一見、細身に見えるがそんなことはない。Bランク冒険者であるエランが本気でかかって勝てる相手かどうか――ルチアの動きには、全く隙がなかった。

魔力量だって目を見張るものがある。魔力に鈍感なエランがわかるほどのとてつもない量の魔力保有者。それなのになぜ今の今まで何も感じなかったのか、それが逆に信じられなかった。

――Aランクか、それ以上の強さだ。何者なんだ、この男。

「どうかした？」

「いや……」

こちらを振り返ったルチアの問いに、エランは何も答えずに首を横に振った。

ルチアがどれだけ強者であろうと、依頼を受けることに変わりはない。これは依頼と関係ないことだと自分に言い聞かせながら、エランは汗ばんだ手を握り込む。

「行くよ」

エランはルチアに導かれるまま、次の部屋へ続く黒い扉をくぐった。


扉の先にあったのは、エランたちが先ほどまでいた建物とは全く違う場所だった。

転移扉――その魔術具についての噂はエランも聞いたことがあったが、実物を見たのはこれが初めてだ。全く別の空間と空間を繋ぐ扉型の魔術具。エランがルチアと共にくぐった黒い扉は、どうやらその転移扉だったらしい。

辿り着いた先は、まさに見世物小屋と呼ぶのがふさわしい場所だった。

そこがそういう場所だとわかっているからか、内装や色合いのすべてが毒々しく感じられる。

廊下ですれ違う演者や従業員らしき者たちも奇妙な格好をした者ばかりだ。それらを横目で観察しながら、エランはルチアの後に続く。こちらに気づいた従業員たちは皆、ルチアを見かけると一度手を止め、無言で深く頭を下げていた。

どうやらルチアは、この見世物小屋でそれなりの地位の人物らしい。

「どうしたの？　何か気になる？」

「いや………」

視線に気づいたルチアに笑顔で問われたが、エランは首を横に振った。聞きたいことがないわけではない。聞きたいことが多すぎて、頭の整理が追いつかなかったからだ。

結局、何も聞けないまま、エランたちは目的地へ到着した。

「ここが君の部屋だよ」

案内されたのは、ここで仕事をする間、エランの住まいとなる控え室だった。

質素な狭い部屋だが、数日であれば生活に困ることはなさそうだ。壁に備えつけられた収納に小さな文机、ベッドもゆったりと横になれる広さがある。

「さあ、これが君の舞台衣装だよ。着替えて準備してくれる？」

「……今すぐにか？」

「そう。今すぐにだよ」

いきなり手渡されたものに目を丸くしたエランだったが、逆らえる立場にはない。ルチアは衣装の入った袋をエランに手渡すと、「後でまた来る」とだけ告げて、部屋を出ていってしまった。

――いきなり見世物にされるのか。

遅かれ早かれそうなることは覚悟していたが、まさか当日とは。せめて、心の準備をする時間ぐらいは欲しかった……など考えながら、エランはルチアに渡された袋を開く。

「いつの間に、こんなものを準備していたんだ……？」

中に入っていた衣装は、エランが着ている戦闘服によく似ていた。

普段のものと比べると露出が多く、生地がぴたりとして身体の線も出やすいようだが、動きやすい装備であることには変わりない。それらの衣装を一式、身に着けていく。

袋の中には驚くことに、短剣も一本入っていた。

すぐに着替え終えたエランは短剣を手に取る。いつもの癖で短剣を構え、軽く動きを確認したエランは、その短剣の吸いつくような馴染みのよさに目を瞬かせた。ずいぶんと立派な短剣だ。もしかすると、エランが普段使っている短剣よりもいいものかもしれない。

「だが、なぜ武器が……？」

ただ魔物に犯されるだけの見世物にこんなものは必要ない。なんなら服も渡されないのではないかと思っていたのに——実際に渡されたのは、動きやすい装備一式と短剣。

「……いったい、なんのために？」

「戦ってもらうためだよ。できるなら、魔物に勝ってもいいからね」

「——っ」

誰に聞かせるでもなく呟いた言葉に返答があった。ルチアだ。

いつの間に戻ってきていたのだろう。慌てて振り返ると、扉にもたれて立っているルチアと目が合った。ルチアは驚いているエランに「行くよ」とだけ告げて、先に部屋を出ていく。

すぐに舞台へと向かうようだった。

——これは、魔物と性交させられる見世物じゃないのか？

ルチアの後ろを歩きながら、エランは先ほどのルチアの言葉を反芻していた。

勝ってもいい、とルチアは言っていた。それは性交相手であるはずの魔物を倒してしまっても構わないという意味だろうか。この装備一式も、そのために渡されたということなら説明がつく。

「……魔物を、倒していいのか？」

エランの呟きに気づいたルチアが、歩調を緩めて振り返る。

「そうだよ。エランには本気で戦ってもらいたいんだ。無抵抗に犯されるだけなんて、刺激がなくてつまらないからね。ああ、そうだ。もし君が勝ったとしても報酬は同じだけ支払われるから、そこは安心していいよ」

「……本当か？」

「いい加減、ボクの言うことを信じてほしいんだけど？　このことだって、あの契約書にきちんと書いてあったんだけどね。そういえば、説明し忘れてたかな」

わざとらしい口調だ。本当は気づいていて話さなかったのだとしか思えない。

だが、そんなふざけた口調の説明にすら、エランは少なからず驚いていた。

太腿《ふともも》のホルスターに視線を向ける。渡された短剣は見せかけだけでなく、きちんと威力の出せる代物だ。短剣使いのエランの目から見ても、この短剣が優れた得物であることは間違いない。

「魔物を倒しちゃった場合、観客からの投げ銭はあんまり期待できないけどね。それはそれで好きな客もいるけど、彼らが観たいものとは違うから」

「戦う相手は？」

「それは見てのお楽しみ。まあ、あの幕の向こうに行けば、すぐにわかるんだけど」

ルチアの指差した先、分厚い幕で仕切られた向こう側が舞台のようだった。

——お楽しみ、か。

先ほどまでは全く楽しみに思えなかったが、ただ一方的に犯されるのではなく、魔物を倒していいというなら話は別だ。冒険者の血が騒ぐ。相手がどんな魔物であれ、全力で戦うつもりだ。

「そうだ。エランは初めてだから、これを渡しておこうと思ったんだった」

ルチアが幕の手前で足を止める。差し出されたものを見て、エランは首を傾げた。

「……これは？」

「通信具だよ。耳に入れて使うんだ。こういう見世物は初めてでしょ？　ボクからエランに指示を出せたほうがいいいんじゃないかと思って」

ルチアの言うとおり、エランは見世物に対する知識をほとんど持たなかった。決まりごともわからない。もし、舞台で何かしでかしてしまった場合、その対処に困ることは目に見えていた。

――これは必要だろうな。

エランは通信具を受け取ると、手のひらに転がしたそれをまじまじと見つめた。

通信具は小指の先ほどの大きさで、きのこに似た形をしている。同じものが二つあるということは、両耳に入れて使うのだろう。しかし――

「こんなものを耳に入れたら、周りの音が聞こえなくなるんじゃないのか？」

「その心配はないよ。それも魔術具だからね。周りの音は変わらず聞こえるから安心して」

――これも魔術具なのか。

この見世物小屋にいると、普通の感覚が麻痺しそうだ。魔術具なんてそうそう見かけるものではないのに、この場所ではただの道具と同じように扱われている。ここに来るときに使った転移扉もそうだ。あれは本来、国が管理するような代物なのに、この見世物小屋では普通の扉のように扱われていた。明らかに異常なことだった。

しかし、あんな破格の報酬をたった一晩働くだけでもらえる場所だ。それを可能にするだけの大金をもたらす上客がいるのだろう。そう考えれば、納得できないことではない。

「ほら、エラン。早くそれをつけて」

「ああ」

短く答えて、耳に通信具を挿入する。

耳に異物感と閉塞感を覚えた瞬間、エランの身体に異変が起きた。

「ぁ………ふぁッ」

ずるり、と耳の奥に向かって何かが滑り込むような感覚。

首筋にぞくりと甘い痺《しび》れが走り、声が勝手に漏れた。危うく膝から崩れ落ちそうになったが、壁に手をつき、なんとか耐える。

「な、なんだ……今のは？」

唐突に襲った異変にエランは困惑していた。自分の身体を見下ろし、何度も目を瞬かせる。

「っふ、あはは。そんなに驚かなくても大丈夫だよ。耳に入れた魔術具が作動しただけだから。もしかして、エランって耳が弱かったりする？」

「別に、そんなことは！」

「声を荒らげないでよ、冗談だって。ほら、音もちゃんと聞こえるし、平気でしょ？」

「あ……そうだな、確かに」

耳に触れてみる。通信具はぴったりと耳の穴を塞ぐように装着されていたが、そんな状態でも周囲の音は通信具をつける前と変わらず、はっきり聞こえていた。さすがは魔術具だ。

『こっちも聞こえる？』

「っ、ふ……あ」

突然、頭の中にルチアの声が響いた。初めての感覚に、またおかしな声が出てしまう。エランは動揺を誤魔化すように、慌てて口元を手で覆った。

——これが、通信の魔術具の効果か。

ルチアの唇は動いていなかった。

この通信具を介せば、声を出さなくとも離れたところに音を届けられるようだ。

——便利だが、少し気持ち悪いな。

頭に直接、声が響くというのは奇妙な感覚だった。

音が止んだ後も耳の後ろにざわめくような感覚が残っていて、なんだか落ち着かない。

「ちゃんと聞こえたみたいだね。さ、始まるよ。早く行って」

「……わかった」

背後に立ったルチアが、トンッとエランの背中を押した。

入り口の両側に立つ男たちが太縄を引き、分厚い舞台幕を一気に持ち上げる。目を開けていられないほどのまばゆい照明が、エランに向かって当てられた。

舞台は闘技場によく似ていた。

一番低い位置にある円形の舞台を囲むように、客席が階段状に配置されている。

エランは客席を見回した。見上げる高さまである客席は、満員の観客で埋め尽くされている。こんな悪趣味な見世物を好む人間の顔を一目見てやろうと思ったが、それは叶わなかった。

一人ひとりの姿はきちんと見えているはずなのに、その顔がうまく認識できない。

――原因は、この壁か？

エランは目の前にある壁に指先を滑らせた。客席と舞台を隔てる透明な壁だ。

この壁も魔術具なのだろう。認識を阻害する魔術が使われているのは間違いなかった。音を遮断する魔術も施されているのか、観客の声は一切こちらに届いてこない。何か叫んでいる様子の観客もいるのに、わずかな音すら聞こえてこなかった。

――俺の声は向こうに届くようになっているんだろうな。

でなければ見世物の意味がない。彼らが楽しみにしているのは、魔物に無理やり蹂躙され、犯される冒険者の無様な姿だ。その悲鳴すら、彼らの求める見世物の一つに違いない。

――本当に、悪趣味な見世物だ。

エランは観客から視線を逸《そ》らすように、そのまま壁の上部を見た。透明な壁は舞台の天井まで繋がっている。入ってきた場所以外、他に出入り口はないようだ。

『その壁、戦うときに衝撃を加えても問題ないよ。簡単には壊れたりしないから安心して』

エランが壁をじっと見つめて観察していることに気づいたのか、ルチアが通信具を使って話しかけてきた。簡単には壊れない——それは、ここから逃げ出すのは容易ではないという忠告でもあるのだろう。

『それと座席の上にあるもの。エランはあれが何かわかる？』

「魔導画面だろ……ギルドで見たことがある」

楽しそうなルチアの問いに、エランは素っ気なく答えた。

魔導画面とは、魔術を用いて離れた場所の景色を映す魔術具のことだ。こちらもかなり高価なもののはずなのに、この舞台にはその魔導画面が計六台も設置されている。

ギルドでは遠方の討伐風景を映し出す目的で使用されていたが、ここでの用途は違うのだろう。

——嫌な予感しかしない。

エランは不快感に眉を顰《ひそ》める。こちらのことをどこからか見ているのか、ふふっとルチアが漏らした笑い声が頭の中で響いた。

『あれは必要なときに動くようになってるんだ。そのときを楽しみにね』

そんな風に思えるはずがない。あの画面は間違いなく、冒険者の痴態を映すためのものだ。必要なとき——それはエランが魔物に犯されるときという意味となる。

そうなるつもりはない。自分はここで魔物を倒し、報酬を得るのだから。

舞台のことは粗方把握することができた。

エランはこの舞台に立ってからずっと、一番注意を払い続けていた正面の檻へと視線を向ける。

見世物小屋らしい仰々しい装飾の檻の中には、エランの相手となる魔物が収められていた。

ぬるりとした半液状の皮膚を持つ、太ったカエルのような見た目の魔物——エランはこの魔物のことをよく知っている。これまでに何度も討伐したことのある魔物だった。

魔物の名はバトラコス。だが、その正式名称でこの魔物を呼ぶ冒険者は少ない。

多くの冒険者はこの魔物のことを、その見た目から〈化けガエル〉と呼んでいた。化けガエルは大きな口で家畜を呑み込んでしまうため、農場主たちから特に嫌われている魔物だ。

しかし、冒険者からみれば、それほど脅威のある魔物ではない。雑魚に分類される魔物だった。

——それにしても、この化けガエル……でかいな。

これまでエランが討伐してきた化けガエルは牛ほどの大きさしかなかったが、目の前の化けガエルはその十倍近くの体積があった。見世物にするため、特別に育てられた魔物なのだろうか。

——丸呑み系というのは、こいつのことか。

エランは、ルチアが話していた魔物の特徴を思い出していた。丸呑み系と言われたときは想像もつかなかったが、この化けガエルのことだというならば納得がいく。

その呼び名からして、標的を丸呑みにするのがこの魔物のやり方だろう。

丸呑みにして犯されるというのがどういうものかはわからないが、とにかくあのでかい口の動きに注意しておけば問題ないはずだ。

「——やるか」

エランが太腿《ふともも》のホルスターから短剣を抜いたのと同時に、化けガエルの檻の扉が上げられた。

数瞬置いて、化けガエルがのそりと巨体を動かす。大きすぎる体のせいか、通常の化けガエルより動きは愚鈍だ。エランは余裕すら感じていた。

体勢を低く構え、地面を強く蹴る。エランは素早く化けガエルとの距離を詰め、身を翻しながら斬りかかった。一回の跳躍で与える斬撃は一度だけではない。周囲の壁を足場にして、化けガエルの周りを跳び回りながら、何度もその巨体を斬りつけていく。

だが、おかしなことに全く手ごたえが感じられなかった。

刃が当たっている感覚はあるのに、化けガエルの巨体を傷つけられている気がしないのだ。

――こいつの皮膚、異常に硬いのか？　それとも分厚い？

これまで討伐してきた化けガエルであれば、既に戦闘不能に陥《おちい》っていてもおかしくないほどの手数を打ち込んでいるのに、目の前の化けガエルは怯む様子すらなかった。

巨大な体に成長した結果、皮膚の厚みが増し、防御が著しく上昇している可能性が高い。肌を覆うぬめりが短剣の威力を削いでしまっているとも考えられた。

「……このまま斬りつけても、倒すのは難しそうだな」

エランはそう判断し、化けガエルから一旦距離を取ろうとしたが、その行動は化けガエルに読まれていた。化けガエルは自分と反対側に跳躍し始めたエランのほうに顔を向けると、かぱりと大きく口を開く。エランの着地地点を狙って、長い舌の攻撃を繰り出した。

「く――ッ」

これにはエランも驚いたが、慌てることなく着地後すぐに地面を蹴って移動する。

経験がものをいう、咄嗟の判断だった。

愚鈍な本体とは真逆の素早い舌での攻撃。それは一瞬遅れて、エランが立っていた場所を抉《えぐ》り、土煙を上げる。反応が少しでも遅れていれば、間違いなく舌の餌食《えじき》となっていただろう。

「――っ！」

跳んで避けはしたものの、エランは着地で体勢を崩してしまった。

そこを狙って再度、鞭のようにしなる舌の攻撃が加えられる。

「痛……ッ」

高く跳躍して避けたが、今度は少しかすってしまった。

舌に傷つけられたエランの腕から、ぱっと血が飛び散る。痛みに顔を歪めながらも、エランはなんとか体勢を立て直し、三撃目は危なげなく避けた。

「くそ……っ。射程距離が広すぎる」

その後も、化けガエルの攻撃は続く。見た目以上の威力を持つ舌は縦横無尽に動き回り、エランは息つく暇もない。それどころか化けガエルの攻撃は、じりじりとエランを壁際へ追い詰める。

避けてばかりでは、体力を削られるだけだ。

だが、化けガエルの硬い皮膚を傷つける方法はまだ見つかっていない。

――舌を狙ってみるか。

「ハッ――！」

舌の硬度もどれほどのものかわからなかったが、今はとにかくやってみるしかなかった。

エランは低い姿勢で短剣を構え直して地面を蹴る。舌の動きに合わせて、短剣を振り抜いた。

今度は手ごたえがあった。短剣の短い刃で舌を斬り落とすことは叶わなかったが、痛みを与えることはできたらしく、化けガエルが怯《ひる》んだ様子を見せる。

——今だ‼

エランは機を逃さなかった。

この隙に死角に回り込むべく、化けガエルの背を蹴った——つもりだった。

「う、わ……ッ！」

蹴った勢いのまま、ずぷりとエランの足先が化けガエルの背中に沈み込む。慌てて引き抜こうとしたが、一瞬で両脚とも膝まで呑み込まれてしまい、うまく踏ん張れなかった。

「クソ……っ！」

悪態をついても、状況は変わらない。エランの脚はなおも、ずぶずぶと沈み込んでいく。

気づけば太腿《ふともも》の中ほどあたりまで、化けガエルの背中に呑み込まれてしまっていた。

引き締まった化けガエルの肉はエランの両脚を捕らえて離さず、取り込まれた部分を動かすことはできない。このままでは、全身が呑み込まれてしまうのも時間の問題だ。

エランは最悪を想像したが、幸か不幸か、身体が沈み込む速度は次第に緩やかになり、エランの臍《へそ》の辺りまでを呑み込んだところで、その動きはぴたりと止まった。

「止まった……？」

全身は呑み込まれなかったが、まずい状況であることに変わりはない。

エランは諦めずに脱出を試みたが、呑み込まれた部分はやはり微動だにしなかった。

「なんだよ、これ……」

化けガエルにこんな特殊能力があったなんて聞いたことがない。

珍しくない魔物なのだから、変わったことがあれば耳に入ってくるはずなのに……従来の化けガエルにはない能力を、こいつは付与されていたというのだろうか。

この化けガエルの大きさが尋常ではない段階で、その可能性も考えて動くべきだった。

『あーあ、意外と呆気なかったね』

「……っ、お前」

『君ならもうちょっと粘れると思って期待してたんだけど……拍子抜けだよ、エラン』

通信具からルチアの声が聞こえた。落胆したような台詞だが、口調はどこか明るい。この状況に焦りと苛立ちを覚えるエランとは、まるで正反対だ。

エランの負けを確定するかのようなルチアの台詞に、エランはさらに焦る。

「まだ戦える」

『無理でしょ。そんなとこまで呑み込まれちゃったらさ。まあ、捕まったのなら仕方ないよね。せいぜい可愛い声で鳴いて、観客を楽しませてよ』

「待て……ッ！」

ルチアの言葉が終わるのと同時に、化けガエルの体に変化が起こった。ぐにょり、と体内が不気味に蠢《うごめ》いたかと思えば、濁《にご》った沼のような色だった化けガエルの体が少しずつ透け始める。

「なんで、これ……透けて」

体内に取り込まれたエランの身体も外から見えるようになる。化けガエルの背に直立状態で閉じ込められたエランの身体は自力で動かせない以外、特に変化はない様子だった。

だが、これから何かが始まるのだろう。こんな大勢の観客の前で見世物として魔物に蹂躙されるなんて、想像するだけで生きた心地がしない。

「ん……っ」

真っ先に変化が起こったのは、取り込まれた下半身だった。

エランの下半身を何かが撫でている。ぞろりぞろりと、ぬめりのある物体を押しつけられるかのような奇妙な感覚だ。その表面は小刻みに蠢《うごめ》いている。

「く、そ……」

気持ちが悪い。その気持ち悪さから逃れたいが、身体はどうやっても動かせない。

エランの下半身を襲う異常はそれだけではなかった。撫でるような気持ち悪さの合間に、ピリピリとした刺激を感じる。熱いような、むず痒《がゆ》いような、なんともいえない感覚だ。

エランはおそるおそる自分の身体を見下ろし、目を疑った。

「服が、溶けて……？」

化けガエルの体内に呑み込まれた部分の衣服が溶かされ始めていた。繊維がじゅわじゅわと分解され、太腿《ふともも》の辺りが露出している。時折、皮膚に刺激が走るのは、魔物の体液が肌に直接触れているせいだった。幸い皮膚は溶かされていないようだが、安心できる状況ではない。

「い、……っ」

耐えられない痛みではないが、針が突き刺さるような痛みを断続的に与えられるのは不快でしかない。苦痛に耐えるエランをさらに異変が襲った。

「つぁ……っ、はぁ……」

なんだか熱っぽい。身体の内側に熱がこもり、視界がくらくらと揺れた。

——おかしい。

それに、下半身を襲うチクチクとした痛みが、先ほどまでとは違う感覚を伝え始める。痛みを与えられるたび、ぞくりぞくりと背筋に何かが走るのだ。

「んぁ……っ」

一際大きな痺《しび》れが駆け抜ける。

勝手に口から漏れた自分の声の甘さに、エランは驚いて目を大きく見開いた。

『効いてきたみたいだね。いい声だよ』

「……効いてきた、って?」

『わからない？　媚薬だよ。よくなってきたんでしょ？』

「ぁ……あ……っ」

熱の正体は化けガエルの体液に含まれる媚薬だった。慣れない感覚がエランの思考を邪魔する。

『まだ始まったところなのに、そんなに簡単に蕩けちゃっていいの？　君って快楽に弱いんだね』

「だ、って……こんな……」

こんなのは、今まで味わったことがない。ずくずくと腹の奥が疼《うず》いてたまらない。

このままでは、まずい。エランは必死に自我を保とうと、手のひらに爪を食い込ませた。完全に呑み込まれてしまう前に、なんとか抜け出す方法を見つけなくては。

「…………？」

強く歯を食いしばり快楽を堪えていたエランの鼻に、かすかに異臭が届いた。

先ほどまでは一切感じなかった、何かが焦げるようなにおいだ。

「……なん、だ？」

辺りを見回し、鼻腔を刺激する不快なにおいの元を探る。においの発生源はすぐに見つかった。

化けガエルの体表にいくつか変色している箇所がある。焦げたように黒ずんだ皮膚は細かく泡立ち、ぶすぶすと小さな音を立てていた。異臭はそこから漂ってきている。

——もしかして、あれは俺の血がかかった場所か？

化けガエルについた焦げ跡の形状には覚えがあった。

エランが化けガエルの舌に腕を斬りつけられたときに、飛び散った血の跡と全く同じだ。

——人間の血が、こいつの弱点なのか？

化けガエルにそんな弱点があるなんて聞いたことがない。だが、目の前にいるのはこの見世物のために作り出された魔物。本来は持たない性質を持っていたとしてもおかしくはない。

——賭けてみるしかない。

これが正解だという保証はどこにもなかったが、迷っている暇はなかった。

エランは手の中の短剣をくるりと回して逆手に持つと、一瞬も躊躇《ためら》わずに己の上腕を切り裂く。流れた血が化けガエルにかかるように腕を大きく薙ぎ払った。

血が広範囲に飛び散ったのと同時に、化けガエルが反応を見せる。短剣で斬りつけたときとは明らかに違う反応だった。血の付着した場所が急激に黒ずみ、鼻につく不快なにおいがさらに増したかと思えば、化けガエルが『ングオォ』と低い唸り声を上げる。

痛みを感じているのか、巨体が大きく揺れ始めた。その瞬間、エランの拘束が緩む。

「今だ……っ」

下半身に力を込めると、先ほどまでは微動だにしなかった脚が動かせるようになっていた。

エランは爪先を化けガエルの肉壁に引っ掛けながら、すっと大きく息を吸い込む。

「ふん――ッ」

手と脚、両方の力を使って身体を持ち上げた。背中を限界まで反らして、腰まで嵌《は》まり込んでいた身体を一気に引き抜く。そのまま後方に一回転しながら飛び降りると、すぐさま転がるように化けガエルと距離を取った。

『へえ、やるじゃないか』

エランの健闘を称えるルチアの声が聞こえたが、今はそんなものにかまっている場合ではない。

体勢を立て直し、短剣を構える。

――まだ戦闘は終わっていない。ここからが本番だ。

エランは短剣に付着した黒い物体を見つめる。どろりとしたそれは、背中から飛び降りる前にエランが斬りつけて削いだ化けガエルの皮膚だった。

――黒ずんだ部分は、脆くなるみたいだな。

化けガエルの弱点を見つけた。これなら、エランの短剣でも化けガエルを傷つけられる。

「だが……時間との勝負だろうな」

化けガエルを傷つける手段が見つかったとはいえ、現状を楽観視することはできない。

自分の血を武器にせねばならないというのは、かなり厳しい状況だ。倒しきる前に血を失い過ぎてしまわないよう、注意を払う必要がでてくる。

それに今は、失血以外にエランを蝕《むしば》むものがあった。

「……ン、く」

化けガエルの体液――媚薬だ。大量に塗り込まれた媚薬でエランの身体は疼《うず》き続けている。

この身体でどこまで戦えるのか。それはエランにとっても未知の領域だった。

†

「へえ……意外と粘るじゃないか」

エランを舞台に送り出した後、ルチアは舞台袖からエランの戦いぶりを眺めていた。

早い段階でバトラコスに呑み込まれてしまったときは、その呆気なさに落胆したが――意外にも耐えたエランの健闘を褒め称えるように手を鳴らす。

そんなルチアに駆け寄る人物がいた。

「ルチアさまっ」

弾んだ声でルチアの名を呼んだのは、派手な道化服に身を包んだ小柄な少年だった。

柔らかな淡茶色の癖毛を揺らしながら、ぱたぱたとルチアのすぐ傍まで来る。立ち止まって一度頭を下げた後、鮮やかな緑色の瞳を輝かせながら、ルチアの顔を見上げた。

「舞台、観にいらしてたんですね！」

こんないかがわしい場所には似つかわしくない幼い見た目をしているが、この少年も見世物小屋の従業員だ。もう十何年とここで魔物使いとして働くイロナは見た目どおりの年齢ではない。

だが、その表情も仕草も本物の少年にしか見えなかった。声変わりしていない可愛らしい声には隠し切れない喜びが混ざっている。イロナがルチアを慕っていることは誰が見ても明らかだ。

しかし、ルチアはそんなイロナを一瞥しただけで、すぐに視線を舞台へと戻した。

イロナも、ルチアが見ているほうへ視線を向ける。

「すごいですねっ、あの冒険者。トラコの弱点に気づいて反撃するなんて。今まで誰もそんなことできなかったのに」

トラコというのは、舞台でエランと戦っている化けガエル——バトラコスのことだ。

魔物使いであるイロナは、自分が世話する魔物すべてに愛称をつけて可愛がっていた。その一方で、見世物用として魔物をあんな風に改造したのもイロナだ。

「トラコの媚薬はかなり強力なのに、よくあそこから抜け出せましたよね」

「快楽に堕《お》ちかけてはいたけどね。今も気力だけで戦っているんじゃないかな」

紅潮した肌、乱れた呼吸。エランは誤魔化しているつもりのようだが、時々込み上げてくる快感に耐える仕草に気づかないわけがない。だが、ぎりぎりのところで堕《お》ちずにいる。

強い光を宿すエランの瞳から諦めは感じられなかった。

「あのバトラコス、お前の自信作だったんだろう？　悔しくはないのかい？」

ルチアの問いに、イロナは少し考えるように顔を上に向ける。

「んー、悔しいといえば悔しいですけど……正直なところ、あれぐらいやってくれないと面白くなっていって気持ちもありますよね」

「それはボクも同感だな。彼はとてもいい――久しぶりに興奮するよ」

ルチアの興奮は声や仕草にも表れていた。愉《たの》しげに口元を歪めながら、ぺろりと舌なめずりをする。藍色の瞳に浮かぶ金の砂粒が妖《あや》しく光った。

二人が話しているあいだも、エランとバトラコスの戦いは続いている。

熱のこもった視線で舞台を見つめていたイロナが、「そういえば」と口を開いた。

「あの冒険者はルチアさまが連れてきたんですか？　珍しいですよね。ルチアさまがこんな風に舞台を直接観にこられるなんて」

「言われてみれば、そうだね」

イロナの指摘どおり、ルチアがこうして直接、舞台に足を運ぶことは珍しかった。

この見世物小屋はルチアにとって〈餌場〉でしかない。見世物となる冒険者と直接関わる必要はどこにもないからだ。

「何か理由でも？　知ってる冒険者とか？」

「いや、特に理由はないよ。ちょうどボクの手が空いてただけさ」

本当に理由はなかった。エランには気まぐれで関わっただけだ。それなのに、なぜか不思議と目が離せない。エランを見ていると、本能がざわついて仕方ないのだ。

「あー……トラコ、負けちゃいそうですね」

イロナが残念そうに呟く。そろそろ決着がつきそうだった。

急激な失血と媚薬のせいでエランは立っているのもやっとの様子だが、バトラコスのほうは既に瀕死状態だ。次がとどめの一撃になるのは間違いない。

「もう終わりかぁ」

「いや――このまま終わるんじゃ、つまらないね」

「え？　ルチアさま？」

「彼には、もっと愉《たの》しませてもらわないと」

ルチアの瞳孔に赤い光が点《とも》った。ぞろり、と二人の足元に不穏な気配が広がる。ルチアのローブの裾を持ち上げるように現れたのは、何本もの金色の触手だった。

突然のことに驚いて後ずさるイロナにかまうことなく、ルチアは舞台に向かって手を伸ばす。

その瞬間、ルチアの足元に蠢《うごめ》いているのと同じ金色の触手が、舞台で横たわるバトラコスの体にも生え始めた。

「……あれって、ルチアさまがやってるんですか？」

「悪いようにはしないから、黙って観ておいで」

妖《あや》しげに笑うルチアの言葉に、イロナは頷くことしかできなかった。

†

「……っ、何が起こったんだ？」

次の一撃で倒せる——エランは勝利を確信していた。

かなりぎりぎりの戦いだったが、ついに動かなくなった化けガエルにエランがとどめを刺そうとした瞬間、状況は一変した。瀕死だった化けガエルの体表から、いきなり複数の触手が生え始めたのだ。様々な太さと長さの金色の触手は、明らかにエランのことを狙っている。

これは間違いなく強敵だと、エランの冒険者としての勘が告げていた。

「くそ……ッ」

戦闘中に大量の血を失ったエランは、既に気力だけで立っているような状態だった。足元はふらつき、視界の端も歪んでいる。それでも勝利を諦めるつもりはなかった。

短剣を構え直し、化けガエルの反撃に備える。

『もう、そんなに頑張る必要はないよ。エラン』

頭にルチアの声が響いた。

「……ッ、お前」

『君が強いのは充分わかったから、次は可愛いところを見せてごらん』

「ふざけるな」

誘惑しようとしてくるルチアの声を振り払うように首を横に振る。

「邪魔をするな」

『わかったよ。それじゃあ、正々堂々と戦うことにしようか。手加減はしないからね』

「こちらは最初からそのつもりだ」

『じゃあ、行くよ』

ルチアが言い終わったのと同時に、複数の触手が鋭い動きでエランに襲い掛かった。後方に跳ぶように攻撃を避けたが、あまりに数の多い触手の攻撃を完全には避けきれない。

両足首に絡みついた触手がエランの動きを封じた。

斬りつけようと振りかぶった腕も、いとも簡単に搦めとられてしまう。

「ぐ……っ」

腰に巻きついた腕の太さほどある触手が、エランの身体を宙に浮かせた。

両腕を頭上で束ねられてしまっては、どうすることもできない。両脚にもそれぞれ大量の触手が巻きつき、エランの動きは完全に封じられてしまった。

『なんだ。あっけないものだね』

「……くそッ、離せ！」

エランは叫びながら必死に上半身をよじったが、締め上げる触手の力が増すだけだ。関節が軋んだ音を立て、エランは全身を襲う鈍い痛みに顔を歪める。

『素直になりなよ。そうしたら優しくしてあげるよ。媚薬、抜けてないんでしょ？　ちゃんと君が満足できるように気持ちよくしてあげるからさ。ああ、その前に体力を回復してあげないとね』

「何を……んぁッ」

反論しかけたエランの唇の隙間から、触手が滑り込んできた。何事かと驚いているあいだに、喉にどろりとした液体が流し込まれる。カッと身体が熱くなる感覚は嫌な予感しかしなかった。

『これで存分に楽しめるね。さあ、ボクを満足させて』

甘く囁くルチアの声に導かれるように、服の隙間に細い触手が入り込んでくる。何本もの触手がぬるぬるとエランの素肌を撫で回した。

たまらない感触にエランは、ぎゅっと眉根を寄せる。拒絶するよう首を横に振るが、触手の動きは止まらない。媚薬に侵された身体で快楽に抗える時間は、そう長くなかった。

「ん、ん……っ、ぁ」

『あはは。そんなにすぐに気持ちよくなっちゃったの？　腰が揺れてるよ』

あまりの気持ちよさに声が抑えられない。脱力した手から短剣が滑り落ちてしまったが、エランは恍惚の表情のまま、それを気に留める様子すらなかった。

だが、すぐに正気に戻らざるを得ない事態が起こる。

「あ、あぁ、っ……何」

太腿《ふともも》までぎっちり巻きついた触手が、エランの脚を左右に大きく開かせる。

化けガエルの体液によって溶かされた装備は、まだ辛うじて服の形状を保っていたが、それでも大勢の前で無理やりこんな格好をさせられて恥ずかしくないわけがない。

「やめろ……やめてくれ」

エランの懇願は聞こえているはずなのに、ルチアは何も応《こた》えなかった。

内腿に力を込め、必死で脚を閉じようとするがうまくいかない。抵抗するあいだも全身を触手に撫で回され、エランは与えられる快楽にびくびくと身体を震わせた。

そんなエランの股間に一本の触手が近づく。他より太さのあるその触手は、先端を口のように開いたかと思えば、そこからとろみのある透明な液体をエランの股に向かって吐きかけた。

「……ひ、ッ」

液体が触れたところから、残っていた服が溶け出していく。脚を大きく開かされているせいで、エランの恥ずかしい部分はすべて観客に丸見えとなる。

「嫌だ……こんな」

こんなことが現実だなんて、思いたくはなかった。

『ほら、皆が君のことを観ているよ』

観客の興奮が伝わってくる。これが観たかったのだと、熱を帯びた何百もの視線が自分に注がれているのを感じる。

――今から、この大勢の前で犯される。

どんなことになるのかは、まるで想像もつかない。だが、あれだけの報酬——大金を積んででも観たいと思う観客がいる見世物だ。普通のものではないことぐらい、容易に想像がつく。

「も……やめろ……見るな」

そんな言葉が無駄なのはわかっている。わかっていても、口に出さずにはいられなかった。

この行為を了承してここにいるのに——金のために自ら選んで、この場所に来たはずなのに。大量の媚薬に浮かされていても、この恥ずかしい行為を受け入れることは難しい。

『そんな声で「見るな」なんて、観客を煽《あお》ってるの？』

ルチアの声は笑いを含んでいた。しかし、その反応は恐ろしいほど冷ややかだ。あの優男の口から発せられたものとは思えない冷たい声に、ぞくりと背筋に震えが走る。

『でも、そうやって甘い声で抵抗するのもすごくそそるよ。ここにいる全員を誘ってるみたいだ。さあ、もっと可愛い声を聞かせてもらおうか——エラン。ここからが本番だよ』

その不吉な宣言どおり、触手の容赦ない蹂躙が始まりを告げた。

ずるり。

「ひ、ぁ……っ」

ぬめりを纏《まと》った触手に露出した股間を撫でられ、エランは引き攣《つ》った声を上げた。

どれだけ身構えていても、慣れない刺激に声が我慢できない。

犯される自分を直視できず、ぎゅっと目を瞑《つむ》ったエランだったが、それがむしろ感覚を鋭敏にしてしまっていることに全く気づいていなかった。

「く、ぁ……」

ゆるく立ち上がった陰茎を弄《もてあそ》ぶ触手は、勃《た》ちあがったエランのそれより一回り以上も太い。触手は長さをいくらでも変えられるらしく、ずるずると縦横無尽にエランの下半身を這い回った。

しばらくして狙いをエランの尻に定めた触手は、尻の谷間を辿るように、表面に纏《まと》ったぬめりを塗りつけ始める。

「ッ……う、あっ、ん……」

ぐちゅぐちゅと粘液を擦りつけられ、エランは尻肉を小刻みに震わせた。

化けガエルの媚薬に冒された身体は敏感で、そんな緩やかな刺激ですら蕩けた声がこぼれてしまう。特に後孔をかすめるときの声は媚びるように甘かった。

悦《よろこ》ぶエランの声に反応するように、触手が後孔の周囲を集中的に弄《いじ》り始める。

太い触手の表面からごく細い触手が何本も生え、エランの孔の皺をちろちろとくすぐる。

「あ、いや……それっ、ぁ、やめ」

ともすれば後孔に入ってしまいそうな細い触手のくすぐりに、エランは腰を跳ねさせた。後孔の皺を一本一本、丁寧に撫でる触手の愛撫はたまらない感覚を生み出す。

そんなところを弄《いじ》られるなんて嫌なはずなのに、強い快楽がまともな思考を邪魔する。それでも口をついて出るのは否定の言葉だ——それだけが、エランが必死に抵抗している証拠だった。

「や……っ、やめろ」

『言葉だけじゃなくて、ちゃんと抵抗しなきゃ……太いのがそこに入っちゃうよ？』

ルチアが揶揄《からか》うように告げる。その無情な宣言に、媚薬でとろとろに蕩けていたエランの頭は少しだけ正気に戻った。

「や、無理……入れ、んなぁ……っ」

正気に戻ったからといって、エランにできる抵抗といえばルチアにこうして懇願することと、今にも触手に入られてしまいそうな後孔に、ぎゅっと力を込めるぐらいだ。

『入れんな、か。もっと可愛くお願いできたら、少しは考えてあげたのに……残念だね。ほら、見なくていいの？　処女喪失の瞬間だよ』

「言うな！　そんな……聞きたくな、ッぁああ！」

全部言い終わる前に、触手が容赦ない動きでエランの後孔を貫いた。

慣らすことなく入ってきた触手が与える衝撃に、エランは首を反らせて悲鳴を上げる。

「や、ぁッ……んぁあっ」

だが、痛くはなかった——痛いほうがよかった。

無理やり捻じ込まれたというのに、エランが感じているのは悦《よろこ》びだ。ぐちゅぐちゅと細かく前後運動をしながら入ってくる触手の動きに操られるように、身体が勝手に跳ねる。

触手が抉《くじ》る場所から、電流のような快楽が送り込まれてくる。

「ぁ、ぅあ……ッ、ああンッ」

奥へ奥へと入ってくる触手に、甘い声が勝手に押し出される。

——気持ちいい、気持ちいい。

——嫌だ、こんなことで気持ちよくなんかなりたくない。

——もっと、奥に欲しい。

——やめろ！　もうこれ以上は入れないでくれ。

歓喜と拒絶。矛盾した心の叫びが駆け巡った。内壁を強く擦られ、敏感な部分を押し潰される。

エランは息絶え絶えに喘ぎながら、必死に首を横に振ったが、触手は動きを緩めてくれない。

『あははは、本当に初めて？　その善《よ》がりよう、エランは元から淫乱だったのかもね』

「や、ぁあっ、そんな……ひぁッ、無理、もう、やめ——ッ」

『本当に快楽に弱いんだね……ねえ、冒険者の顔はどうしたの？　挿《い》れられただけで、すっかり雌になっちゃった？』

「そん、なぁ……ぁあ！　んっ、ぁ……」

身体は触手に、心はルチアに容赦なく蹂躙される。

拒絶しようとすれば嬲《なぶ》られ、否定の言葉は甘い悲鳴に置き換えられた。

『ほら、奥まで入っちゃうよ。抵抗しなくていいの？　そんなにいいなら、中に卵でも植えつけてあげようか？　孕《はら》んでお腹が膨らんだエランもとても可愛いだろうね』

「ひッ……たまご、……嫌だ！　も、入って、くんなァ！」

触手に孕《はら》まされる——本能的な恐怖にエランは叫んだ。

得体の知れないものを受け入れているだけでも恐怖なのに、さらに中に卵なんて産みつけられてしまったら、正気でいられる自信がない。だが、疼《うず》いてたまらない中を擦られれば、仰《の》け反《ぞ》るほどの快楽に襲われる。そんな恐怖すら簡単に霞んでしまいそうになる。

――おかしく、なりそうだ。

「あ、ぁ……んっ、……ぁあ！」

入り込んだ触手が大きく前後に動き始めた。ゆっくりと捲りながら引き抜かれたと思えば、奥を潰すように強く押し込まれる。何度も何度もエランは甘く鳴かされた。

その反応はルチアの言葉どおり、完全に雌のそれだった。こんなのが自分の声だなんて信じられない。否定する自分の心もまだ残っている。それなのに、心と身体が別物になったみたいだった。

拒絶したいのにできない。こんなことはやめてほしいのに……やめてほしくない。

――怖い。なんだ、これ。

「も、ぅ……ぁああッ！　きもちいい……こわい」

その戸惑いが、口からも漏れ出ていた。

快楽の歓喜に身体を震わせながら、心では必死に快楽を拒絶する。

――こわい。こわい。

自分はどうなってしまうのか。魔物に犯されて、善《よ》がって――それを観客に余すところなく観られている。心がバラバラになってしまいそうだ。

「も……やめ、ぁっ……あ、ぁあ！」

気持ちよさが怖い。どうすればいいのかわからない。

容赦ない責めに怯えつつも翻弄されていると、突然、恐ろしいほど優しい声が頭に響いた。

『怖いのは、そうやって目を閉じているからだよ、エラン』

「っ……………？」

『ほら、上を見てごらん。自分が何をされて、どんな顔をしているのか……それがわかれば、きっと怖くなくなるよ』

穏やかな声色だった。快楽に浮かされた頭では、内容は半分ほどしか理解できない。

——上を、見る？

その言葉だけは、はっきり聞き取れた。

エランはずっと瞑《つむ》っていた目をおそるおそる開くと、ルチアに命じられるまま、上を——自分が映し出されている魔導画面に視線を向ける。今の自分の状況を直視した。

エランの後孔を貫く触手は、驚くほどの太さがあった。

その触手はエランを拘束する他の触手と違い、うっすら透けている。太いそれを飲み込むエランの後孔は限界まで拡《ひろ》げられ、赤い痴肉を、透ける触手越しに晒《さら》していた。

孔の中は触手を誘うように蠢《うごめ》いていた。あれだけ太いものを咥《くわ》えさせられているのに、間違いなく悦《よろこ》んでいる動きだ。めいっぱい口を広げて、もっともっとと言っているようにも見える。

触手が前後に動くたび、張り詰めたエランの陰茎はとぷとぷと蜜のような雫をあふれさせていた。

そこはほとんど刺激されていないのに、歓喜に揺れているようにしか思えない。

——あれが……自分が今されていること。

見つめる画面の触手と、全く同じ動きをエランは自分の中から感じていた。触手がずぷずぷと前後に動けば、摩擦による悦楽が送り込まれてくる。奥を突かれれば、恍惚に頭が真っ白になる。そして――そんなあり得ない行為に対して、ひどく緩んだ顔を晒《さら》しているのも、紛れもなく自分だった。

紅潮した頬。媚びるような潤んだ瞳。

口元を涎《よだれ》でべとべとにしながら、高い声を上げている。その表情は……どう見たって――

『怖いなんて言いながら、君はこんなにも悦《よろこ》んだ顔をしているんだよ。「嫌だ」なんて言葉、誰が信じると思うんだい？』

ルチアの言うとおりだった。画面に映し出されたエランの顔に浮かんでいるのは歓喜だ。はしたない表情で、媚びるような雌の声で鳴いている。

『素直に欲しがればいい。ボクなら、エランの望みを叶えてあげられるよ』

ルチアの誘導によって、頭の芯が少しずつ溶かされていくようだった。直接響いてくる声にどうやっても逆らえない。

そのあいだにも、ナカには絶え間なく律動を与えられ、快楽に追い詰められていく。

『ほら、望みを口に出してごらん？』

「ん……っ、ぁ……も、っと」

勝手に声が出た。自分が何を言おうとしているのか、エランもわかっていなかった。

『もっと、何？』

「もっと……欲しい……いっぱい、こすって」

『いい子だ、エラン。君の望む通りに』

「ぃああァッ!!」

身体の奥に強い衝撃が走った。今までとは比べ物にならない深い突きがエランの最奥へと与えられる。それすら今のエランの身体には快感だった。

エランは歓喜に涙を流す。容赦ない責めを与えられているのに、自分を捕らえる触手に媚びるように頬を擦り寄せる。

「もっと、つよく――ッぁあ!」

自分から腰を動かせないのがもどかしい。エランは必死に懇願した。

――もっと欲しい。もっと奥まできてほしい。

触手が突く場所より、さらに奥。行き止まりのはずの向こう側がひどく疼《うず》いている。欲しくてたまらないと思うのと同時に、本能が警鐘を鳴らしていることにも気づいていた。

――でも……今はそこに欲しい。

自分の中に起こる数々の矛盾に、頭がおかしくなりそうだった。

もしかしたら、もうおかしくなってしまっているのかもしれない。

「っ、ひぃ……あ、ッく、ぁ……ッ」

そんなエランに与えられるのは断続的な享楽。本能が欲しながらも拒絶する場所を無理に犯すことはせず、その手前を小刻みに突く動きにもどかしさすら覚える。

――いっそ、一気に貫いてほしい。

しかし、触手はそうしない。そんな知性がこの触手にあるとは思えないのに、まるでエランが懇願するのを待っているかのようだ。観念したエランが、その禁断の扉を自ら開くのを。

——望むしかないのか……望めば、叶えてくれるのか？

もうここまで陥落しているのだ。これ以上、何を失うものがある。求めてしまえばいい。今の自分はどうせ見世物だ。堕《お》ちるところまで堕《お》ちてしまったとしても、それはこの一時《いっとき》のこと。

『エラン。もっと欲しいものがあるなら、素直に言ってごらん』

そして、頭に響く声が……ルチアの声がエランの心を誘導する。

「ぁあ、あ……おく、もっと……おく」

『奥が、何？』

「入って、きて……入れて、俺を、こわして」

エランの懇願と同時に、ぐぷんと触手が最後の壁を越えた。

「い、ぁああ————っ!!」

一瞬、意識が飛んだ。触手にかなりの力で拘束されているはずなのに、それ以上の力で全身が強く跳ねた。開いた唇はわなわなと震え、息をうまく吸うことができない。

限界まで張り詰めていたエランの陰茎からは、白濁があふれていた。それに群がるように複数の触手がエランの陰茎に絡みつく。

絶頂を繰り返すエランの顔はひどい有様だった。涙や鼻水で顔中を濡らし、だらしなく開いた口からは涎《よだれ》も糸を引いている。瞳は虚《うつ》ろに何も捉えていないようでいて、それともどこか違っていた。

とろりと蕩けた目には、紛れもなく恍惚の色が宿っている。

最奥に入り込んだ触手が蠢《うごめ》くたび、電撃を食らわされたかのようにエランの身体が激しく跳ねる。

先ほどまでとは、比べ物にならない快感を直接流し込まれ続けているせいだった。

獣の呻《うめ》きのような喘ぎを止められない。

奥を抉《えぐ》られるたびに、陰茎は壊れたように白濁をだらだらとこぼれさせた。

『あーあ、だらしないな。お漏らしみたいになってるよ？　そこにも栓をしてあげようか？』

「え……やっ、ひぁああ――ッ！」

蕩けた頭で言葉を瞬時に理解できるはずもなく、制止する間もなかった。壊れたように白濁をあふれさせていた陰茎に細い触手が容赦なく穿《うが》たれる。こちらも後ろを貫かれたときと同じで痛みはなく、エランが覚えたのはぞわぞわと這い上がるような恐ろしいまでの快感だった。

「ぁあ！　そんなとこ、入るな、ぁあ……ッ」

エランの懇願にルチアはやはり何も応えない。触手も止まるわけがない。

後ろだけでなく、前の孔まで犯される。細かな凹凸のある触手は少し進むだけで、なんとも表現しがたい感覚がエランを苛む。

「待てッ！　イッ……あッ――っ!!」

声が枯れるほど叫んでも、責め苦は止まなかった。

陰茎に入り込んだ触手は簡単に奥まで辿り着き、最奥を抉《くじ》り始める。

前と後ろの両方から弱い場所を刺激され、エランはその凄まじい快楽をただただ受け止めるしかなかった。逃す場所を塞がれた今の状態では精を解放することも許されず、おかしくなったように叫びながら髪を振り乱すことしかできない。

「ぁああっ！　ん、……んぐっ!!」

容赦なく触手に蹂躙される。息継ぎすら許されない。

このままでは死んでしまうのではないか――そんな恐怖すら覚える。

「もっ、おかしく、なる……！」

解放してほしい。イきたいのに……イけないのがつらい。

「はッ、ん……っ！　イか、せて………ルチアっ」

無意識に、その名を口にしていた。

『っはは、そんな声でボクの名前を呼ぶなんて。君は本当にたまらないね』

忌々しかったはずのその声に、縋《すが》りつきたくなる。

「ルチアっ、ルチア――っ」

今まで決して自分から呼ばなかった名前を、堰《せき》を切ったように呼び続けた。そうやって叫ぶ最中も責め苦は止まらず、エランの身体を蝕《むしば》み続ける。快楽が恐ろしいまでに蓄積していく。

『なぁに？　ちゃんと聞こえてるよ？』

早く助けてほしいのに、ルチアの声は苛立つほどに穏やかでゆったりとしていた。

この状況を心底楽しんでいる声だ。

「もう！　むり、だからッ……おかしく、な、ぐぁッ!!」

『っあはは、もう人間の言葉とは思えないね――いい鳴き声だよ、エラン』

エランのひどい叫び声を聞いて、ルチアは本当に愉《たの》しげに笑う。

「もう……嫌だッ、たすけっ……！」

『助けてほしい？　もう終わりにしてほしいの？』

「して……おね、がい……だから、ぁあッ」

叫ぶように喘ぎながら、ルチアの問いに大きく頷く。身体が勝手に跳ね回るせいで、自分の意思がルチアにきちんと伝わっているかはわからなかったが、エランはただただ必死だった。

『いいよ。じゃあ、終わりにしようか』

その言葉に安堵した。ようやく終わる。この責め苦から解放される。

『あ、でもイきたいんだったよね。最後に一番気持ちよくイかせてあげようか』

「んっ！　あっ……？　もぅっ、そんな、いらなっ……なんっ、やぁッ‼」

もうそんなのいらない。終わらせてくれるだけでいい。

そう懇願しようとしたのに、残酷にもエランの身体に異変が起こるほうが早かった。

「ん、あ……ッ」

あれだけ叫び暴れていたエランの動きが急に止まる。瞼が小刻みに痙攣していた。

『少し頭を弄《いじ》らせてもらうよ。さあ、ボクの食欲を満たして、エラン。最後のショーだよ』

パチン、と意識が覚醒した。

「あ、あ……」

溜まり続けていた快楽が、渦巻くように身体の中心に集まっていく。自分の身体の変化に気づいたエランは、怯えたように顔を歪めた。

「あっ、ひ……何が、起きて……ひッ、くる……なんか、くるッ」

中心に集まった熱が、今度は一気に出口を定めたように動き始める。暴れる熱の量はエランに到底対処できうるものではなかった。

息ができない。頭が真っ白になる——何か、すごいのがくる。

「————ッ！」

声にならない悲鳴を上げ、エランは身体を硬直させた。

少し遅れて、エランの陰茎を刺し貫いていた触手がずるりと抜け落ちる。

『イけ』

「やぁぁッ、ぐぁ、ああああぁ————ッ」

ルチアの命令とともに、白い光が爆発を起こした。突如として与えられた解放感に、眩しすぎる光が頭の中で何度も弾ける。エランは壊れたように全身を激しく痙攣させた。

先ほども充分な量を吐き出したはずなのに、エランの陰茎から驚くほどの量の白濁が噴き出す。

「あ、ああ……止まって、なんで、これ、止まんなッ！　……ひ、ぁあああ！」

限界を超えた射精が与える過ぎた快楽に、エランは意味のない言葉を叫び続ける。

いくら出しても終わりがこない。精を吐き出すほど、人としての理性や人格も一緒に溶けて流れ出てしまうかのような錯覚すら覚える。

――頭の芯が、蕩けていく。

苦痛を与えられながらも恍惚の表情を浮かべていることに、エランは気づいていなかった。

「っ、ぁああ………」

射精が勢いを衰えるのと同時に、意識が遠のいていく。世界が急激に色を失い、深い沼に引き込まれるかのように全身が重く、感覚も遠くなっていく。

『――ふふ、とても美味《おい》しかったよ。エラン、いい夢を』

暗闇に完全に落ちる瞬間――そんな声が聞こえた気がした。

†

意識を失ったエランを腕に抱え、ルチアは控え室を訪れた。

裸のまま無防備な姿を晒《さら》すエランをベッドに下ろし、しばらくその顔を眺める。そっと手を伸ばし、エランの頬を指を滑らせた。顔にかかる黒髪を払うと、固く閉ざされたままの瞼が覗く。

あれだけ体力を消耗させた後なので、少し触れたぐらいでは目を覚ましそうになかった。

ルチアはベッドの端に腰を下ろすと、より近くからエランの顔を見つめる。すやすやと寝息を立てて眠る姿は健やかそのものだ。

「あんなに乱れていたのにね」

人間はひどく脆く、簡単に壊れるものだが、エランはどうなのだろう。

舞台で付着した汚れは、既に洗い流してある。魔物の体液を全身に浴び、卑猥なにおいをさせるエランはとても煽情的だったが、それは人間にとってあまりいい状態とは言えないからだ。

魔のものはなんであれ、人間にとって毒となる。それをルチアは身近な例で知っていた。

ルチアを産んだ人間を死に至らしめたのは、ルチアが持つ魔の因子だ。魔を取り込むことで、人間は簡単に病み、死に至る。

「……君は、ボクに変なことを思い出させるな」

魔族に犯され、孕《はら》まされ、半魔であるルチアを産み死んだ女。母親と呼ぶべきその人間に対し、ルチアはなんの感情も持っていなかったはずなのに――今、そんな人間のことを思い出すなんて。

ルチアは浄化魔術を使い、エランの体内に残っていた魔の因子を完全に浄化した。念のために飲ませておいた特級万能薬のおかげで、見た目にも傷は一つも残っていない。先刻の淫靡《いんび》な光景がまるで嘘だったかのように、目の前で眠るエランは穢れのない清らかなものに映った。

だが、あの舞台での出来事は確かに起きたことだ。

エランは触手に犯される姿を万人の前に晒《さら》した。慎ましく閉じていた孔を自分で閉じられなくなるほど拡《ひろ》げられ、それを悦《よろこ》びと感じ、甘く高い声で鳴いていた。

媚薬に侵された身体と頭で喘ぎ悶えるエランは美しかった。その声は人間性を失っていたが、それすら甘美な蜜のように思えたほどだ。どんなに泣き叫んでも、許しを乞うても、責めの手を緩めるつもりはなかったのに――名前を呼ばれた瞬間、ルチアは手を止めていた。

あのときのエランの顔と声を思い出し、ルチアは目を細めて笑う。

あらゆる体液でどろどろになった顔。過ぎた快楽は苦痛だったのだろう。涎《よだれ》を垂らしながら、ひどく苦しそうに顔を歪めていた。

やめろ、怖い……そんなことを口にしながらも、合間に蕩けた顔を見せて。

――イか、せて…………ルチアっ。

その声に、ぞくりと震えた。

ルチアの名を呼んだのは、おそらく無意識だったのだろう。それでも珍しく気持ちが高ぶった。人間のふりをして生き、似せたように振る舞うことには慣れていたが、あんなに心の底から笑ったのは初めてだった。

「君は本当に面白い子だね。エラン」

吐息ほどの声で囁く。ルチアは改めて、エランの身体を眺めた。

冒険者にしては小柄な身体。こうして裸にしてみれば、鍛えられた身体をしているのは一目瞭然だが、服を纏《まと》っていればそうは見えない。その上、この童顔だ。

全く似合わないぶっきらぼうな話し方と残念に思えるほどの愛想のなさは、面倒事を避けるためにエランが身に着けた処世術なのだろう。そのくせ、どこか危機感が足りていない。

元来の性格なのだろうが、気を許してはいけない場面ですぐに油断をする。信用していないと口で言いつつも、簡単に人を信じてしまうきらいがある。あんな依頼書に釣られてこの見世物小屋に来たことも、依頼の中身を知ってなお、この仕事を受けたことも――その耳につけたものだって。

エランの耳にあるそれは通信具などではない。特殊な加工を施した〈洗脳具〉だ。

それなのにエランは何も疑わずにそれを耳につけた。いや、音が聞こえなくなるのではないかなどと、見当違いな心配ならしていたが。

洗脳具は元々、捕虜や奴隷を主人が都合よく扱うために使われる魔術具だ。表向きには禁じられているが、その存在自体がなくなることはない。金さえ積めば誰だって簡単に手に入れられる。

だが、エランの洗脳具はそんな通常のものとも異なっていた。エランのつけるそれは、ルチアが己の触手で改造した特別製だ。一度つけてしまえば、ルチアにしか外せない。無理に外そうとすれば、脳に根を張った触手により人格が破壊されるか――最悪は死に至る。

「そんなものを、あんな簡単につけてしまうんだから」

触手が中に入った瞬間の表情はたまらなかった。自分の命をも脅かすものなのに、それに頭を弄《いじ》られて一瞬浮かべた恍惚の表情。自分が浮かべてしまっていた表情に、エランは気づいていたのだろうか。全身を駆け抜けただろう快楽に身体を震わせ、頽《くずお》れそうなのを必死で耐える姿もいじらしかった。エランが快楽に弱いのだろうと察したのも、そのときだ。

一見、欲のない人間に見えたがそうではなかった。エランは自分の持つ本性を知らないだけだ。

実際は快楽に弱く、それに抗えない人間であることを、ルチアはその一瞬で見抜いた。

こんな本性の人間であれば堕《お》とすのは簡単だ――だが、そうするつもりはない。

「……簡単には堕《お》としてあげない」

人間は抗う姿がいいのだ。狭間で葛藤する姿――堕《お》ちそうになったときに見せる苦悩の表情が、ルチアを何よりも興奮させた。

触手としての本能を持ち合わせるルチアにとって、性行為とは食事でしかない。食欲も欲求には違いないが、人間の持つ性欲のように快楽を得られる行為ではなかった。ただ――心が躍る行為であることには違いない。その高揚感をさらに高めるのが、獲物の抗う姿なのだ。

――もっと見たい。もっと感じたい。

洗脳具はそのために使うつもりだった。ぎりぎりのところで無理やり理性を戻し、心をじわじわと追い詰め、何度も繰り返し、踏みにじる。

エランを堕《お》とす悦《よろこ》びを想像しながら、ルチアは唇を歪めた。

ふと廊下に気配を感じて、ルチアは顔を上げた。少し遅れて扉が開く。

部屋に入ってきたのは褐色の肌をした老年の男性、シュカリだ。

シュカリの頭には特徴的な二本の巻き角が生えている。この老人は人間ではなく、人間と関わりながら暮らす奇特な魔族だった。

シュカリはルチアの姿を確認して微笑むと、ゆったりとした動作で頭を下げる。

「彼の着替えを持ってまいりました」

ルチアの傍らで眠るエランを起こしてしまわないよう、小さな声で告げた。

手に提げていた籠をルチアに手渡すと、再び穏やかな笑みを浮かべる。

「手伝いが必要ですか？」

「必要ないよ。お前も休むといい」

「それでは、お言葉に甘えまして。おやすみなさいませ、ルチア様」

「ああ、おやすみ」

シュカリはもう一度頭を下げると、足音も立てずに部屋を出ていった。

閉まった扉を見つめながら、あれも変わった魔族だとルチアは思う。

魔族は本能的に、ルチアのような半魔を嫌う——にもかかわらず、シュカリは一度もそんな素振りを見せたことがなかった。それどころか、魔族である父に捨てられ消滅しかけていたルチアを拾い、ここまで育て上げたのはシュカリだ。

いまだに、なぜあの老人がルチアにそこまでしたのか、その理由を聞いたことはない。

それだけでもずいぶんな変わり者なのに、シュカリはルチアを主人とし、この見世物小屋で従業員として働いている。ルチアに頭を下げることも厭《いと》わない、本当に変わり者の魔族だった。

『エラン。そのまま眠っていて』

ルチアは洗脳具を通してエランに命じた。

こうすれば、何をされてもエランが起きることはない。たとえ、心臓に剣を突き立てられたとしても、一瞬も目を覚ますことはないだろう。この洗脳具にはそれほどの効果がある。

エランを見つめるルチアの瞳の中心に赤い光が点《とも》った。ローブの裾が不自然に蠢《うごめ》く。

現れたのは、淡い金色の細長い触手だ。それは舞台でエランを苛《さいな》んでいたものとは少し異なり、表面に粘液などは付着していなかった。つるりとした、植物の蔓のような見た目の触手だ。

ルチアは十本ほど生やした触手を器用に使ってエランの身体を持ち上げ、服を纏《まと》わせていく。

まさか、自分の触手をこんな風に使うことになるとは思わなかった。

ルチアの触手は魔力の続く限り、いくらでも自由に生やすことが可能だ。

こうして手足の代わりに使うこともあれば、舞台でやったように、他の生物の体に寄生させるなんてこともできる。だが、こんな風に触手を使って他人の世話をすることになるなんて、今までの自分から想像できただろうか。

「まったく……君はボクに面白い変化を与えてくれるね」

ルチアはエランを再びベッドに下ろした。

顔を覗き込んで、そっとエランの額に唇を落とす。誰かにそんなことをしたのも初めてだった。

「また朝になったら迎えにくるね」

そう言ってエランの髪を撫でながら、施した〈眠り〉の暗示を解く。これで朝にはすっきりと目を覚ますはずだ。

明日は何をしようか——珍しく浮かれた気分で、ルチアはエランの部屋を後にする。

パタンと扉が閉まり、部屋に夜の静寂が訪れた。

第二幕　花に喰《く》われた冒険者

目を覚ますと、そこはエランのために用意された控え室だった。

エランはぼんやりとしたまま上半身を起こすと、部屋の中をぐるりと見回す。特に変わった様子はなかった。文机の上にはエランが昨日置いた荷物が、そのままの状態で置かれている。必要最低限のものしか入っていない小ぶりな鞄と愛用の短剣。その隣には昨日、舞台に出るときに支給された短剣も一緒に並べられていた。

――舞台に出たのは……夢じゃないんだな。

現実味はなかったが、あの短剣がここにあるということは、昨日の出来事は現実に起きたことなのだ。追い詰めたはずの化けガエルに反撃を食らい、触手に囚われ、ひどく犯された記憶は確かにある。しかし、なぜかその記憶と現実がうまく結びつかなかった。

誰かがそうされているのを、ずっと見ていたような……『悪い夢を見ていた』と表現するのが一番しっくりくるかもしれない。

「身体におかしなところはない、か」

エランはベッドの端に座り、自分の身体を見下ろしたが、どこにも昨日の痕跡を見つけることはできなかった。傷や痛み、だるさといった異常もない。あれだけ執拗に犯された後孔でさえ、かすかな違和感も残っていなかった。

服も着替えさせられていた。全身黒色で飾り気のない質素な服だが、肌触りからして上質な素材で作られたもののようだ。締めつけが少なく、動きやすい。

エランはベッドを降りると、大きく背伸びをしてから身体の調子を確認した。

こんなときでも、きちんと身体が動くのか確認してしまうのは、冒険者の性《さが》なのだろう。

「あれは、鏡か」

部屋の隅に鏡を見つけ、おもむろに近づく。そこには、昨日ここに来る前となんら変わりない自分が映っていた。やはり昨日のことは、ただの悪夢だったのではないかと思えてくる。

「あ、これ……通信の魔術具か」

そんな中で一つだけ、あの出来事が現実であったと示すものを見つけた。

通信の魔術具——舞台に出る前にルチアから渡されたものだ。通信具は今もエランの両耳にしっかり埋まっていた。指先でつつくように触れてみたが、外し方がわからない。

——どういう仕組みなんだ、これは。

眉を顰《ひそ》めながら鏡を覗き込んでいると、コンコンと部屋の扉を叩く音がする。

「起きてたんだね。おはよう」

現れたのは、ルチアだった。エランを見つけて、笑顔で話しかけてくる。

「部屋に入っても？」

「……あ、ああ」

そう答えたものの、エランは居心地の悪さを隠せなかった。

ルチアには、昨日の痴態を余すところなく見られた。それだけではない。通信具越しにエランを責め、苛《さいな》んだのは間違いなくこの男だ。だというのに、ルチアは表情一つ変えないどころか、エランに対してにこやかに接してくる。

エランは自分の感情にも小さな違和感を覚えていた。自分をあんな目に遭わせた相手だというのに、ルチアに対して負の感情が浮かんでこなかったからだ。これは、どういうことだろう。

「どう？　よく眠れた？」

「……問題ない」

「それならよかった」

質問には答えたものの、エランはルチアの顔を直視できなかった。鏡の前に突っ立ったまま、視線を床に彷徨《さまよ》わせる。そんなエランの前に影が落ちた。視線の先にルチアの足先が見える。しばらく俯《うつむ》いたままでいると、伸びてきたルチアの手がエランの顎先に触れた。

「…………っ」

驚きに身を竦《すく》めたエランに、ルチアは何も言わなかった。

無言のまま、指の背でエランの顎の縁を撫でる。これまで誰にもされたことのない触れ方に、エランは戸惑いを隠せなかった。

「どこか痛いところはない？」

「普通だ…………んッ」

ルチアの指先が唇をかすめる。ぞくりと甘い痺《しび》れが走り、喉を鳴らしてしまった。

――どうして。

自分の反応が信じられない。困惑するエランの頬に、ルチアが手の甲を滑らせる。そのまま顎下まで撫で下ろすと、掬うようにエランの顔を持ち上げた。ルチアの藍色の瞳と視線が絡む。

「ん……っ」

目が合った瞬間、腹の奥が重く脈動した。そこから熱が全身へと広がり、呼吸が荒くなる。

「すっかり、発情することを覚えたみたいだね」

そう言って楽しそうに笑いながら、ルチアはエランの首元をくすぐった。

与えられた刺激に肩をひくひくと震わせながら、エランは混乱を隠せない。

――今、何を言われたんだ？

言葉の意味がわからなかった。ルチアの声ははっきり聞こえているのに、まるで知らない外国語を聞いているかのように言葉が理解できない。あまりに不可思議な現象にエランは首を傾けた。

「……なんだ？　何を言ったんだ？」

「いいんだよ。エラン。気にする必要はない」

「でも……っ」

何かがおかしい――そう言おうとしたのに、続きは言葉にならなかった。

ルチアの手がエランの胸に触れたせいだ。指先で胸の突起を弾かれ、ひくりと身体が揺れる。腹の奥の疼《うず》きがさらに強くなった。自分の身体のことなのに、変化についていけない。

「ん……ふ、ぁ」

混乱しているのに、口からは勝手に甘い声が漏れる。ルチアにこんな風に触れられることをおかしいと思っているのに、なぜか抵抗できなかった。それどころか『もっと触れてほしい』と思ってしまっている。無意識にルチアの手に身体を擦り寄せてしまうほどに。

表情を蕩けさせたエランを見て、ルチアは目を細めて笑う。

『そんなに簡単に堕《お》ちないでよ……面白くない』

笑顔とは裏腹に、落胆した冷ややかな声が頭に響いた。一瞬にして体温が下がる。まるで心臓に氷の杭が突き刺さったかのように、胸の中心から鋭い冷たさが全身に広がった。

「ぁ……あ……」

それは怯えの感情となって、エランを蝕《むしば》む。

——恐ろしい。この男に興味を失われることが、恐ろしくてたまらない。

自分のことなのに、どうしてそう思うのかまではわからなかった。

震えるエランを見て、ルチアは満足そうに唇の端を上げる。

「可愛いね、エラン。怯えてるの?」

「ッ……そんなことは、ない」

どれだけ口で否定しても誤魔化せないほどに、エランの声は震えていた。それでも必死に表情を取り繕い、平静を装う。

「やっぱり、そうやって強がってるエランのほうが、ボクは好きだよ」

エランの耳元に顔を寄せ、ルチアが囁いた。だが、その言葉の意味も理解できない。

「まあ……このままじゃ話ができないから、このぐらいにしておいてあげようか」

ルチアがパチンと指を鳴らした瞬間、急に視界が晴れた。さっきまでの恐怖がなんだったのかと思うほど、一瞬でエランの心に平穏が戻る。

身体の震えも止まり、氷のように冷たくなっていた指先にも体温が戻っていた。

——今のは、なんだったんだ？

自分の心と身体の変化についていけない。

ルチアはエランから離れると、ベッドの端に腰を下ろした。ぽんぽんと自分の隣を叩く。

「エランも座って。報酬と今後について話しておきたいから」

「俺は別に立ったままでも」

「ボクの隣においで、エラン」

ルチアの声に、なぜか逆らえなかった。おそるおそるベッドに近づき、人一人分の隙間を空けてルチアの隣に腰を下ろす。その様子をじっと見ていたルチアが、息を漏らすように笑った。

「まず、これが昨日の報酬だよ」

現金を直接渡されるわけではないらしい。ルチアから手渡されたのは小さな紙きれだった。

エランはそこに書かれた金額を見て、驚きに目を瞬かせる。

「……こんなに？」

紙に書かれていたのは、最初に聞いていた報酬の約二倍の金額だった。

にわかには信じられない。本当にこんな大金が、たった一晩で手に入るなんて。

「これなら……あと一回、舞台に立てば」

既に返済に必要な額の半分を稼ぎ終えていた。

借用書を見せられたときは到底返せそうにない額に愕然としたが、これならば――

「残念だけど、二回目に同じだけの金額を稼ぐのは難しいよ。投げ銭は五分の一ぐらいに減っちゃうからね」

「……そうなのか」

「初めての子に、うちの客は甘いんだよ。それでも普通に稼ぐよりは早く稼げるでしょ？」

それは間違いない。たとえ投げ銭が全くなかったとしても、あと二回我慢して舞台に上がれば、確実に借金を返せるのだ。

「それで次の舞台だけど、二日後になるから」

「……え？　二日後？」

てっきり「今晩も出ろ」と言われるのだと思っていた。

拍子抜けした声で聞き返したエランに、ルチアも目を丸くする。

「今日も犯されたかったの？」

「違う！　ただ……金がすぐに必要なだけで」

物好きだと言われた気がして、大慌てで否定する。理由を説明するエランに、ルチアは「知ってるよ」と言って笑った。どうやら揶揄《からか》われただけらしい。

「でも、そんなに急ぐの？」

「せめて五日後までには、あと二回分稼ぎたい」

「そっかぁ……でも、あんまり同じ子ばかりが続くと客も飽きちゃうからなぁ。二日後でもかなり早いほうなんだけど。しかも、その後にもう一回となると……かなり厳しいんじゃないかな」

言われてみれば当然だ。同じ演者の舞台ばかりでは、客はすぐに飽きてしまうだろう。それでは商売にならない。特にこの見世物小屋の客は大金を払って舞台を観にきているのだ。中途半端な演目をやるわけにはいかないのはわかる。

「五日で二回は、現実的ではないだろうね」

「……そうか」

ルチアも考えてくれたようだったが、やはり難しいようだった。

「代わりといってはなんだけど、雑用を頼めないかな？」

「雑用？」

「ここの仕事は舞台に出ることだけじゃないからね。エランさえよければ、他の仕事を手伝ってくれない？　期日までに君が必要な額を渡せるようにするから」

「いいのか？　でも、どうしてそこまで」

「昨日の君は本当に素晴らしかったからね。それぐらいの見返りはあって当然だよ。それに、ボクも君のことを気に入ったから、力になりたいんだ」

近づいてきたルチアに、ぎゅっと手を握られた。至近距離から瞳を覗き込まれ、目が離せない。

「……それなら、頼む」

エランは申し出を受けることにした。嬉しそうに微笑んだルチアが、さらに顔を寄せてくる。

『その代わり、もっと必死に抗う姿をボクに見せてね』

頭に響いた言葉は意味を理解する前にエランの中に染み込んでいき、無意識の部分にしっかりと焼きつけられた。

ルチアと別れた後、エランは見世物小屋の中にある食堂を訪れていた。従業員用の施設だ。

ここで働いているあいだの食事は無償で提供されるらしい。報酬もそうだが、この見世物小屋は驚くほど待遇がいい。衣食住がすべて無償だなんて。仕事の内容がまともであれば、冒険者を辞めてここで働きたいと思うぐらいだが……現状、その選択肢だけは絶対にあり得なかった。

――誰も好んで魔物に犯されたいなんて思わない。

金のためでなければ、エランだってそんなことは望まなかった。しかし、今は金が必要だ。

借金が期限内に返せなければ奴隷落ちだってあり得る。奴隷に落とされれば何年も自由を奪われるだけでなく、ここで魔物に犯されるよりもっとひどい目に遭わされる場合もあるのだ。

そう考えれば、ここで働くほうがまだマシだった。

この数日間だけ我慢すれば、またすぐに冒険者に戻れる。いつ命を落とすかもしれない冒険者の仕事も決して楽なものではなかったが、今はそんな日々すら懐かしく思えた。

「ねえ、君。エランくんだよね？」

食事中のエランに後ろから声を掛ける者がいた。こんな場所には似つかわしくない可愛らしい声に驚いて振り返ると、相手も目を丸くしてこちらを見ている。

「あれ？　違った？」

「……いや、合っている」

「よかったー」

そう言って無邪気な表情で笑ったのは、派手な道化服に身を包んだ少年だった。

声の印象どおり、幼い見た目をしている。

――どうして、子供がこんな場所に？

戸惑うエランをよそに、少年はきらきらと輝く大きな瞳でエランの顔を見つめてきた。

「僕の仕事を手伝ってくれるって、ルチアさまから聞いてるんだけど」

「お前、ここで働いているのか？」

「そうだよ。僕の名前はイロナ。ここで魔物使いをしてるんだ、よろしくねっ！」

イロナは満面の笑みで元気よく名乗ると、エランに向かって手を差し出した。

「魔物の餌やり？」

「そう！　全然難しい仕事じゃないんだけど、今日はいつも手伝ってくれてる子が来れなくなっちゃってね。どうしようかと思ってたから、助かったよー」

食堂を出て、廊下を歩きながらイロナの説明を聞く。

今日、エランに与えられた仕事は〈魔物の餌やり〉ということだった。

魔物使いであるイロナは、この見世物小屋で使う魔物を調教し、操るのが主な仕事らしい。その一環で、こうして魔物の世話もしているのだそうだ。

——その手伝いをしろってことか。

エランは無表情のまま相槌を打ちながら、機嫌よさげに前を歩くイロナのほうに視線を向ける。

イロナの子供のような見た目が気になって仕方なかったからだ。

こんなところで働いているのだから、実際に幼いということはないのだろうが、その見た目や振る舞いはどう見ても普通の子供のようにしか見えない。

——いや……詮索はやめておこう。

この見世物小屋で、過度な詮索は命取りとなる可能性がある。エランには最初にルチアと交わした契約があるからだ。この見世物小屋のことを他言してはならないという契約。その中にもし、従業員のことが含まれているのだとすれば、話せない内容が増えてしまうことになる。

——こういう仕事を手伝うのも、本当はよくないんだろうな。

しかし、金には代えられない。

舞台の出番を待っているだけでは、借金の返済期限に間に合わなくなってしまう。

「ところで、エランくん。僕、エランくんに会ったら、聞きたいことがあったんだよね！」

「？」

廊下をさらに奥へと進み、喧騒が遠くなったところで、イロナがぴたりと足を止めた。

くるり、とエランのほうを振り返る。

「……俺に、聞きたいこと？」

聞き返したエランに、イロナは意味ありげな笑みを浮かべると、おもむろに口を開いた。

「その耳についてる洗脳具ってどんな感じ？　エランくんの思考はもう完全にルチアさまに洗脳されちゃってるの？」

「…………？」

イロナの言葉が理解できず、エランは首を傾げる。声はきちんと聞こえているのに、言葉の意味が理解できない――ルチアと話していたときと同じ現象だった。

――なんなんだ……これは。

思考に雑音が混ざる不快な感覚にエランは顔を顰《しか》める。そんなエランの表情に何か察したのか、イロナが唇を歪ませた。おぞましさを覚える笑みに、ぞわりと背筋に冷たいものが走る。

「へー、すごいな。ほんとにわかんないんだ」

「……わからない、とは」

「ふふ。面白いなー。ちゃんとわかる言葉もあるのに、大事なとこだけ理解できないなんて」

イロナはそう言うと、エランの顔を下から覗き込んだ。

人差し指でエランのこめかみに触れながら、再び不気味な笑みを浮かべる。

「エランくんはね、どんなにぐちゃぐちゃにされても――たとえ、死ぬようなひどい目に遭わされても、ルチアさまにされることならなんでも嬉しくなっちゃう、そんなどうしようもない生き物にされちゃったんだよ」

「何を、言っている……？」

「あははっ！　すごいなー。僕もそれ欲しくなってきちゃった！　ルチアさまに頼んだら、僕の分も作ってくれないかな」

状況を全く理解できずに焦るエランのことなど気にする様子もなく、イロナは目を輝かせて笑っている。存分に笑った後、息がかかる距離までエランに顔を近づけた。

「エランくんって、ほんっと可哀想だね」

言葉とは正反対の嘲笑《あざわら》うような表情だった。

「さーてと、あんまり遊んでたらルチアさまに怒られちゃうね。さ、仕事仕事ーっと」

「おい、待て」

「突き当たりの部屋が、エランくんの今日の仕事場だよ。ほら、早く早く！」

話を聞く気はないのか、イロナは勝手に話を進めていく。

急かすように掴んだ腕を引っ張って、扉の前にエランを立たせた。

「この部屋にいるのは、まだ一度も舞台に出たことがない子なんだ。うちに来てからまだそんなに経ってなくてね」

イロナが説明しながら扉を開く。部屋の中から魔物のものらしき鋭い魔力を感じ、エランは瞬時に身構えた。

「そんなに緊張しなくても大丈夫だって。ほら、入りなよ」

「――ッ！」

イロナに背中を押され、部屋に足を踏み入れると、今度は強い殺気に晒《さら》された。

無意識にいつも短剣を装備している太腿《ふともも》へと手を伸ばす――が、今そこに愛用の短剣はない。自分が丸腰であったことを思い出し、エランは小さく舌打ちをした。

「あっはは。エランくん、ビビりすぎだって。大丈夫だって言ったじゃん」

遅れて部屋に入ってきたイロナが、そう言ってエランのことを笑う。

しかし、いくら大丈夫と言われても魔物から発せられる殺気を無視できるはずがなかった。相手がエランを殺そうとしているのは紛れもない事実だ。

「大丈夫だって言ってるのに……」

イロナが不満そうに漏らしながら、エランの横に立った。

その視線は部屋の奥、殺気を感じる暗闇のほうへと向けられている。

「スイ、ご飯の時間だよ。エランくんは君にご飯をくれる人なんだから、殺そうなんて思っちゃだめだって」

暗闇に向かって、イロナが優しく声を掛ける。すると驚いたことに、エランに向けられていた殺気が跡形もなく消えた。それでも穏やかな雰囲気とはいえなかったが、少なくともさっきまで痛いほど感じていた負の感情が一気に霧散したのは間違いない。

「ほら、これで怖くないでしょ」

イロナの魔物使いの実力は本物のようだった。こんな風に話しかけただけで魔物の殺気を鎮められるなんて、こんな能力は今までに見たことも聞いたこともない。

「さーて、餌の準備を始めよっか。スィが腹ペコで可哀想だしね。じゃあ、まずはエランくん。ここで裸になってくれる？」

エランは耳を疑った。しかし、イロナの表情は本気だ。

「裸になる？　ここで？　なんのために？」

「なんのためって、餌やりのために決まってるでしょ。僕にエランくんの裸を見る趣味はないよ。それに昨日、舞台であんな恥ずかしい姿を晒《さら》しておいて、今さらもったいぶる必要ある？」

「……ッ」

――見ていたのか、こいつも。

魔物に敗北し、無様な格好を晒《さら》し、大勢の観客の前で犯された自分の姿を。

エランは眉を顰《ひそ》めながら俯《うつむ》くと、震える手をきつく握りしめる。しばらく無言で考え込んだ後、意を決して、着ていたものをすべて脱いだ。

「わー、綺麗な身体だね。さすが現役の冒険者だ」

「っ……で、次は何をすればいい」

「じゃあ、これを飲んで」

「……これは？」

「いちいち質問しないでくれる？　どうせ飲むのに中身を知る必要なんてある？　毒とかそういうのじゃないからいいでしょ」

笑顔でエランを褒めていたのに、疑問を口にすれば冷たい口調で返される。

これ以上の問いは無意味だと覚悟を決めたエランは、受け取った小瓶の中身を一気に呷った。

喉に染みるほど甘い味をしたそれは、ゆっくりとエランの喉の奥を落ちていく。舌にこびりついた甘さが気になり唾液を数回に分けて飲み込んだが、それでも口の中に残った甘さはなかなか消えてくれなかった。

「今、エランくんが飲んだそれはね、ケラスィナの蜜だよ」

「蜜……？　ケラスィナというのは？」

「奥にいる魔物の名前。僕はスィって呼んでるんだ。スィの蜜はね、魔物にとって極上の栄養になるんだよ。でもね、人間にとっては違う」

にっこりと笑ったイロナは、そこで言葉を止めた。

じっとエランを見つめ、何かを待っているようにも見える。

「……っ」

ドクン、と鼓動が不自然に跳ねた。全身が急激に熱くなり、肌にピリピリと痺《しび》れのような痛みを感じる。その感覚には覚えがあった。

――まさか、さっき飲んだ蜜の効果というのは。

「効いてきた？　エランくんは初めてじゃないからわかるよね。人間にとって、スィの蜜は媚薬になるんだよ。それもすっごく強力なね」

「く……あぁっ」

自分の手が太腿《ふともも》に少しかすっただけなのに、震えてしまうほどの快感がエランを襲う。

「トラコの……昨日の媚薬とは桁違いでしょ？　あははっ、そんなに睨まないでよ。これも仕事なんだから」

イロナの指がエランの顎に触れた。肌の表面を撫でるように軽く指を滑らされただけなのに、敏感になった身体は無条件に快感を拾い、反応してしまう。

「ん、ぁ……っ、やめろ」

「そろそろいい頃合いかな。さあ、スィ。ご飯の時間だよ」

イロナの呼びかけに合わせて、ほわりと部屋に明かりが点《とも》る。

部屋の奥に鎮座していたのは、紫色の美しい花弁を持つ、エランの倍の背丈はある巨大な花の魔物だった。


「……無理だ、やめッ」

媚薬に侵された身体では、ろくに抵抗もできなかった。

イロナに無理やり腕を掴まれ、花の魔物ケラスィナの前まで連れていかれる。そこはもう、ケラスィナの射程範囲内だった。

武器も装備もない、こんな無防備な状態で魔物の前に立つことになるなんて。

花の脇から生えた蔓がエランに向かって伸びてくる。反射的にそれを避けようとしたエランの動きを、イロナが片腕だけで制した。

「だめだよ、餌が逃げたりしちゃ」

――やっぱり、俺がこの魔物の餌なのか。

服を脱がされた時点で嫌な予感はしていた。飲んだものが媚薬だとわかり、それはほぼ確信に変わっていたが……この予想は間違いであってほしかった。

「絶望した顔しないでよ。今回もエランくんは気持ちよくなるだけだから安心して」

「そんなことは望んでいない」

「えー、昨日あんなに嬉しそうだったじゃん。今だって、ここは期待に震えてるみたいだし？」

「ひ……ッ！」

媚薬で反応し始めている急所の先端を指でつつかれ、思わず情けない声を上げてしまった。

イロナが目を細め、嫌な笑みを浮かべている。おもむろにケラスィナのほうへと手を伸ばすと、何かを掴んでこちらに引き寄せた。

「エランくん、見て。これがスィのお口だよ」

イロナの手のひらよりも大きな細長い楕円形の物体は、膨らんだ果実のように見えた。色はケラスィナの花弁より少し薄い紫色をしている。

「これを軽く握ってあげるとね、こうやって口を開けるんだよ。可愛いでしょ」

イロナが横から果実を握り込むと、先端が十字に割れ、くぱっと不気味に口が開いた。

そこから漂ってくる甘い香りにエランの身体が反応する。腹の疼《うず》きがひどくなり、全身の熱もさらに上がった。視線を離せないでいると、イロナが堪えきれなくなったようにくすくすと笑う。

「蜜を飲んだ人間に、この香りはたまらないらしいね。欲しくなってきたんでしょ？」

「……何をさせる気だ」

「言ったでしょ。すごく気持ちいいことだよ。昨日は雌にされちゃったエランくんに、雄の役割を思い出させてあげようと思って。ほら、受け取って」

そう言って、手の中の果実——ケラスィナの口をエランのほうに差し出した。

「これは仕事だから、ちゃんとエランくんが自分から餌やりしないとね」

イロナに無理やり握らされたそれは想像していたよりも弾力のある物体だった。どくどくと感じるのはケラスィナの脈動だろうか。見た目は植物なのに、やはり魔物なのだ。

においを放つ物体が近くなったせいか、甘すぎる香りに頭がくらりと揺れた。わかりやすく、エランの陰茎が反応し始める。強制的に発情させられる不快感にエランは顔を顰《しか》める——だが、紅潮した頬も潤んだ目も乱れた呼吸も、快楽を求めてやまない人間のそれでしかなかった。

「発情したエランくんは、やっぱり雌の顔だなー」

「………………」

言われていることは理解できたが、反論する気力はなかった。

ひどく喉が渇いているときのように、求めているもののことしか考えられない。もちろん、今エランが欲しているのは水ではない——快感だ。

「ケラスィナが何を食べるのかは、もうわかってるよね？」

イロナが耳元で囁いた。かすかな吐息にも感じてしまいそうになる自分を必死で誤魔化す。

「――そこにエランくんのおちんちんを挿《い》れて、中にたくさん出してあげて」

雄の本能を掻き立てる淫靡な誘いに、腹の奥にじんわりと重い疼《うず》きが広がる。それでも、こんな得体の知れないものに急所を挿入するなんて恐ろしくてできるわけがなかった。ふるふると力なく首を横に振ったが、それでもエランの視線は自分の手元――ケラスィナの口に釘づけだ。

「意外にしぶといなー。ちょっと面倒くさくなってきたんだけど」

「手こずっているようだね」

「……っ」

呆れたようなイロナの声に聞き覚えのある声が重なる。声のほうを振り返ると、ゆったりとした足取りでこちらに向かってくるルチアと目が合った。

「……お前、なんで」

「あ、ルチアさま！　こんにちはっ！」

疑問を口にしたエランの弱々しい声は、イロナの弾んだ声にほとんどかき消されてしまった。

イロナはルチアのことを嬉しそうに見つめ、そんなイロナを見下ろすルチアの目も優しげに細められている。その光景になぜかエランの胸は鋭く痛んだ。

「今は何をしているところ？」

「餌やりですよ。今からエランくんがスィに餌をあげるところなんです」

「それは面白そうだね。少し見ていってても？」

「もちろんです！　ほら、エランくん。あんまり焦らさないで、早くしてくれる？」

そんな風に催促されても無理なものは無理だ――エランがそう口にしようとした瞬間だった。

『さあ、やるんだよ。エラン』

またしても、頭の中にルチアの声が響いた。

すぐ隣に立つルチアの瞳の奥に、ぽつりと赤い光が点《とも》っているのが見える。

頭に直接響いた命令に、先に反応を示したのは身体だった。嫌だという気持ちは変わっていないのに、ケラスィナを握っている手が勝手に動き始める。

――嫌だ……こんなことしたくない。

エランは表情を苦悶に歪める。だが、いくら頭で拒絶しても手の動きは止められない。

「ぐぁ、ああ……」

ずぷずぷ、とエランの陰茎がケラスィナの口に呑み込まれていく。

肉厚の襞で覆われたケラスィナの口内は、食事に――人間の精を効率的に搾《しぼ》り取るために特化した構造になっていた。蠢《うごめ》く襞が陰茎をすっぽり包み込んだ瞬間、強烈な快感がエランを襲う。

驚いて手を離してしまったが、一度食らいついたケラスィナが外れることはなかった。

「ん、ぁあああ――ッ」

エランは最初の衝撃だけで、ケラスィナの口の中に精を吐き出していた。

びくびくと腰の震えが止まらない。その場に膝から崩れ落ちそうになったエランは無意識にルチアのほうに手を伸ばしていた。ルチアの鍛えられた身体に縋《すが》りつくように腕を回す。

「……君は、何を」

ルチアが驚愕に目を見開いている。しかしそれは一瞬の出来事で、見間違いだったかと思うぐらいすぐに元の軽薄な表情に戻っていた。

「気持ちよさそうだね、エラン」

ルチアにしがみついたまま、何度目かの吐精をしたエランの顎にルチアの指が添えられた。顎を持ち上げられ、顔を覗き込まれる。過ぎた快楽の連続で涙が止まらないエランは、涙の膜越しにルチアの顔をぼんやりと見つめた。

「ん、ぁああ……」

一際強く精を吸い上げられ、首を反らせる。口からは甘い声が漏れた。そんな声を出したいわけじゃないのに……どうやっても声を抑えられない。腰もずっと前後に揺れたままだ。

精を吐き出すたび、頭に靄《もや》がかかっていく。

あと何度精を吐き出せば終わるのか——それより先に自分が干からびてしまうのではないかと思えてくる。頭をよぎった恐怖に、エランは顔に触れていたルチアの手に頬を擦り寄せていた。

「まだ堕《お》ちてはいないはずなのに……君は無様で可愛い子だね」

それは優しい声色に聞こえた。ルチアがどんな表情をしているのか、意識を手放しかけていたエランには確認のしようがない。

ケラスィナの責めは、エランが気を失っても続けられた。


ぱちり、と突然覚醒する。

眼前に広がる天井には見覚えがあった。ここは見世物小屋の控え室――エランの部屋だ。

朝と全く同じ目の覚まし方に、エランは混乱していた。

身体を起こそうとして、下半身に違和感があることに気づく。すぐに自分がケラスィナにされたことを思い出し、ぎゅっと眉を顰《ひそ》めた。

エランは全裸のままだった。おそるおそる自分の身体を見下ろしたが、見た目に異常は見当たらない。ケラスィナに食らいつかれていた場所は限界まで搾《しぼ》り取られた影響なのか、いつもより力なく萎《しお》れている気がしたが、特に痛みがあるわけではなかった。

だが、一か所だけ違和感のひどい場所がある――身体の内側だ。

媚薬が抜けきっていないのか、腹の奥の疼《うず》きは全く治まっていなかった。

エランは思わずベッドの上で腰をよじる。シーツに尻を擦りつけると、少しだけその疼《うず》きが治まる気がしたからだ。しかし、動きを止めてしまえば、それもすぐにぶり返してしまう。

「なんだ……これ」

痒みに近い違和感は少しずつひどくなっている気がした。手元にあった枕を強めに抱きしめてみたが、そんなことで誤魔化せるはずがない。

――中を激しく掻き回したい。

ふと過ぎった己の願望に、エランは慌てて首を横に振った。一瞬でもそんなことを考えてしまった自分を嫌悪する。どうにかして、この疼《うず》きを治す方法はないかと必死に考える。

そのあいだも腰から下をずっと動かしてしまっていたが、それには気づかないふりをした。

何か薬でもあれば……ルチアから特級万能薬を貰っておけばよかったが、今さら後悔したところで遅い。自分の荷物に何かいいものはなかったかと思いながら、エランは文机のほうを見る。

だが、その視線が向かったのは鞄ではなく、その隣にある短剣だった。それも愛用の短剣ではなく、舞台に出るときに渡された短剣。その柄の形から目が離せなかった。

――あれを挿《い》れたら、気持ちいいだろうか。

媚薬の熱に浮かされた頭には、それがひどく卑猥に映った。

丸みを帯びた先端やその下にあるくびれが、今のエランにはとても魅力的に見える。ぼこぼこと波打つ持ち手部分も、それでナカを擦る感覚を想像するだけで身震いが起こるほどだ。

そんな想像をしてしまったら、もう止められなかった。

エランはベッドから降りると、吸い寄せられるように文机の上の短剣を手に取る。鞘が外れてしまわないよう紐で固定する理性は残っていたのに、これを挿《い》れたいという欲には抗えなかった。

エランはベッドの上に四つん這いになると、剣の柄の先を自分の尻にあてがう。

先ほどまでの葛藤はどこへ行ってしまったのかと思うほど、一瞬も躊躇《ためら》うことなく、ずぷりと自分の後孔に短剣の柄を押し込んだ。

「ん、はぁあ………ン」

全く慣らしていないのに、エランの後孔は驚くほど柔らかかった。

一番太い先端の丸い部分を難なく呑み込んでしまう。握った短剣を小刻みに動かしながら、エランは夢中でじんじんとする内壁を自分の欲するままに擦った。

「ぁ……はぁ、ん……ぁあ」

気持ちよさに頭は完全に蕩けていた。枕に顔を埋めたまま、ひっきりなしに甘い声をこぼす。

——気持ちいい、気持ちいい……きもちいい。

背を反らせながら身体を震わせる。手を動かしながら、腰も前後にへこへこと揺らす。もっと奥、もっと奥……と貪欲に求め続けた結果、剣の柄のほとんどはエランの中に収まってしまっていた。それを激しく前後に動かしながら、甘い声を上げ続ける。

エランの陰茎もいつの間にか張り詰めた状態になっていた。ケラスィナにあれだけ貪られた後だというのに、内側からの快楽に煽《あお》られ、透明な液体をだらだらとこぼしている。

「……も、イきたい……イかせて、ルチア」

ルチアの名前を口にしたのは完全に無意識だった。その名を呼んでしまったことにエランもまだ気づいていない。今、この部屋にいるのはエラン一人だ。別にイくことを禁じられているわけではないのに、エランは懇願するようにルチアの名前を呼んでいた。

「——だめだよ、エラン。まだイかないで」

エランの懇願に返答があった。しかも、それはエランの絶頂を禁じるものだった。

高まっていた射精欲は解放されないままになる。快楽の熱がぐるぐると激しく渦巻く感覚に、エランは身体をよじった。

「ッぁ……あぁっ、なんで？」

「ボクの名前を呼んだのは君だろう？　ずいぶんと煽情的な格好をしてるね、エラン」

ルチアはいつ部屋に入ってきたのだろう。扉が開く音にも足音にも全く気づかなかった。

「手が止まってるよ、エラン。ほら、ちゃんと動かして。でも、イってはダメだよ。ボクがいいと言うまで我慢して」

「ど、して……」

「できるよね？　エラン」

頭に直接響く声ではない。それなのに逆らえない。操られるように短剣を持つ手を再び動かす。

ぐちゅぐちゅと聞こえる卑猥な音が、エランを聴覚から煽《あお》った。一度動かし始めると、その手はどうやっても止められない。

ルチアに見られているのに——そんな羞恥すら、エランの快楽を高めるだけだった。

「せっかく雄の役割を思い出せたのに、雌の気持ちよさが欲しくなっちゃったの？　自分でそこを使って気持ちよくなれるなんて、エランはもうすっかり雌なんだね」

「や、違う……めすじゃ、ないっ」

「あっはは。そこは否定するんだ。ねえ、エラン。本当は抵抗せずに雌になってしまったほうが、君は今よりずっと幸せになれると思うよ」

「わ、かんない……っ、も、イき、たい」

ルチアの言葉の意味は、ほとんど理解できなかった。

イきたくてイきたくて仕方ない。放つことのできない熱の苦しさで涙があふれてくる。

「別にイけないわけじゃないでしょ、エラン。今はそれを使ってないんだから、ボクの命令にも逆らえるよね？」

ルチアの言う『それ』というのが、なんなのかはわからない。確かにイこうと思えばイけるのかもしれないが、そうしたいとは思わなかった。そんな風に考える理由もわからない。快楽に蕩けた頭に難しいことは何もわからなかった。

エランはただ「いやだ」と譫言のように繰り返す。

首を横に振るたびに、目に溜まった涙がぽろぽろとこぼれた。

「それも嫌なの？」

ルチアの問いに、エランは迷うことなく首を縦に振った。

嫌だった。何がどうしてなのかはわからない……けれど、どうしても嫌だった。ルチアの言葉に逆らいたくない――その意志だけは固い。こくん、こくんと何度も頷く。

だが、この高まるばかりの熱をどうにかしたいのも本音だった。

助けを求めるようにルチアを見上げる。その藍色の瞳をじっと見つめた。

「なんなの？　その顔は……君は変なところで頑固だよね」

ルチアが呆れたように言うと、エランに顔を近づけた。真意を探ろうとしているのか、エランの瞳を覗き込んでくる。エランもルチアの瞳を見つめ返した。藍色の中に散らばる金色の粒までしっかり見える。そのぐらい、ルチアの顔が近くにある。

しばらく目を逸《そ》らさずにいると、不自然に視線を外したのはルチアのほうだった。

複雑な表情を浮かべたルチアは、うろうろと視線を彷徨《さまよ》わせた後、はぁっと小さく溜め息を吐き出す。その後でもう一度、エランと視線を絡めた。

「……わかった。今回はボクの負けだ」

なんとも言えない表情のルチアが早口で言った。その言葉の意味をエランが理解する前に、伸びてきたルチアの手がエランの髪を乱暴に掴んで引く。

「ぃ、あ……ぅん」

痛みに喘いだエランの声はルチアの口腔に吸い込まれた。唇を無理やり塞がれたのだ。喉奥まで舌を差し込む強引な口づけは、気持ちよさよりも息苦しさのほうが勝っていた。

「ん……ぐぅ、う……」

長い舌が喉の奥まで入ってくる。いや、これは舌じゃない。舌ではない何か細長いものが、エランの喉からさらに奥へと侵入しようとしている。

そうだとわかっても、エランにはそれを受け入れる以外の選択肢はなかった。

喉の奥を責められ、苦しさに呻《うめ》く。涙をあふれさせるエランの表情は苦悶に歪んでいたが、ルチアの責めは止まらなかった。

ぐぽ、と喉奥から変な音が聞こえる。呼吸を塞がれる苦しさに何度も意識が飛びそうになる。全身が硬直し、まだ後孔に入ったままの短剣の柄を思いっきり締めつけてしまった。

「ぐ、ぅ……ッ」

身体を走り抜けた快感に、瞼の裏で光が弾けた。明滅するその光に浚われるように意識がくらりと揺れる。このまま意識を手放そう、そう思った瞬間だった。

『ほら、エラン。イって』

それすら許さない声が頭の中で響く。その声だけでエランは達していた。

びくびくと身体を跳ねさせながら、前から白濁をあふれさせる。絶頂の衝撃か、窒息のせいか、頭の中が真っ白になって何も考えられなかった。

強すぎる快楽と、息ができない苦しさに意識が遠のいていく。

視界が暗転する直前、最後にエランが見たのは心底楽しそうに微笑んでいるルチアの姿だった。

†

「悔しいなぁ……」

言葉とは裏腹に、その声はひどく楽しげだった。

意識を飛ばしたエランを腕に抱きながら、ルチアは堪えきれずに笑っている。

エランが自分を慰めていることには気づいていた。耳に埋め込んだ洗脳具を介せば、エランが何をしているかは簡単に知れるからだ。ただ、エランが何をしていても手を出す気はなかった。

どんな無様な姿を晒《さら》していたところで、関わるつもりはなかったのに。

——誘われてしまった。

エランに名前を呼ばれて、じっとしていられなかった。すぐさまエランの元に跳《と》び、洗脳具を介さずに達することを禁じてみた。別に深い意味はない。面白そうだと思っただけだ。

エランはその命令に従えないだろうと思っていた。ケラスィナの催淫作用は強い。効果を高めた舞台用のバトラコスの媚薬以上の強さだ。

快楽に弱いエランが、その誘惑に勝てることは絶対にないと思っていた。

だが、エランはルチアの命令を守った。洗脳具の刷り込みでそうしているのかと思い、逆らえることを教えてやっても、エランは頑《かたく》なに首を横に振った。

そして「嫌なのか」と問えば、今度は頷いた。

本当に意味がわかっていたのだろうか。それとも言葉の意味もわからず、反射的にあんな反応を見せただけだろうか。エランの考えていることは洗脳具を通じてわかるはずなのに、エラン本人も理解していない行動の理由はルチアにもわからないようだった。

媚薬に浮かされ、快楽を溜め続けた身体はもう限界だろうに、それでもエランは折れず、ルチアに懇願し続けた。エランは決して視線を逸《そ》らすことなく、まっすぐルチアを見つめ返してきた。

そんな意志の強さに心がまた乱された。

舞台でその名を呼ばれたときよりも強く、自分の中で何かが熱くなるのを感じた。一度はそれを誤魔化そうとしたが、簡単にどうにかなるものではなかった。

一度、高まった本能を抑えることは難しい。

「――ボクの負け、か……」

思わず口をついて出たのは、そんな言葉だった。

自分の言葉に、自分でも驚いていた。そして、その後に起こった衝動にも。

――奥まで侵食《おか》してやりたい。

それはおそらくルチアが半分だけ持つ、触手としての本能だ。

食事のとき以外に魔族の本能を意識したことはほとんどなかったのに……今回だけは違っていた。獲物の深い場所まで己が触手を挿し込み、侵食《おか》したくてたまらなかった。

すべてを喰《く》らい尽くしたい――そんな本能に呑まれた。

エランの唇を強引に奪った。舌を唇の隙間から挿し込み、喉よりさらに奥を犯すため、舌を触手へと変質させた。ルチアの触手によって窒息させられるかもしれないのに、エランは健気にそれを受け止めた。そんな様子にも感情が揺さぶられた。

こんなに楽しくて、笑いが止まらなくなるなんて。

ルチア自身、自分にこんな感情の変化が起こるなんて、想像すらしていなかった。

――次はボクにどんな変化を与えてくれるんだろう。

エランが自分に与える未知の影響が楽しみでならなかった。身体を震わせて笑いながら、ルチアは自分の腕の中にいるエランの顔を見下ろす。

そしてもう一度――今度は人間が人間にするように、柔らかい口づけをその唇に落とした。

第三幕　赤く光る狂気と愛を求めた半魔

紫黒色の空に、ぽっかりと浮かぶ天体が二つ。重なるように存在する球体は、どちらも薄青の光を放っていた。そんな二つの輝きを窓越しに見上げながら、豪奢なベッドに寝転がる青年がいる。

長い髪がシーツの上で乱れているが、青年に気にする様子はない。明かりを落とした部屋の中で、青年は感情のこもらない瞳をじっと空へ向けていた。その瞳の色は、空に浮かぶ天体と同じ冷たい薄青色。澄んだ色なのに、どこか濁《にご》った瞳の奥には、ぽつりと赤い光が点《とも》っていた。

青年の周りには銀色の光を放つ、ぐねぐねと蠢《うごめ》く物体があふれている。

太さも長さも様々な触手の群れだった。その触手は、すべて青年の身体から生えている。

「……そろそろか」

青年の低い呟きを聞くものは誰もいない。

もうずいぶんと長い時間、青年はこの部屋にたった一人で閉じ込められていた。

この部屋に扉はない。青年が見上げている窓だけが唯一外界と繋がっているように見えるが、その窓も開くどころか壊すこともできない代物だった。

この場所は物理的にだけではなく、魔術的にも外界から隔絶されている。

空間転移の魔術ですら、この部屋から出ることは叶わなかった。

どれだけの時間、ここに閉じ込められているのか、正確なことは青年にもわからない。ただ、それが人間の一生に匹敵するほどの時間であることだけは確かだった。それだけ長いあいだ、この場所に閉じ込められる青年の元を訪ねてくるのは、たった一人——それも、数年に一度だけ。

外界から完全に遮断されたこの部屋に、その人物はいつも予告なく現れた。

それは悪魔族の男だった。男の頭の両側には、大きな二本の巻き角が生えている。

同じ魔族として優劣をつけるとすれば、この部屋の主である青年より悪魔族の男のほうが上だった。魔力も体格も力もすべて、男のほうが勝っている。

その男がここにくる理由はたった一つ。青年を抱くため——もちろん、性的な意味でだ。

男はこの部屋に来ると、何も言わずに青年を抱いた。事務的に淡々と、表情もほとんど変えることはない。達する瞬間すら、言葉を発することはなかった。

青年は男の声を知らない。知ろうとも思わなかった。

そんな情のない行為を青年が受け入れるのは、触手の本性を持つ青年にとって、これが食事だからだ。己が抱かれる側であることに対して多少の疑問はあったが、弱いほうが抱かれるべきだというならば、これが正解なのだろう。それに男が部屋を訪れる周期は、青年が極度な飢えを感じる時期と重なる。飢餓に襲われた状態で格上相手に抵抗などできるはずもなかった。

食事が必要なとき以外、男がこの部屋を訪れることはない。例外はこれまで一度もなかった。

男が最後に訪れたのは半年前。次の来訪まで、年単位で期間があくことは間違いない。普段なら退屈で仕方のない時間だったが、今回だけは違った。

先日、ここに来た男が珍しくにおいを残していったからだ。

いつもなら決して残すはずのない香りが、外界から切り離されたこの部屋に細い道を作り出していた。あの男は気づいていないのだろう。気づいていたら、こんな痕跡を残すはずがない。

「……いい暇つぶしになりそうだ」

青年は笑った。こうして笑うことも久しぶりのような気がする。青年の声に応えるように、彼を取り囲む触手がぐねりと蠢《うごめ》いた。その中の一本が、一際太く長く成長し、途中で千切れる。

空中でゆらりと体をくねらせた後、残り香の続く道に向かって消えた。

青年の冷たい瞳の奥に、狂気の赤が鮮やかに点《とも》っていた。

†

――こんな簡単な仕事で大丈夫なのか？

二日連続であんなにも強烈な仕事をさせられたというのに、次の日にエランに与えられた仕事は〈客席の清掃〉という驚くほど普通で簡単な仕事だった。

椅子を一つひとつ磨きながら、エランは小さく溜め息をつく。

別に大変な仕事がしたいわけじゃない。あんな強烈な仕事はもうこりごりだったが、今の精神状態で、この単純な作業というのも少々困りものだった。

やることが簡単すぎるだけに、雑念が払えない。つい、いらぬことばかり考えてしまう。

手は忙しく動いていてもエランの頭をよぎるのは、昨日の自分のことだった。

昨日のことは舞台のときとは違い、しっかりとエランの記憶に残っていた。夢のようだったなんて到底思えない。すべて自分の身に起こったことだと、しっかり認識できる。花の魔物に精液を喰《く》われたことも、その後にルチアに自慰の現場を見られ、目の前で果てたことも……全部、鮮明に。

昨晩、自室のベッドで目を覚ましたエランはその事実に頭を抱えた。

――俺はいったい、何を。

思い返せば思い返すほど、自分の行動がおかしなことだったとわかる。

だが、あのときはああしようとしか思わなかった。花に喰《く》われる快楽に浮かされた状態でルチアに縋《すが》りついてしまったのは、なぜだったのだろう。

短剣の柄を使って、自慰をしたことだってそうだ。いくら媚薬の熱に浮かされていたとはいえ、今までの自分であれば考えられなかった行動だった。

それに、絶頂を禁じるルチアの命令に従ったことだって――

冷静になって考えてみれば、おかしなことばかりだった。しかし、おかしなことだと感じている反面、その事実を思い出してもなぜか不快にはならない。

自分でも説明のつかないことばかりが続いていた。

――本当に、俺はどうしたんだ。

おかしなことはそれだけじゃない。あれからずっと、ルチアのことが気になって仕方がない。

目の前であんな恥ずかしい行為をしてしまったからだろうか。だとすれば、羞恥を感じて「会いたくない」と考えるほうが普通だろう。

いや、会いたいわけではない。会ったところで話すことがあるわけでもない。

それなのに、無意識にルチアの姿を探してしまう。どうして、こんなにもルチアのことが気になるのか。あの銀髪が視界に入るだけで、エランの胸はざわついた。

胸を締めつけられるような感覚は、これまでの人生で味わったことのないものだ。

おかしいと思っているはずなのに、自分の意識と行動の矛盾にエランは困惑を隠せない。

――これじゃ、まるで……いや、それはない。

思い至った一つの答えに、エランは慌てて首を横に振る。そんなはずない。そんなことはあり得ないと、頭をよぎった考えを振り払おうとしたが、簡単にはいかなかった。顔が熱い。

「あー……くそ」

悪態をつこうとしたが、出たのは自分でも呆れるほど情けない声だった。

声を出しても、もやもやとした気持ちは一向に晴れず、エランは大きく溜め息を吐き出す。

「エランくん、どうかしましたか？」

「……っ」

名前を呼ばれ、ハッと顔を上げる。自分が一人きりではなかったことを完全に失念していた。

エランの隣には同じように椅子を磨く老人の姿があった。老人は心配そうな表情を浮かべ、エランを見つめている。シュカリと名乗ったこの小柄な老人も見世物小屋の従業員だった。

この老人は普通の人間ではない。その証拠に、老人の頭の両側には立派な巻き角が生えている。

おそらくは獣人なのだろう。褐色の肌からは異国の雰囲気も感じられる。獣人はこの辺りでは非常に珍しいため、初めて目にしたときには驚いたが、シュカリの穏やかな笑顔と柔らかな物腰に、エランの警戒はすっかり解けていた。こうして隣にいても気にならないほどに。

「何か気になることでもありましたか？」

「……いや、なんでもない。悪い」

シュカリの口調に咎《とが》める様子はなかった。しかし、仕事に集中できていなかったのは間違いないので、エランは頭を下げて謝罪する。熱く火照《ほて》ったままの顔を見られまいと俯《うつむ》いたまま、そっとシュカリから視線を逸《そ》らした。

「いえ、仕事は丁寧にしていただいているので、大変結構なのですが――顔が赤いですね。大丈夫ですか？」

「………平気だ」

「気分が悪いのではないんですよね？」

「ああ……」

視線を逸《そ》らしたぐらいでは誤魔化せなかったらしい。シュカリは親切で声を掛けてくれているのだろうが、エランとしては放っておいてほしかった。理由を問われなかっただけよかったが、気まずさは拭《ぬぐ》えない。そんなエランの心情を察したのか、シュカリは会話を広げることなく、すぐに仕事を再開した。エランもそれに倣って、拭き掃除に戻る。

目の前の椅子を一つひとつ磨く。舞台の観客席はなかなかの席数だった。

エランが舞台に立った日もここは満員だった。認識阻害の魔術のせいで観客の顔を把握することはできなかったが、客席が満員であることぐらいは舞台からでも確認できた。

——これだけの数の観客に、俺はあんな姿を。

あの日、自分の痴態をこれだけの人数に見られていたという事実。ここにいた全員が欲に溺れるエランの姿を余すところなく見ていたのだ。あのときのことを考えると、ぞっとした気持ちになる。

これほど大勢の目に晒《さら》されながら、触手に犯されていたなんて。

昨日の記憶と違い、舞台での記憶は曖昧なままだ。思い出そうとしても鮮明には思い出せない。ただ、あれがひどく恥ずかしい行為であったことぐらいはわかる。触手に拘束され、貫かれ、あられもない声を上げる姿に興奮していた観客のことを想像すると、ぞくりと背筋に悪寒が走った。

そして同時に、身体の奥に甘い疼《うず》きを覚える。

エランは驚愕した。まだ慣れぬ淫靡《いんび》な感覚を逃そうと、手のひらに爪を立てる。

あり得ない場所に感じた重い疼《うず》きと込み上げる熱から意識を逸《そ》らすように、今は目の前の椅子を磨くことに集中した。

「少し休憩しましょうか」

シュカリに声を掛けられるまで、エランは無心で掃除を続けていた。正確には、雑念を払うことに必死だったので無心とは違っていたが、ひたすら目の前の椅子を磨くことだけを考えていた。

折り曲げっぱなしだった身体を伸ばすと、背骨がぱきりと音を鳴らす。下ばかり向いていたせいで首も凝り固まっていたようで、ぐるりと回すとこちらも小気味のいい音を響かせた。

——そういえば、あの角は重くないのか？

ふと、同じように下を向いて作業をしていた老人のことが気になった。シュカリの頭には大きな二本の巻き角がある。大きさや形状から見て、かなりの重量がありそうだった。

普通に下を向いているだけでも疲れるのに、あんなものがあっては余計に疲れてしまいそうだ。

「その角……………あ、いや」

疲れで気が緩んでしまっていたのか、考えていたことが、つい口から出てしまう。

すぐに気づいて誤魔化そうとしたが、エランの声はシュカリに届いた後だった。シュカリがこちらをじっと見つめている。その顔は、恐ろしいほどに無表情だった。

「私の角が、どうかなさいましたか？」

「いや……その…………」

その声も心なしか冷たく聞こえた。今までの温和な声色とはまるで違う冷えた声色に、エランは焦りを覚える。どうやら角のことに触れるべきではなかったようだ。

エランも触れるつもりなどなかった。うっかり口から出てしまっただけだ。

だが一度、口にしてしまった言葉は取り消せない。なんとか誤魔化す方法を考えようとしたが、気持ちが焦っているせいか、妙案は何も浮かばなかった。

「その、なんでしょうか？」

沈黙を続けるエランに、シュカリがさらに声の温度を下げた。今さら「なんでもない」と言って信じてもらえる状況ではなさそうだ。エランは少し迷ったが、観念して口を開いた。

「………重くはないのか、と思って」

言葉にしてみると自分の疑問が、いかに滑稽で馬鹿げているかを思い知らされた。

しかし、これ以上、黙ったままでいることもできなかった。エランは早口で思っていることを告げた後、叱られている子供がそうするように下を向く。

暫しの沈黙の後、ぷっと聞きなれない音がエランの耳に届いた。

――何の音だ？

視線だけを上げ、音の聞こえたほうへ向ける。シュカリが身体を小刻みに震わせているのが見えた。小さな身体をさらに折り曲げ……どうやら笑っているようだ。

「何を言われるのかと思えば、そんなこと……ふふ、失礼いたしました。っはは、すみません。まさかそんなことを言われるとは、想像もしていなかったので」

「………」

シュカリはそう言いながらも、ずっと身体を震わせていた。

本人は必死で笑うまいとしているようだが、全くうまくいっていない。あまりの笑われように、エランはどんな顔をしていいのかわからなかった。

一緒に笑えばいいのかもしれないが、表情筋の硬いエランにとってはそのほうが難しい。

――どうしたら、いいんだ。

居たたまれなくなり、眉間に皺が寄る。

シュカリの笑いはなかなか収まらないようだった。笑っているシュカリをじっと見ているわけにもいかず、エランは視線を彷徨《さまよ》わせる。

ここから逃げ出したくてたまらなかったが、そういうわけにもいかなかった。

「すみません。笑ってしまって」

ひとしきり笑って、シュカリはようやく落ち着いたようだ。

目の端の涙を拭う老人の顔には、穏やかな笑みが浮かんでいた。

「この角ですが、別に重いと感じたことはありませんよ。例えるなら……そうですね。エランくんは自分の腕が重いと感じたことはありますか？」

「……ない」

「そうでしょう？　私もそうです。この角は生まれつき、ここに生えているものなので、あまり重さを意識したことはありません」

「そう、なのか……」

まさか、そんな丁寧に返されるとは思っていなかった。

自分が質問したことなのに、その回答にうまい返しもできない。不貞腐《ふてくさ》れた表情で、いつも以上に不愛想な相槌を打つエランを見て、シュカリはふふっと笑いを漏らした。

「エランくんは本当に可愛らしいですね」

シュカリの言葉にエランは、ぎゅっと顔を顰《しか》めた。

それは反射的なものでエラン自身もあまり意識していなかったが、正面にいたシュカリはすぐさまエランの表情の変化に気づいて、「おや？」とこぼす。

「もしかして、そう言われるのはお嫌いでしたか？」

「………………」

シュカリに指摘され、エランはようやく自分の顔が強張《こわば》っていたことに気がついた。

エランは可愛いと言われるのが苦手だ。そんな風に話しかけてきた相手に、いい思い出なんて一つもない。今でこそ、自分を馬鹿にしてくる相手に対抗するだけの力を得たが、冒険者になりたての頃は本当にひどかった。

嬢ちゃん、お姫さん、などと嬉しくないあだ名で呼ばれ、思い出したくもないような扱いを受けたことだってある。すべて未遂だったが、そんなことをする相手は決まって最初にエランを「可愛い顔だ」と褒めるのだ。

「……確かにその容姿ならば、色々と苦労がおありだったのかも知れませんが……今のは容姿ではなく、性格のことを褒めたのですよ」

「性格が、可愛い？」

意外すぎるシュカリの言葉に、エランは呆気に取られて聞き返す。そんな風に言われたのは初めてだった。ずっと、そう言われまいとして振る舞ってきたのに。

――それなのに、可愛いなんて。

エランの眉間の皺がさらに深くなる。

「ええ。非常に好ましいと思いますよ。私のこの角に対しても、特に嫌悪はないようですし――しかしまさか『重くないか』と聞かれるとは思っていませんでしたが」

「それはもう……忘れてほしい」

何度も繰り返されると恥ずかしい。さっきの失言のことは、すぐにでも忘れてほしかった。

だが、エランの思惑とは反対にシュカリにそのつもりはなさそうだ。むしろ、喜んでこの話を他人にしそうな気さえする。それだけは勘弁してほしい。

「しかし、エランくんはこんな見た目の私のことも恐れないのですね」

「恐れる？　……なぜ？」

「人間は魔族を恐れるものだと思っていましたが、違いましたか？」

シュカリの言葉はすぐに理解できなかった。

どうして今ここで、魔族の話題が出てきたのだろう。

——もしかして、この老人。

「……魔族、なのか？」

「まさか、気づいていらっしゃらなかったのですか？」

お互い、驚いた顔をしていた。エランはシュカリが魔族だなんて想像もしておらず、シュカリはエランがそれに気づいていないだなんて思ってもみなかったようだ。

「この角、魔族の中でも特徴的な見た目だと思うのですが」

そう言って、シュカリは自分の角に触れる。

「……獣人族か、何かなのだと」

確かに、角は魔族の代表的な特徴とされている。それなのに全く疑いもしなかったのは、シュカリがエランの聞き及んでいた魔族の印象から、あまりにかけ離れていたせいだ。

「魔族をご存じないわけではないんですよね？」

「会ったことはないが、基本的な知識ぐらいはある」

実際に魔族と遭遇したことはなかったが、冒険者をしていれば魔族の噂というのは嫌でも耳に入ってくる。エランも魔族に対する基本的な知識ぐらいは持ち合わせていた。

魔族とは魔物と同じく、魔力の澱から生まれてくる存在だ。

だが、魔物と魔族は根本的な部分が違う。魔物は知性が低く、本能のままに生きているものがほとんどだが、それに比べて魔族はかなり高い知性を持っていた。それは、最も知性が高いとされる人間と比べても遜色がないと言われるほどだ。

魔族は人間と似た見た目の者も多かった。中には、見るからに異形という見た目の者もいるらしいが、大半が人間に似た姿をしているという。

しかし、見た目はよく似ていても魔族は魔力の澱——闇から生まれた異質な存在に違いない。

その性質から、人間は魔族のことを魔物と同様に……いや、魔物以上に恐れていた。

魔力の澱から生まれる魔族の身体は魔力の塊ともいえる。人とは比べ物にならないほどの魔力を保有し、それを操る能力にも長けていた。魔術師が何十人と集まって発動する巨大な魔法陣を魔族は一人で発動できるというのだから、力の差は軽く数十倍はあるのだろう。

また、魔術を扱う以外にも特殊な能力を持つ者も多いらしい。それがどんな異能なのかまでは、あまり知られていないが、人間との能力差が魔力以外にもあることだけは間違いなかった。

まともに戦ったところで人間に勝算などまずない相手、それが魔族だ。

だが、基本的に魔族は人間に干渉してくることはない。それは人間に好意があるから侵略してこないのではなく、魔族が極端に人間のことを蔑《さげす》み、嫌っていることが理由だった。近づくことすら厭《いと》うのだという。しかし、そのおかげで今まで大きな争いが起きていないのだから、それも必ずしも悪いことではないのだろう。

小競《こぜ》り合いになることぐらいはある。そうなった場合、魔族は人をまるで虫けらのように殺すと聞いたことがある。気に入らないことがあれば、街すらも簡単に消し去ってしまうのだと――エランは魔族のそんな噂ばかりを耳にしていた。

――この老人が、その魔族だというのか？

エランが噂で知る魔族と、目の前にいる老人の印象は全く一致しなかった。

頭の巻き角こそ異質だったが、それ以外は普通の人間と変わらない。穏やかな好々爺のようにしか見えなかった。こうして不愛想なエランにも優しく笑顔で接してくれるシュカリを見て、誰が魔族だと思うのだろうか。

「……本当に、魔族なのか？」

そう確認してしまうのも仕方のないことだった。

だが、エランの問いにシュカリは笑顔のまま、こくりと頷く。

「そうだと知っても、エランくんは私のことが恐ろしくありませんか？」

シュカリの声はとても静かだった。うっすらと笑みを浮かべたまま、まっすぐエランを見つめている。そこに浮かぶ感情はなんだろう。シュカリの表情からは読み取りにくい。

エランも正面からシュカリを見つめ返す。魔族だと言われても、この老人を恐ろしいとは思えなかった。別に侮っているつもりはない。ただ、エランはシュカリを危険だとは思わなかったし、警戒する必要を感じていないというのが事実だった。

「……恐ろしいとは、思わない」

「魔族は恐ろしくないと？」

「魔族がではなくあんたのことがだ。俺は少なくとも、あんたのことを恐ろしいとは思わない」

エランの率直な答えに、シュカリは満足そうに笑った。

エランの手を取り、そっと自分の手を重ねる。皺だらけの小さな手だった。

「貴方は――本当に好ましい。いい子ですね」

「……その言い方は、どうかと思うが」

その手から伝わってくるシュカリの体温と、まるで子供を褒めるような言い方にエランは落ち着かない気持ちになった。

しかし、その手を振り払うこともできず、エランはぐっと眉間に力を入れて顔を背ける。

この老人と話していると、ルチアとは違った意味で心を乱される。気恥ずかしさに唇を噛んでいると、エランの戸惑いに気づいたシュカリが、ははっと軽やかな笑い声を上げた。

座席の清掃を終え、二人は揃って舞台を後にした。

エランは自分よりも小柄なシュカリの後ろをついて歩く。

昼の時間に差し掛かっているせいか、廊下に従業員の姿はなかった。皆、食堂にいるのかもしれない。いつもよりも静かな廊下に響くのは二人分の足音だけだった。

「静かですね。皆さんお昼でしょうか？」

「……だろうな」

シュカリも同じことを考えていたようだ。穏やかな声の問いにエランは短く相槌を打つ。そんな不愛想な返答にもシュカリは嫌な顔一つせず、むしろ柔らかな笑みを浮かべていた。

朝、初めて会ったときよりもずっと優しい表情だ。あんなやり取りがあったからかもしれない。

シュカリのその目はまるで、孫を見つめる祖父のようだった。微笑ましいという感情を隠そうともしない表情に、エランはどうにも落ち着かない。

「……魔族は、人間が嫌いなんじゃないのか？」

思わずそんな質問をぶつけていた。少し拗ねたような態度になってしまったのに、シュカリは気にする様子もなく、目を細めて微笑んでいる。

「私はそうは思いませんよ。でも……そうですね。確かにエランくんが言うとおり、多くの魔族は人をよく思っていません。人間と関わっても、あまりいい思いをすることはありませんから」

「……どういう意味だ？」

シュカリの含んだ物言いに、エランは小さな引っかかりを覚えた。

魔族は人間とは比較にならないほど強大な魔力や異能を持つはずなのに、「あまりいい思いをしない」という言い方が不自然に聞こえたからだ。その言い方だとまるで、魔族が人間を警戒しているように聞こえる。これほど力の差があって、そんなことがあり得るのだろうか。

「魔族が人間を警戒することが不思議ですか？」

「人間なんて、魔族には取るに足らない相手だろう？」

「いいえ。魔族は確かに強い力を持ちますが、人間は狡猾です。我々が思いもよらない方法で魔族に挑もうとしてくる」

「……思いもよらない方法？」

その言葉に疑問を抱くのは当然だった。力では到底及ばない人間が、魔族に対抗する手段を持っていると言われて気にならないはずがない。エランの問いに、シュカリは一度言葉を止めた。

——聞かないほうがよかったか？

また余計なことを言ってしまったかもしれない。エランは内心慌てたが、シュカリに怒っている様子はなかった。しかし、その感情を正確に読むことは難しい。

シュカリは何か躊躇《ためら》うように視線を揺らした後、ゆっくりと口を開いた。

「——エランくんは、〈半魔〉という存在をご存じですか？」

「はんま……？」

「ええ。魔族と人間のあいだに生まれる子供のことです。半分魔族という意味で、半魔と呼ばれています」

――半魔。

その名称は、エランが初めて聞くものだった。

人間と魔族のあいだで子を生《な》せるという話すら、今まで耳にしたことはない。

魔物の苗床にされた人間の話なら何度か聞いたことがある。依頼を受けたまま、戻ってこない冒険者の何割かがそういう目に遭っているという話だ。その場合は、人間の腹を借りて魔物が生まれてくるだけで、人間と魔物の血が直接混ざり合うことはない。だが、今のシュカリの言い方であれば、半魔というのは人間と魔族の完全な混血であるように聞こえた。

「人間と魔族の血は、混ざり合わないんじゃないのか？」

「ええ。本来であれば、魔族と人の血が混ざり合うことはほとんどありません。半魔が自然に生まれる確率はごくごく僅か、その確率はほぼないに等しいはずなのです。しかし……人の欲深さは、それを無理やりにでも作り出そうとする」

「え……？」

「魔族は強い力を持ちますが、皆がそうであるというわけではありません。中には力の弱い者や、生まれたばかりで力の安定しない者だって存在します。そんな魔族を捕らえ、薬漬けにし、人間の女と姦淫させる。魔族の子を孕《はら》むまで何度も、何度も。そんな望まない行為によって生み出されるのが半魔なのです」

「…………っ」

シュカリの明かした人間の行いに、エランは絶句した。まさか自分の知らないところで、そんなことが行われていたなんて……にわかには信じられなかった。

エランの驚きをよそに、シュカリは話を続ける。

「人は半魔をその身に宿しても、多くの場合は生み落とす前に母体のほうが魔の因子に蝕《むしば》まれて衰弱し、命を落とします。孕《はら》む確率も低ければ、無事に生まれてくる確率も非常に低い。そして母体が失われた場合、半魔も母体の中で跡形もなく消滅します」

「消滅……？」

「ええ。半魔はそれほどに不安定な存在なのです。人間の肉体とも魔族の器とも違う。原理はわかりませんが、力の源である核を失えば、半魔に訪れるのは死ではなく消滅。存在した痕跡すら残ることはありません」

「そん、な」

「そして、無事に生まれたとしても母体にはすぐに死が訪れます。おそらく生み落とした後、一日と持たないでしょう。それほどに魔の因子は人にとって毒なのです」

誰もが救われない話だった。囚われた魔族も、孕《はら》まされる女も被害者だ。

もしかすると、人間のほうは奴隷なのかもしれない。訳もわからず魔族に犯され、孕《はら》まされ……挙げ句、子を産んだとしたとしても、その後は命を落とすしかないなんて。

——最低な行為だ。

これまで魔族と人間のあいだで、大きな争いが起こっていないことのほうが不思議だった。

「……だが、なんのためにそんなことを」

「半魔は魔族と同等の力を持つと言われています。その力を我がものにするためでしょう。一部の人間は、魔族に対抗するために半魔の力を手に入れたいと考えています。己の駒とするために――力のためには手段を選ばない。そんな風に考える人間は少なくありません」

シュカリの言葉を、エランは否定できなかった。そういった人間は確かに存在する。

実際、エランもその類の人間に会ったことがあった。

私利私欲のために力を得ようとする狡猾な人間は、上流階級になるほど多くなる。高ランクの冒険者を利用しようと考えるのは、ほとんどが貴族だ。エランはまだBランクだが、それでも貴族から、「専属にならないか」と声を掛けられたことがあった。

――それを人間だけではなく、他種族にまでも手を広げていたとは。

「魔族が人間を嫌って当然だな」

「そうですね。それだけが理由ではありませんが……理由の一つではあるでしょう。しかし、魔族が嫌うのは人間だけではありません。半魔のことも、ひどく嫌悪します」

「半魔のことも？　半分は同族なのにか？」

「同族だから……なのかもしれません。自らと同じ魔の因子を持っているはずの半魔が、得体の知れない生き物のように思えてならないのです。本能が激しく拒絶するとでもいいましょうか。誰もがその存在に触れようとはせず、関心を持たないどころか忌み嫌います。目の前で消滅しかかっていたとしても――いっそ、そうなることを望むぐらいには」

――誰のことを話しているんだ？

シュカリの後半の物言いは、間違いなく誰かのことを指していた。何かを思い出すように遠い目をして、悔いた表情を浮かべている。

エランは何も答えられなかった。ただ黙ってシュカリの横顔を見つめることしかできない。

「……すみません。話が少し逸《そ》れましたね」

「いや……」

戸惑うエランに気づいて、シュカリは眉尻を下げた。

目を伏せ、小さく溜め息をこぼすと、困ったように笑う。

「エランくんと話していると、何やら必要のないことまで話してしまいますね。貴方が聞き上手だからでしょうか」

「今まで、そんな風に言われたことはないが」

「そうですか？　私は貴方の持つ、穏やかな雰囲気を非常に好ましく思うのですが――ついでといってはなんですが、もう一つ……私の話を聞いていただけませんか？」

シュカリはそう言うと、ゆっくりと足を止めた。エランも一緒に立ち止まる。

エランを見つめるシュカリの表情はどこか険しかった。その目には決意を思わせるような、不思議な感情が浮かんでいる。

「話……？」

「はい。老人の独り言だと思っていただいても構いませんので、どうか」

シュカリは懇願するように頭を下げた。

――独り言……か。

シュカリはそう言ったが、この様子ではきっとそれだけでは済まないだろう。聞いてしまえば、何か大変なことになる。そんな予感はどこかにあったが、今さら断れそうになかった。

「……………わかった。聞くだけなら」

エランは溜め息をついてから、小さく頷いた。

シュカリに誘われるまま、近くの階段に二人並んで腰を下ろした。

話を聞いてほしいと言ったのに、シュカリはすぐに話し出さない。一度、何かを思い出すように目を閉じてから、少し間を置き、静かな声で語り始めた。

「私には、半魔の子供を育てた経験があります。先ほども少し話したのですが、その子供は私が見つけたときには既に消滅しかかっていました。周りには私以外にも魔族がいましたが、誰もその子供に声を掛けるどころか、手を差し伸べることもしなかったのです」

やはり、先ほど話しながら誰かを思い出しているように見えたのは、エランの勘違いではなかったらしい。シュカリの口から突然語られた内容に、エランはどう返すべきかわからなかった。

相槌を打つのも難しい。無言でシュカリの言葉に耳を傾ける。

「その子供は表情の変化も乏《とぼ》しく、言葉を理解することも、話すこともできませんでした。半魔だからなのか、それとも彼だけがそうだったのか……それは私にはわかりません。私は彼に言葉を教え、居場所を――生きるための場所を与えることにしました」

幼い子供を献身的に育てるシュカリの姿を想像するのは容易かった。

この老人のことだ。先刻、エランを見つめていたときのような、あたたかい視線を向けながら、大切にその子供を育てたのだろう。

しかし、エランには一つ気になることがあった。魔族が本能的に半魔を嫌悪するものだと教えてくれたのはシュカリだ。だとすれば、シュカリ自身はどうだったのだろう。

シュカリも魔族なのだから、同じように本能が半魔を拒絶するのではないだろうか。

「何か……気になることがありますか？」

疑問が顔に表れていたのか、シュカリはエランの顔を見て一度話を止めた。

首を傾けて、エランの顔を覗き込む。

——聞いてもいいのだろうか。

エランが何か言わない限り、シュカリは続きを話さないだろう。なんでもないと言ってしまうのは簡単だったが、どうしても気になった。

「あんたは、その半魔に嫌悪感はなかったのか？」

エランは躊躇《ためら》いがちに聞いた。その言葉にシュカリは一瞬目を伏せ、頷く。

「……ありましたね。初めて見たときは、半魔とはなんとおぞましい生き物かと思いました」

「おぞましい……？」

「ええ。我々魔族の目にはそう映るのです。半魔の不完全な身体がとてもおぞましいものに。だから、私も最初は手を差し伸べることを躊躇《ためら》いました。でも、すぐにその気持ちは変わりました。自分の本能を抑え込んででも、この子供を守らなければならないと……私はそう思ったのです」

決意のこもった声だった。本能を抑え込んででも——そう話したときだけ、苦しそうな表情を浮かべていたが、その表情もすぐに戻る。

本能を抑えるというのは、どれほど大変なことなのだろう。人間にはそこまで強い本能がないので、エランにシュカリの大変さを理解することは難しい。だが、今しがた見せたシュカリの表情から察するに、それは生半可なことではないのだろう。

そこまでして半魔の子供を育てた理由とはいったいなんだったのか。

シュカリはそれについて、あえて明言を避けたようだった。

話したくないことなのか、それともエランには話せないことなのか。どちらであるにしろ、エランから踏み込んで聞くことはできなかった。

「——彼はとても賢い子でした。言葉も文字も教えればすぐに覚えました。柔らかい笑顔を見せることも増え、最初に出会ったときとは別人に思えるほどでした。魔力を扱うことにも長け、生まれ持った異能についても、難なく使いこなせるようになりました。だから、私は安心しきっていたのです。彼は問題なく健やかに育ってくれたのだと……そう、エランくんに出会うまでは信じていました」

「え………？」

突然登場した自分の名前にエランは驚いた。この話に自分の名前が登場するなんて思わなかったからだ。シュカリの思い出すような仕草から、シュカリが半魔を育てたのは、もうずっと昔のことなのだと勝手に思い込んでいた。

——そうじゃないのか？　俺と出会うまでって？

エランは首を捻る。シュカリはそんなエランをしばらく見つめた後、そっと目を伏せてから、さらにゆったりとした口調で言葉の続きを紡いだ。

「その半魔というのは——ルチア様のことなのです」

「……っ⁉　え？　あの男が、半魔？」

「はい」

エランは言葉を失った。シュカリが魔族だと名乗った時点で、ルチアも魔族なのではないかとは思っていたが……まさか、彼の正体が半魔だったとは。

確かに、ルチアには得体の知れない部分が多かった。近くに立ったときに感じた強さも、肉体に宿るとてつもない魔力の量もそうだ。半魔も魔族に匹敵する力を持つというのは本当らしい。

「なら、さっきの話は全部……？」

「ルチア様のことです」

「じゃあ……あいつが生まれた理由も？」

「はい」

急に理解が難しくなった。同じ話であっても、見知らぬ誰かの話というのと、多少なりとも知っている相手の話というのとでは、受け取る側の感じ方がまるで違ってくる。

シュカリの話した半魔と、ルチアの存在がうまく繋がらなかった。

「すみません。話の続きを聞いていただいても？」

「………ああ」

エランは困惑しながらも頷く。

シュカリは深々と頭を下げ、礼を言ってから再び話し始めた。

「エランくんがここを訪れてから、ルチア様の表情が一変しました。いえ……傍目《はため》にはそこまで大きな変化ではありませんでしたが、ずっと身近でルチア様を見てきた私からすれば、それはとても大きな変化に思えました」

「………」

「心からの表情というのでしょうか。今のルチア様の表情は、どれも私が初めて見るものばかりなのです」

シュカリは嬉しそうだった。それこそ、心からの笑みを浮かべているように見えた。

「エランくんにとって、ここでの出来事は最悪なことばかりでしょう。ただ私個人としてはずっと貴方にお礼が言いたかったのです」

「……そんな」

「ありがとうございます」

シュカリは立ち上がるとエランの正面に立ち、今までで一番深く頭を下げた。

しかし、エランにしてみれば、シュカリにお礼を言われるようなことをした覚えはない。そんなことをされても困るだけだった。

「……すみません。困らせてしまいましたね」

シュカリは柔らかく笑いながら、エランの前に膝をついた。

両手でエランの手を握り、顔を見上げる。

「明日の舞台が終われば、貴方がここを去ってしまわれるのはわかっています。それを引き止めるつもりもありません。だから……――!?」

シュカリが不自然に言葉を止めた。

何か異変に気づいたように、ハッとした表情で辺りを見回す。

エランもすぐに警戒を強めたが、特に異常は感じられなかった。だが、普通ではないシュカリの様子に、気を緩めることはできない。

「………今のは?」

それは、独り言のようだった。まだ、しきりに辺りを気にしている。

シュカリが再び、表情を強張《こわば》らせる。今度は手を右耳近くに当て、何か聞いているような仕草を見せた。よく見ると、シュカリも耳にもエランと同じ、通信の魔術具が装着されている。

エランが気にするような視線を向けていたからか、気づいたシュカリが手のひらをエランに向けた。少し待て、ということのようだ。

実際に言葉は発していないものの、シュカリが誰かと話しているのは間違いなかった。

――相手は……ルチアか？

しばらくすると会話を終えたシュカリが、エランに視線を向ける。

「――すみません。急に」

「何かあったのか？」

「少し……詳しくは説明できないのですが」

申し訳なさそうに告げるシュカリに、エランは首を横に振った。話せないというのなら、無理に聞き出すつもりはない。

「俺にできることはあるか？」

「いえ……エランくんに頼めることは、特には。ただ、私はこれからルチア様のところに行かなくてはならなくなったので、清掃が終わったことを他の従業員に伝えていただけますか？　私も最後まで同行したかったのですが……本当に申し訳ございません」

「構わない。伝えるのは誰でもいいのか？」

「はい、大丈夫です。それでは、よろしくお願いいたします」

シュカリは慌てた様子だった。エランに向かって頭を下げた後、一瞬のうちに姿を消す。

空間転移の魔術を使ったようだった。

――本当に魔族なんだな。

高位の魔術師であっても、準備なしには使えない転移の魔術を無詠唱で行えるなんて。

エランはシュカリが魔族であることを認めざるを得なかった。

†

これまでに感じたことのない異変をシュカリが察知したのと、シュカリの主人であるルチアから連絡が入ったのは、ほぼ同時だった。

エランとの穏やかな時間が一変するほどの異質な気配に身構えたシュカリだったが、その気配は一瞬のうちに跡形もなく消え去ってしまった。

通信具を通して聞いたルチアの声は、ひどく強張《こわば》っていた。

ルチアがここまで感情を乱しているのは初めてかもしれない。「何があった」と問うルチアに、シュカリは何も答えを用意できなかった。

こんなことも初めてだ。憶測を口にすることも難しい。

すぐにそちらに向かうとだけ告げ、ルチアとの通信を切った。

エランとの仕事を途中で投げ出してしまうことになったが、物分かりのいい青年は、シュカリの様子から緊急事態が起きたことをすぐに察して、送り出してくれた。

シュカリは直接、ルチアのいる部屋の扉の前に転移する。扉を叩いてから中へ入ると、魔術具に向かうルチアの姿が見えた。

部屋の半分ほどを占める巨大な魔術具は、見世物小屋の結界の要となっているものだ。

これを使えば、既に痕跡が消えてしまった侵入者の情報も知れるはずだったが、何度やってみても、あの異質な気配の正体を知ることはできなかった。

「わからないのか？」

「ええ……何者かが侵入したことは間違いありませんが、あまりにも気配が薄すぎます。それも完全に消えてしまったようで、もう辿りようがありません」

「………」

この侵入者は異常なまでに気配が薄すぎる。ごく弱い魔物か、生まれたばかりの人間ほどの気配しかない。だが、それはあり得なかった。

そんな程度のものが、あそこまでの異質さを感じさせるはずがない。

──この侵入者は、危険だ。

シュカリの魔族としての本能が警鐘を鳴らし続けていた。

そして、そう感じているのはシュカリだけではない。ルチアが落ち着かない様子なのは、おそらくルチアも何かを感じ取っているからだろう。口にはしていないが、その表情でわかる。

ルチアの顔には、苛立ちと焦りの表情が浮かんでいた。

──しかし、こんな表情まで見られるとは。

エランと出会ってまだ三日しか経っていないというのに、ルチアの変化は目を瞠るほどだった。今までであれば、こんなときだってうっすらと笑みを浮かべていただろう。

小さな頃からそうだった。常に冷静で、何事にも揺るがされない子なのだと思っていたのに、それは勘違いだったのだと、エランに出会って気づかされた。

ルチアの感情を引き出してくれた彼には、本当に感謝してもしきれない。

そんなことを言えば、またあの実直な青年に困った顔をさせてしまうのだろうが。

——せめてこんな状況でなければ、もっとこの変化を喜べただろうに。

「シュカリ、他に調べる方法はないのか？」

ルチアに問われ、シュカリは顔を上げた。

「一度、あちらに戻って確認してきてもよろしいでしょうか」

あちらというのは〈魔族領〉と呼ばれる魔族の暮らす領域のことだった。そこでならば、この侵入者についてもっと詳しく調べられる。だが、ここを離れなければならなくなるのが難点だった。

ルチアを一人にしてもいいのだろうか。この見世物小屋には多くの従業員や演者がいるが、何かあったときにルチアを守れるのはシュカリしかいない。

「——お前に任せる」

ルチアの力強い返答に、自分の心配が杞憂であると知れた。

シュカリはその言葉に頷くとすぐさま空間転移を行う。残されたルチアが瞳を不安げに揺らしていることに、シュカリは全く気づかなかった。

†

「——どうして……今になって」

シュカリが転移し、一人になった部屋でルチアは不安を隠せずにいた。

その声はひどく震えている。ルチアは落ち着かない様子で、部屋の中を歩き回った。

「これは、ボクの気のせいなのか……？」

シュカリはこの気配の正体について、何も気づいていないようだった。

だとすれば、これは自分の気のせいなのだろうか。だが、この気配を間違えるはずがない。この気配だけは……絶対に間違えようがない。

——魔侯、ゼルヴェル。

その名を教えてくれたのはシュカリだ。

ルチアが魔の因子を受け継いだ相手、人間であれば父親と称される魔族の名だ。幼い頃にたった一度会っただけの相手だったが、その気配を忘れることはなかった。

凍るように冷たい視線と、向けられた強い嫌悪の感情を忘れられるはずがない。

ルチアは震え続ける己の手を、もう片方の手で押さえ込む。痛いほど握りしめても、不安を抑えることは難しかった。どうやっても誤魔化しきれない不安に、苛立ちと焦りばかりが募る。

自分が焦ったところで、なんの解決にもなりはしないのに。

今までであれば、容易に抑えられていた感情がうまく制御できない。

何もできないことがもどかしい。だが、純血の魔族であるシュカリにも解決できないことが、半魔であるルチアに解決できるはずがない。

シュカリが情報を持ち帰るまで、ルチアはただ待つことしかできなかった。

†

シュカリと別れた場所から角を二つほど曲がったところで、エランは前方に人影を捉えた。

人影との距離はまだかなりある。エランはその人影に目を凝らして、違和感を覚えた。

この時間、この場所に誰かがいるのは、別におかしなことではない。違和感があるのは、立っている人物のほうだった。

「あれは……あの男だよな？」

その人影はルチアに見えた。後ろ姿ではあったが、その特徴的な見た目に当てはまるのはルチアしかいない。魔術師のようなローブ姿、遠目にもわかる尖った耳。珍しく髪は下ろしているが、光を反射して輝く銀色の髪は、この見世物小屋ではルチアだけが持つ特徴だった。

「シュカリと入れ違ったのか……？」

周囲を見回してみたが、近くにシュカリの姿はない。

シュカリは空間転移の魔術でルチアの元に飛んだのではなかったのだろうか。どう見ても急ぎの様子だったのに……それとも、もう用は済んだのだろうか。

エランは歩きながら思案を巡らせてみたが、納得できる答えは浮かばなかった。

ともあれ、ルチアが立っているのはエランの進行方向だ。このまま行けば、ルチアの真横を通り過ぎることになる。シュカリのことを聞かれるようなら、知っていることを答えればいいだろう。

ルチアとはまだあまり面と向かって話したい気分ではなかったが、先ほどのシュカリの様子を思い出せば、今はそんなことを言っている場合ではない気がする。

エランは自分に言い聞かせ、廊下を進んだ。

近づくにつれ、なんだか落ち着かない気分になってくる。理由はわからない。ただ、ひどい胸騒ぎがした。ざわざわと嫌な予感ばかりが増し、不安な気持ちが増幅していく。

二人の距離は、先ほどの半分までに縮まっていた。

次第にはっきりと見えてきた人影に、エランは新たな違和感を覚える。

――あのローブの色。

遠目には黒に見えたローブの色が、濃紺であることに気がついた。今朝、ちらりと見かけたルチアが着ていたのは、黒のローブだったはずなのに……あれから着替えたという可能性もないとはいえないが、一つ気づくと、他にも違和感のある箇所が浮かび上がってくる。

珍しく下ろしていると思った髪も、よく見てみると少し色が違っていた。最初は髪を下ろしているせいかと思ったが、どうやらそうではなさそうだ。

廊下に差し込んでいた光が翳《かげ》るとよくわかる。その髪色は、銀色ではなく鈍い灰色だった。

違和感が確信に変わる。あれは……あの男じゃない。

エランがそう気づいて足を止めたのと、その人物がこちらを振り返ったのは、ほぼ同時だった。

振り向いた男の顔は、ルチアとまるで別人だ。雰囲気は似ているが、間違えようがない。

ルチアのものとは全く異なる、薄青色の瞳がエランを捉えた。その視線は、目を逸《そ》らすことが許されない鋭さだった。

男は訝しげに目を細めたが、それ以上、表情を変えることはしなかった。観察するようにエランを眺めて、何やら考えるような仕草を見せる。

こつり、と足音が響いた。男がエランに近づいてくる。

歩き方はゆったりしているが、その動きに隙はなかった。

——まずいな、これは。

ここにきて、ようやく先ほどから感じていた胸騒ぎの理由がわかった。

原因は、男が放つ魔力の圧だ。男が一歩近づくたび、その圧が増すのがわかる。露出した肌にビリビリと刺激を感じるほどの魔力。これほどまでに強い魔力の相手と対峙するのは初めてだった。どんなに強い魔物と対峙したときでも、ここまで強い圧を感じたことはない。

——なぜ、今まで気がつかなかったんだ。

目の前にいる男が、エランとは格の違う相手だということに。ルチアだと勘違いしていたせいで、油断してしまっていたのだろうか。目の前にいるのは、紛れもなく脅威だった。

今すぐにでも、ここから逃げ出したい。その気持ちとは裏腹に、エランの身体は全く動いてくれなかった。指先すら自分の意思で動かせない。

男はエランを見つめている。それがこの金縛りを引き起こしているのだろうか。男の冷たい色の瞳からは、なんの感情も読み取れなかった。それがまた、得も言われぬ不気味さを感じさせる。

恐怖からか、緊張感からか……エランの呼吸は乱れていた。

男はエランまでもう二、三歩という距離まで近づいて、その歩みを止める。

「――あの悪魔のにおいを辿ってきたはずなのに、どうして人間がいる」

ようやく男が口を開いた。瞳の色と同じ、温度のこもらない声。それは独り言のようだった。

男の声はどことなくルチアと似ていた。見た目の雰囲気が似ているからそう感じるだけだろうか。

ただ、その声に宿る感情はまるで違っていた。いつも柔和な雰囲気を纏《まと》うルチアに対して、男の声には明らかに棘がある。エランに対する嫌悪を隠す気もないらしい。

その表情もだ。まるで、汚いものを見るように瞼の端をひくりと動かす仕草は、エランの目にひどく不機嫌そうに映った。

「……確かに、あやつのにおいはするようだが」

男は独り言を続ける。何かを考えるように自分の顎を撫で、訝しむような鋭い眼差しでエランを見つめていた。エランも、男から視線を外せない。

先に視線を外したのは男のほうだった。ようやく視線を動かすことを許されたエランだったが、緊張状態はなおも続いたままだ。桁違いの魔力の圧に、ただ立ち竦《すく》むしかない。

「人間。お前の手からあやつのにおいがする。どこで会った」

「……っ」

唐突に男から話しかけられ、エランの鼓動はどくりと跳ねた。男の視線は言葉どおり、エランの手元へ注がれている。

――手から、におい？

男が何を問おうとしているのか、エランにはわからなかった。

黙ったまま、眼前に立つ男の様子を観察する。エランのことを「人間」と呼んだこと、そしてこの異常なまでの魔力量――この男は魔族に間違いない。まさか、これまで一度も遭遇してこなかった魔族に、一日のあいだに二度も遭遇することになるなんて。

しかも、この男はシュカリとは違い、明らかな脅威だ。

――いったい、何者なんだ？

男はエランに対する嫌悪を隠そうともしない。エランに対するというより、人間という種族に対する嫌悪なのだろう。後ろ姿だけはルチアに似ていると思ったが、こうして近くで見るとその印象はずいぶんと違う。背丈は似ているが、この男のほうが細身だった。

神経質そうに見えるのは、そのせいもあるのかもしれない。

背中の中ほどまである髪は、ルチアと比べてかなり暗い色をしていた。逆に瞳の色は薄い。氷のように冷たい色の瞳のせいで、その印象はきつく尖ったものに映った。

「――答えられないのか？」

男は問い詰めるように聞いてきたが、エランはどう答えるべきか迷ったままだった。

明らかに怪しい雰囲気の男だ。エランに対する嫌悪もそうだが、それ以外にも気になる点が多すぎる。男が「においを辿ってきた」と話す〈悪魔〉、それが何者なのかもわからない。

――そのにおいが、俺の手に？

目で見たところでわかるわけがなかったが、エランは自分の手のひらを見つめた。しばし考えてみたものの、答えは思いつかない。いや、もしわかったとしても最初から魔力で圧倒してくるこの男に、素直に答える気にはなれなかった。

しかし、これからどうすべきかも判断がつかない。この状況を切り抜ける手段が、今この場には何もなかった。誰かしら通りかかれば、その人物に助けを求めることもできるのだろうが、こんなときに限って誰の姿も見かけない。

逡巡するエランに焦《じ》れたのか、男が舌打ちをする。その音がすぐ近くから聞こえたことに驚き、エランは俯《うつむ》いていた顔を上げた。

男はいつの間にか、エランのすぐ傍に移動していた。

その距離は腕を伸ばさなくとも手の届く範囲だ。

――ッ、いつの間に。

相手から気が逸《そ》れていたとはいえ、こんな至近距離に立たれていることに気づかないなんて、あり得るのだろうか。恐ろしいほどの魔力の圧を感じるのに、男自身には全く気配がなかった。足音もまるでしなかった。近づかれた分、後ずさろうとしたが、その動きは何者かに遮られる。しゅるり、と何かが擦れる音が聞こえたかと思えば、腕ごと身体を締め上げられた。慌てて身体を見下ろしたエランは、そこに広がっていた信じられない光景に目を見開いた。

「なんだ、これは……!!」

身体に銀色の触手が何本も巻きついている。完全に自由を奪われてしまっていた。

「喋れるんじゃないか。人間」

驚いて声を上げたエランに、男が冷たい声で言った。銀色の触手はすべて男の腰の辺りから生えている。これが、この男の持つ異能のようだった。

「……お前か。これは」

「お前とは、ずいぶん口の利き方がなっていないな。私が誰だか知らないのか？」

「あいにく、お前のような魔族は知らない」

「ああ、そうか……長い年月が経っているのだったな。そのあいだに私は人間に忘れられてしまったのか。まあ、それも都合がいい。自由に動き回れそうだしな」

エランの答えに、男はふんと鼻で短く笑う。男はエランが魔族と呼んだことを否定しなかった。

やはり、この男は魔族なのだ。薄い唇を歪めて笑う顔に不穏さを覚える。

「これを解け」

「……聞けないな」

「なぜ」

「お前が質問に答える気がないからだ。それなら直接、見たほうが早い」

しゅる、とエランの首元にも触手が巻きつく。新たな触手の出現にエランは緊張を走らせた。

触手はエランの首に一周ぐるりと巻きついていた。逃れようと身をよじると、胴体に巻きついた触手の拘束がさらに強くなる。骨が軋むほどの力に、エランは喉奥で呻《うめ》いた。

「動くな。殺してしまう」

殺すことをなんとも思っていない口ぶりだ。この男なら本当に手が滑っただけで人を殺しかねない。状況は最悪だった。自由に身動きも取れず、抵抗することもままならない。何をされるかわからないまま、エランはただ、男の様子を窺《うかが》うことしかできない。

魔族の男はすべてにおいて、ゆったりとした動作だったが、隙というものが全くなかった。

それでもいつか、一瞬でも油断を見せるかもしれない。

——それまでは極力、刺激せずに耐えるしかない。

エランがそう考えていたときだった。

男が突然、何かに反応して動きを止める。蠢《うごめ》いていた触手も同じように動かなくなった。

「あやつのにおいに気を取られていたが、お前……そのにおいはなんだ」

男は信じられないような表情でエランを見ていた。目元をひくつかせ、歯をギリギリと擦り合わせている。声からも激しい嫌悪感が滲《にじ》み出ていた。

「におい……？」

「ああ……嫌なにおいだ。どうして、アレのにおいがお前からするんだ？　アレはまだ消滅していなかったのか？　おぞましい存在だ。なぜ、アレが消滅せずに残っている」

思わず問い返したエランの言葉に対し、男は早口でそう捲《まく》し立てた。最初こそエランに話しかけているようだったが、途中からは完全に独り言だ。感情の読みにくい冷たい色の瞳に、わかりやすく狂気が宿っていた。その目には、もうエランは映っていない。

顔こそエランのほうを向いているが、男はどこか違う場所を見ているようだった。

何度も「おぞましい」と繰り返し呟いている。低く、冷たく、深い恨みのこもった声は、自分に向けられたものでないとしても、薄気味悪さしかなかった。

「アレはもう消滅したはずではなかったのか……あのおぞましく歪《いびつ》な生き物が、まだ消滅していないなんて……忌々しい」

――おぞましい？　消滅？　まさか。

男の言葉が引っかかった。ついさっき、シュカリから聞いたばかりの言葉と重なったからだ。

エランは改めて男の顔を見る――そして息を呑んだ。最初からすぐに気づくべきだった。この男がルチアに似ていると感じた時点で、少し考えればわかったことだ。

――この魔族がアレと呼んでいるのは、ルチアのことか。

魔族がおぞましいと感じる存在。それに、消滅という言葉。

それらが示しているのは半魔のことで間違いない。この魔族はおそらく――ルチアの父親だ。

それならば、この男とルチアが似ていることにも説明がつく。だが、男の正体がわかったからといって、エランが置かれた危機的状況に変化があるわけではなかった。

男は狂気の表情を浮かべたまま、ぶつぶつと呟き続けている。エランから完全に気は逸《そ》れているようだが、何がきっかけでその狂気がエランに牙を剥《む》くかわからない。

触手の拘束だって解けそうにない。痛いほどに感じる魔力を攻撃に変えられてしまえば、エランなどひとたまりもないだろう。迂闊な行動は取れなかった。

――魔族は、これほどまでに激しく半魔を嫌っているのか。

それは人間に対する嫌悪とも違う。本能が拒絶するというのがどういうことか、この男によって知らしめられたような気がした。

「――……これは偶然か？　それとも」

男の様子に変化があったのは、それからしばらくしてからのことだった。

何かに気づいたように呟きながらエランを見る。その表情は、先刻より落ち着いているように見えたが、その瞳に宿る狂気は変わらない。目が合った者の心を一瞬で凍りつかせるほどの恐ろしさを孕《はら》んでいる。静かな狂気はかえって不気味なものがあった。

けれど、今なら少しは話が通じるかもしれない――エランがそう考えたときだった。

ぞろ、と首に巻きついた触手が動きを再開する。

「……っ」

「やはり、お前が知っていることを教えてもらったほうが早そうだ」

「俺は、別に何も」

「知らないとでもいうつもりか？　あやつとアレのにおいを両方させているお前が、無関係なわけがないだろう。それにアレのにおいはお前の中からする」

「……っ」

男の細い指がエランの頬に触れる。肌を撫でた後、耳をトンと指で叩いた。

「ここからだ。アレはお前に執着しているようだな。こんなものをつけさせて……ああ、しかし面倒だな。こんな弱い力しか使えないというのも。本当に色々と面倒ばかりだ」

男は吐き捨てるように言った後、エランから指を離した。

代わりに、エランの首元で蠢《うごめ》いていた触手が顔の前まで伸びてくる。

拘束されているエランはろくな抵抗もできず、触手の動向を見ていることしかできなかった。

触手は目の前で二つに分かれた。先端がそれぞれ丸く膨らみ、花の蕾のような形になる。蕾に黒い線が何本も入り、その線を境界に蕾が、くぱりと割れた。

割れた蕾から垂れた糸を引く液体の放つ刺激臭に、エランは一瞬怯《ひる》んだ。そのわずかな隙を狙って、先の開いた二本の触手がエランに向かって襲い掛かる。触手の標的はエランの目だ。

「……ぅ、わ!!」

割れた触手の先はエランの眼球に貼りついた。刺激臭を放つ液体が、べちゃりとエランの目全体を覆う。最初は冷たいと感じたそれが、じゅわりと染みるような熱を生んだ。

「ぐ……ッ」

エランは慌てて逃れようとしたが、全身に巻きついた触手がそれを許すはずがない。

それならばと頭を左右に振って触手を外そうと試みたが、完全にくっついてしまっている触手はそんなことではびくともしなかった。むしろ、その動きにより痛んだのはエランの目のほうだ。

ビリッと強く感じた嫌な痛みに、エランは慌てて動きを止める。

「さて、始めようか」

これを無理やり外せば、自分の目が無事では済まないかもしれない。

「ッ…………何をする気だ」

「潰しはしない。私も汚れるのは嫌だからな」

汚れさえ気にしなければ、簡単に潰せるということなのか。男の平坦な声色が逆に恐怖を煽《あお》る。

「ん、ッ」

目から、ぐちゅっと気味の悪い音が響いた。触手が目を撫でている。痛みこそ感じなかったが、目を直接弄《いじ》られる不快感に悪寒が止まらなかった。

涙腺からも細い触手が入り込んでくる。こちらも痛みはなかったが、異物感と、経験したことのない気持ち悪さに全身が震えた。

「ぁ……やめろ、離せ！」

『少し黙れ』

「んぐ……ッ」

頭の中で声がした。ルチアのときと似ていたが、この男の場合は頭を丸ごと鷲掴みにされたようなひどい痛みが走った。

「……っ、……！」

苦しさのあまり呻《うめ》こうとしたが、命じられたとおり声は出せない。

――これはなんだ。何をされている？

完全に覆われた目には何も見えないはずなのに、目の奥で白い光が何度も点滅した。光は少しずつ大きくなってくる。触手で直接目を弄《いじ》られている感覚も、変わらず気持ちが悪かった。

白い光が瞬くたび、なんともいえない不快感が増していく。頭の中に無理やり何かが入ってこようとしているような不気味な感覚に、エランは必死に抵抗した。

「なんだ、生意気に抵抗するのか？　まあいい、無理やり入るぞ」

目から、また不快な音が響いた。その瞬間、頭の先から足先までを太い針で刺し貫かれたかのような鋭い痛みが駆け抜ける。

「!!　ッ、……――ッ!!」

「ひどく痛むだろう？　いい悲鳴だな。もっと聞かせろ」

発声を封じられた喉からはかすれた悲鳴しか出せない。それはまるで、絞め殺される寸前の獣の雄叫びのようだった。男はそれを気に入ったようだ。にたりと嫌な笑みを浮かべながら、嬉しそうにエランのことを見つめている。

衝撃は一度だけでは済まされなかった。

繰り返し、全身を貫く猛烈な痛みがエランに襲い掛かる。

――く、そ……ッ。

エランは痛みに意識を持っていかれないよう必死で耐えた。

ここで意識を奪われれば、頭に入ろうとしている何かに、すべてを乗っ取られてしまいそうな気がしたからだ。

繰り返される責め苦は、永遠に続くように感じられた。

「……そういうことか」

終わりの見えなかった触手の責めは、男のそんな声が聞こえたのと同時に、唐突に止んだ。

目に貼りついていた触手も役目を終えたのか、驚くほどにあっさりとエランから離れる。身体の拘束も、あれほど激しくもがいて外れなかったのが嘘のように、はらりと解けた。

身体を支えていたものがなくなり、エランは崩れ落ちるように床に膝をつく。痛みで体力を消耗しきっていたが、それでも意識だけはぎりぎりのところで保っていた。

肩で浅く呼吸しながら、真っ先に自分の目の状態を確認する。目はきちんと見えていた。滲《にじ》んでいた視界も、瞬きを繰り返すたび少しずつ鮮明に見えるようになってくる。

エランはそっと横目で男を見た。

男は虚空を見上げ、心底楽しそうに笑っていた。エランの視線に気づいた男がこちらを見る。見下すような視線は変わらないが、不快そうに顔を顰《しか》めることはなかった。

「なあ、エラン」

男に名前を呼ばれたことに驚いた。名乗った記憶はない。

男はついさっきまで、エランのことを人間と呼んでいたはずだ。

「どうして、名前を……」

「お前の記憶を見たからな。それぐらいわかる」

そう言って、男はエランに近づいてくる。床に座り込んだままのエランと視線を合わせるようにしゃがみ込むと、じっと瞳を覗き込んできた。

——記憶を、見られた？

思い当たるのは、今しがたの行為だ。頭に侵入《はい》られている気がしたのは、気のせいではなかったらしい。恐ろしさに身震いしたエランを見て、男が嬉しそうに目を細めて笑う。

「可哀想にな、エラン。お前はすぐに死ぬことになる。お前はアレに殺されるんだ」

「なんのことだ……？」

「すぐにわかるさ」

男は「可哀想に」ともう一度告げた。そう言いつつも、男は愉《たの》しげに笑っている。言葉と表情が全く一致していなかった。

――それにしても、殺されるとは。

男がアレと呼んでいるのはルチアのことだ。それはもう間違いない。

ルチアにエランを殺す理由があるとは思えない。二人のあいだにあるのは雇用関係だけだ。それも明日の舞台が終わるまで――それがどうして、死に繋がるというのだろう。

考え込むエランを見て、男はさらに笑みを深める。

「さて、あまり長居をすると邪魔が入りそうだから私はもう行く。お前のおかげで必要な情報は手に入ったことだしな」

男はそう言うと、音もなく立ち上がった。

軽く背伸びをしてから、エランのことをもう一度見下ろす。

視線が絡む。男の薄く細められた瞳に宿る感情は、出会ったときとは明らかに違っていた。エランに対する嫌悪が薄れている。代わりに浮かんでいる感情は、興味のようだった。

「私は人間が大嫌いだが、お前は少し気に入ったぞ。エラン」

「――俺は、お前が嫌いだ」

気に入ったと言われ、エランは反射的にそう返していた。

口をついて出た言葉に、慌てたのはエランだ。男を刺激するのが得策ではないとわかっていたはずなのに、どうしてそんな風に言い返してしまったのか。

男はエランの言葉に瞠目する。だが、次の瞬間には身体を揺らして笑っていた。

「お前は本当に面白い人間だな……そんなだから、アレもお前を気に入ったのか？　では特別にお前にもう一つ話をしてやろう」

機嫌を損ねなかったどころか、むしろ上機嫌なように見えた。

男はもう一度こちらに戻ってくると、身体を屈めて、エランの耳元に顔を寄せる。

「アレがお前の身体に残った私の痕跡に気づいたらどうするのか、私はそれがとても楽しみだ」

囁いた言葉どおり、男はとても楽しげで――その顔は、今まで見せたどの表情よりもルチアとよく似ていた。


そして、魔族の男は忽然と姿を消した。

激痛に晒《さら》され続けた疲労感で、エランはその場からすぐには動けなかった。重い身体を引きずるように壁際に移動させ、大きく息を吐き出しながら天井を見上げる。

滲《にじ》んでいた目もすっかり元通りだった。しかし、見る分には問題なくとも、あの触手が貼りついていたことを考えると気持ちが悪い。早く水で洗い流したかった。

視線を、天井から自分の手元に移す。あの男がエランの手についたにおいについて、気にしていたのを思い出したからだ。

男と会う直前にエランに触れた相手、それに該当する人物は一人しかいない。

「あの老人と……シュカリとあの魔族は、何か関係があるのか？」

二人には魔族という共通点がある。それに二人とも、半魔の――ルチアの話をしていたのも気になった。それがただの偶然なのか、そうでないのかはわからなかったが、続けざまに似た話を聞かされた側からすれば、偶然とは思えない。

「……あの男は、これのことも気にしていたな」

エランは自分の耳に触れた。そこにはルチアに渡され、装着されたままの魔術具がある。今や、ついているのが当たり前になってしまったものだ。

あの男は、これに残されたにおいを「おぞましい」と口にしていた。

あれが、魔族が半魔に向ける本能的な嫌悪なのか。負の感情を隠そうともしないあの声と、狂気に満ちた表情を思い出すだけで、エランの背筋は寒くなる。

――半魔、か。

半魔の生まれる理由。シュカリの話していたことを思い出し、エランは再び天井を仰いだ。

あの魔族も、シュカリが話していたような目に遭ったのだろうか。

男は恐ろしいほどの魔力の持ち主だった。人間が到底敵う相手には見えなかったのに、あんな桁違いの力を持つ魔族が人間に捕らえられ、半魔を生むための道具にされるなんて、そんなことがあり得るのだろうか。

けれど、あの様子からして、男がルチアの関係者であることは間違いない。

二人のあいだに、血の繋がりを感じずにはいられなかった。

――親子なのに……いや、親子だからか。

つい、色々と考えてしまう。この見世物小屋のことに深く関わるつもりはなかったのに、気がつけば、ずいぶんと様々なことに巻き込まれてしまっている。

『お前はどうやら、巻き込まれ体質みたいだな』

かつて師匠に言われた言葉を思い出す。師匠とは、孤児であったエランを冒険者に鍛え上げてくれた人だ。他人を揶揄《からか》うのが好きな人で、そのときも事件に巻き込まれやすいエランを見て、笑いながらそう言っていた。

当時のエランは否定したが、もしかすると本当に師匠の言うとおりなのかもしれない。

――問題は、この性格のほうなのか。

放っておけばいいことにも、すぐに首を突っ込んでしまう。どれだけ無関心でいようとしても、そうできずに事件に巻き込まれてしまうのは、この性格が原因なのだろう。

はぁっ、と大きな溜め息がこぼれた。シュカリは、エランのこんな性格を見抜いていたのだろうか。見抜いていてあんな話を聞かせたのだとすれば、あの老人もなかなか食えない性格だ。

ただ、もしそうだとしても放っておけるわけがなかった。

あの魔族の男は、間違いなく何かするつもりだ。そのためにエランの記憶を覗いたのだろう。

必要な情報は得られたとも言っていた。ということは、これから起こるだろう出来事にエランは間接的とはいえ、既に関わってしまっていることになる。

「……………クソ」

自分には関係ないと言い切れる性格だったら、どれだけよかっただろう。

しかし、そんな器用には生きられそうもない。エランは自分の面倒な性格に頭を抱えながら、もう一度、大きな溜め息をこぼした。

その日、仕事を終える時間になってもシュカリが戻ってくることはなかった。

他の従業員に頼まれた仕事をしているあいだも、エランはずっとシュカリを捜していたが、どれだけ捜してもあの特徴的な巻き角を見つけることはできなかった。

シュカリだけではなく、ルチアもだ。

こういうときに限って二人とも、なぜか姿を見かけなかった。

「……どうしたらいいんだ」

自室のベッドに寝転がり、天井に向かって呟く。

あの魔族の男のことを、誰にも話さないままでいていいはずがない。しかし、二人が見つからない今、このことを相談できる相手は他にいなかった。

「明日の朝、会えるといいんだが」

明日といえば、夜には次の舞台に出ることが決まっている。今度こそ、戦って勝てる魔物が相手であればいいが、ルチアがそれをよしとするとは思えなかった。

おそらくエランはまたあの舞台の上で犯されるのだろう、大勢の目の前で。

想像すると身体が震えた。エランは横向きに寝がえりを打つと、背中を丸めるように身体を縮こませる。

――やっぱり、俺の身体は何か変だ。

身体が震える理由は恐怖だけではなかった。腹の奥が疼《うず》いてたまらない。

自分は性欲などほとんどない人間だと思っていたのに、最初の舞台のときからエランは自分の身体に裏切られてばかりだった。疼《うず》きは自覚することで、さらにひどくなる。時折、呼吸が詰まったように身体の奥が震え、込み上げる気持ちよさにどうしようもない気持ちになってくる。

――今日はもう寝よう。

これ以上、身体の熱が上がる前に眠ってしまうのが一番だった。

†

ゆっくりと目を開くと、窓枠の向こうに重なる二つの天体が見えた。

自分の目と同じ薄青色のそれを瞳に映しながら、魔族の青年ゼルヴェルは満足げに微笑む。

あの牢獄のような部屋に戻ってきたというのに、陰鬱な気持ちではなかった。

それどころか、自然と笑みがこぼれてしまうほどに浮かれている。ベッドに寝転がったまま、窓の向こうの天体に向かって手を伸ばした。白く細い指先には、銀色の触手が絡んでいる。

それを玩ぶように指を動かしながら、ゼルヴェルはさらに深く微笑んだ。

本当に愉快な気分だった。こんな気持ちになれたのは、あの人間のおかげだ。

込み上げてくる笑いを堪えられない。

「……エランといったか」

あの場所で彼に会えてよかった。何か目的があって、あの場所に行ったわけではなかったが、彼のおかげで楽しめそうなものが新しく二つも見つかった。

一つは彼自身。そして、もう一つはあのおぞましくも忌々しい半魔だ。

人間のことは反吐が出るほど嫌いだったが、エランのことは気に入った。ゼルヴェルに向かって直接「嫌いだ」と言ったのもそうだ。

普通の人間であれば、あの場で殺してしまっていただろう。

けれども、彼であればそんなことも気にならなかった。むしろ、面白いとすら思った。

彼はアレのお気に入りでもあるようだった。アレの一部に寄生され、思考も多少染められていたようだったが、決して己を失っていない芯の強さのようなものを感じた。

「そして、あの半魔だ……」

エランの目を通して見た半魔の様子を思い出す。既に消滅したものだと思っていたのに……アレがどうやって生き残ったのかは、エランの記憶を見てすぐにわかった。

あやつが何のためにそんなことをしているのか、その真意まではわからなかったが。

アレは身体こそ成長していたが、感情のほうはほとんど成長していなかった。あの日のことを、まだ引きずっているのか……だとすれば、こちらも面白いと思った。

「……まだ、愛情に飢えているとはな」

幼子だったアレは、ゼルヴェルに対して愛情を求めていた。

魔族にだって情はある。友情も、家族に対する情も、もちろん愛情だって存在する。

だが、あんなおぞましいものを愛せるわけがなかった。得体の知れぬ薄気味悪い生き物のようにしか思えないアレを、視界に入れることすら本能が拒絶した。

だから、吐き捨ててやった。

——誰もお前に愛情など与えない。求めるだけ無駄だ、と。

それが呪いになるように。強い嫌悪と共にぶつけたその言葉に、幼いアレはゼルヴェルへ腕を伸ばしたまま動かなくなった。言葉はわからなくとも、拒絶の意志は通じたのだろう。

ぴくりとも動かなくなったアレは、あのまま消滅したものだとばかり思っていた。

まさか、ゼルヴェルのあずかり知らぬところで、あんな歪《いびつ》なまま成長していたなんて。

「アレはどうやってエランを殺すのかな」

己以外のにおいを纏《まと》う獲物は不快でしかない。それは魔族の持つ本能だった。

半分とはいえ、アレも魔族の本質を引き継いでいるのなら、同じように感じるはずだ。

エランの記憶は簡単に見られないように封じておいた。だからアレはきっと勘違いしてくれる。

ゼルヴェルのにおいをさせるエランを——ゼルヴェルの駒であると。

エランは見るも無残な姿で殺されるのだろうか。それとも跡形もなく消し去られ、存在もなかったことにされるのだろうか。どちらであっても……どちらとも違っていても、面白いと思った。

ずっと愛情に飢えているアレが、己の手で愛するものを殺すなんて——そんな楽しいことがあるだろうか。そして、無残に殺した後に知るのだ。それがゼルヴェルの罠であったと。

取り返しのつかないことをしてしまった己に、アレはどんな感情を見せるのだろう。愛情に飢えた歪《いびつ》な生き物が辿り着く愚かな末路を想像すると、たまらない気持ちになる。

ゼルヴェルは、思わず声を上げて笑っていた。

†

「エランくん！」

次の日の朝、食堂で真っ先にエランに駆け寄ってきたのは、魔物使いのイロナだった。

イロナと会うのは、あの餌やりのとき以来だ。エランは嫌な予感に眉を顰《ひそ》める。

「もしかして……また、お前の手伝いか？」

「違うよー。今夜は舞台に出るんでしょ？　前みたいに潰れちゃったら元も子もないじゃない。そんな無茶は僕だって言わないよ？」

「………」

そんなの当然じゃん、と言わんばかりのイロナの表情に、エランは複雑な気持ちになった。

そもそも、この見世物小屋の常識などわかるはずもない。

「じゃあ、なんの用だ？」

「エランくん。誰かを捜してるのかなって」

「え……？」

「なんかキョロキョロしてるみたいだったから。違う？」

イロナの言うとおりだ。食堂に来て、エランが一番にしたのはシュカリを捜すことだった。いつもより早い時間からここにいるのも、そのためだ。だが、どれだけ待っても目的の人物が姿を現すことはなかった。どうやら、その一部始終をイロナに見られていたらしい。

「それってさ、ルチアさま？」

「いや……シュカリだ」

「あー、シュカリさまかぁ。そういえば昨日から姿を見ないね。二人とも」

「……お前もか」

「ってことは、エランくんもルチアさまに会ってないの？　珍しいよね。あの二人を揃って見かけないなんて」

二人を見かけないことは、イロナにとっても珍しいことらしい。

イロナは了解を取ることなく、エランの隣に座った。別に構わなかったが、その距離がやけに近いのが気になる。イロナは唇を尖らせながら、何か考え込んでいる様子だった。

「……エランくんが舞台に出る日だから、絶対一緒にいると思ったのに」

「誰がだ？」

「ルチアさまだよ。他に誰がいるの？」

またしても、当然のことのように言われてしまった。

イロナは腑に落ちない様子で表情を曇らせ、椅子から浮いた足先をぶらぶらと揺らしている。

「……昨日から、なんか変なんだよね」

「変、とは？」

「魔物たちにちょっと落ち着きがないんだ。それを相談したくてルチアさまを捜してたんだけど、どこに行っても全然会えないし。今日、ここに来たらエランくんと一緒にいるかな、って思ったのに……それもないなんて」

イロナの声からは不安が滲《にじ》み出ていた。浮かべている表情も何かに怯えているように見える。

その不安は間違っていない。おそらく魔物たちに落ち着きがないのは、あの魔族のせいだろう。

「なんか、嫌な感じがする……気のせいなら、いいんだけどさ」

「それは……」

話すべきか悩んだ。少なくとも、イロナはエランよりもこの見世物小屋のことを知っている。

シュカリとルチア、そのどちらにも会えない今、あの魔族の男の話をできる相手はイロナ以外に思いつかない。けれど、話せばイロナを巻き込んでしまうことになる。

「もしかして……エランくんは理由を知ってるの？」

悩む様子のエランに、イロナは何か気づいたらしい。エランのほうへ身を乗り出し、顔を覗き込んでくる。元から近い距離がさらに縮まった。

イロナもこの不安をどうにかして拭いたいのだろう。しかし、エランが話をすれば、さらに不安にさせてしまうかもしれない。

――ただ……もう、俺一人で抱えていられる問題でもない。

イロナに話そう、そう決意した瞬間だった。イロナの大きな目が、いつも以上に大きく見開かれていることに気づく。

だが、それに対してエランが疑問を口にすることはできなかった。

「……ぐ、ぁ」

何かがエランの首を絞めつけている。突然のことに、訳がわからなかった。

息ができない。エランの口から漏れるのは、濁《にご》った呻《うめ》き声だけだ。

ギリギリと首に巻きついた何かはその絞めつけを強めていく。慌てて指でそれを剥《は》がそうと試みたが、滑ってしまってうまくいかなかった。

「ん……あっ」

必死に抵抗するように両脚をばたつかせる。座っていた椅子が倒れたが、椅子を失ってもエランの身体は宙に浮かんだままだった。

それほどの強い力で首を絞め上げられている。エランには、首に触れているものの感触に覚えがあった。あの魔族の男が操っていた触手と同じだ。

またあの魔族の男が現れたのだと思った。

イロナに自分のことを話そうとしたエランの口を封じに来たのだと。

――くそ、意識が。

酸欠で意識が遠のいていく。

「エランくん！」

イロナが必死にエランの名前を呼んでいたが、その声に応えることはできなかった。

顔色を真っ青にしたイロナは、目を見開いたまま、エランの後ろを見つめている。何か言いたげに口をはくはくと動かし、首を横に振った。

「どうして……ルチアさま」

意識が落ちる直前、困惑したイロナのそんな呟きが聞こえた。


ぐちゅり、ぐちゅりと濡れた音が聞こえた。

最初は遠くに聞こえていたその音がどんどんと近づいてくる。水気を帯びた薄気味悪い音だ。

『そろそろ起きなよ、エラン』

その声に一気に意識が覚醒した。悪夢から突然目覚めたときのように、ばちんと勢いよく瞼が開く。自分で開いたというより、無理やり開かされた感覚だった。心臓がバクバクとうるさいほどに鼓動している。それに呼応するように身体中の血管が脈打っていた。

「……は、あっ、ぅぐ、う」

息苦しさに大きく息を吸い込もうとしたが、できなかった。うまく息が吸えないだけでなく、増した息苦しさに無様な声を上げることになる。口に何かが入っているようだ。それを取り出したくて手を動かそうとしたが、腕はびくとも動かなかった。指先の感覚すらない。

——何が、起きているんだ。

目を開いているはずなのに、何も見えない。でも、全くの暗闇というわけではない。時折、目の奥が白く光る。その感覚には覚えがある気がしたが、詳しくは思い出せなかった。

「おはよう、エラン。苦しいかい？」

「ぅ、ぐぁ……っ」

「いい鳴き声だ。やっぱり起きてると反応があっていい」

ルチアの声がした。間違いない。近くにルチアがいる。それなのに姿が見えない。

目を動かそうとすると、ぐちゅっと嫌な音が聞こえた。いや……動かしていなくても、ぐちゅぐちゅと掻き混ぜるような音が目から聞こえる。この音にも聞き覚えがあった。

——これは、いったい。ルチアはどこに。

「もしかして、ボクを捜してるの？」

「ん……ぅ、ぐぁ」

ルチアの問いかけに答えたいのに、声がうまく出せない。

口の中に居座る何かを吐き出したいのに、全然思いどおりにならなかった。

それどころか、吐き出そうとすると、逆にエランの喉の奥へと滑り込んでくる。喉を塞がれて苦しいはずなのに、なぜかエランの身体はその行為から苦しさ以外のものを感じ取っていた。

喉の奥を突かれるたびに、身体がびくびくと跳ねる。

「っ、ン……ぅ」

「君は喉奥を犯されるのが好きだよね。それなら、もっと奥まで犯してあげるよ」

「ぁ、がッ……ぁあ」

ルチアが言い終わるより前に、口の中の何かが喉より奥に向かって進み始めた。エランは必死で首を横に振り抵抗しようとしたが、その動きも制限されてしまっている。

苦しい、もう無理だ、と叫びたいのに、そのどれもが許されない。

「記憶のほうは……やっぱり無理みたいだね。まあ、あいつのにおいが取れただけでも、よしとしようか」

——におい……？

その言葉に一気に記憶が蘇った。

全く同じ言葉をエランに浴びせた、魔族の男のことを思い出す。

そうだ、あの男の話がしたくてシュカリを捜していたのだ。そうしたら、食堂でルチアを捜しているイロナに会って、話をしようとした瞬間——何者かに襲われた。

その後の記憶がない。最後に戸惑っているイロナの声を聞いた気がしたが、イロナが呟いた言葉を思い出すことはできなかった。

「何を考えてるの？　エラン」

「……っ、ふ、ぁ」

「自分の状況がわかってないのかな？　ちゃんと見せてあげようか。自分が今、どんな格好をしているのか」

急に視界が開けた。目を覆っていた何かが離れたのだ。視界はまだぼんやりと滲《にじ》んでいる。

「……ほら、こっちを見て。エラン」

状態の悪い視界でもルチアのことはすぐに認識できた。すぐ目の前にいたからだ。

ただ、視界の高さがいつもと違う。自分よりも背が高いルチアの顔が、なぜかエランの視線より低い場所にあった。

「ほら。ボクの顔じゃなくて、自分の身体を見てごらん」

「……っ、ひ、ぅ」

エランはようやく自分の状態を確認した。驚いたエランの喉から悲鳴のような声が漏れる。

——なんで、これ。

エランは裸で壁に磔にされていた。その身体にはたくさんの触手が巻きついている。信じられない自分の状況にエランは何度も目を瞬かせる。

エランの身体を壁に繋ぐ触手は、部屋のあちこちから生えていた。薄暗い部屋で淡く金色に発光する触手は太さも長さも形状もバラバラだ。様々な形の触手が、エランの身体を拘束していた。

両腕は頭上で一纏《まと》めに固定されていた。無理な体勢のためか、指先は痺《しび》れて感覚がない。

宙に浮いているエランの身体を固定しているのは、腋と腰に巻きついた太い触手だ。ぎっちりと拘束するその触手は力強く、身体を動かすことは叶わなかった。

そして、何よりひどい状態なのは下半身だった。

両脚は大きく広げられていた。その上、両膝を腰の辺りまで持ち上げられて固定されている。陰茎から後ろの孔まで、すべてを正面に立つルチアに晒《さら》すような格好だった。

さらに信じられないことに、エランの陰茎は勃起していた。そこに触手は触れていないのに、先端から透明な雫をあふれさせている。

卑猥な状態の自分の身体から目を逸《そ》らすように、エランはゆっくりと頭を上げた。

すぐに、ルチアと目が合った。藍色の瞳の真ん中に赤い光が点《とも》っている。

ルチアの魔力が大きく動くのを感じた。同時に触手が動く。なんとなくそんな気はしていたが、この金色の触手を操っているのはルチアのようだった。

――あの魔族と、同じ能力。

やはり、ルチアとあの魔族の血は繋がっている。

けれどなぜ今、自分がこんな状況に陥《おちい》っているのだろう。どうしてルチアにこんな冷ややかな視線を向けられているのかもわからない。

こんな状態で拘束され、嬲られている理由がエランにはわからなかった。

考えているあいだも、喉奥の触手は動きを休めることはない。呼吸を制限され、苦しいはずなのに、エランはその行為から快楽を拾っていた。

「う……ぐ、ぁ」

「ねぇ……君はあいつに言われてここに来たの？」

ルチアが冷たい声で問う。その質問で、エランはようやく気がついた。

ルチアは、エランがあの男の関係者だと勘違いしている。だからこうしてエランを拘束し、嬲《なぶ》ろうとしているのだ。

違う、と答えたかったが口は触手で塞がれていてできない。せめて、首を横に振ろうとしたが、それすら首に巻きついた触手が邪魔をした。

何も伝えられないことがもどかしい。

エランは必死にルチアと目を合わせようとしたが、ルチアはエランのほうを見ているようで見ていない。そんな状態で、エランの気持ちが伝わるわけがなかった。

「まあ、君の答えなんて聞きたくもないけど。そんなにおいをさせておいて、ボクを騙せると思った？　だとしたら……ボクも舐《な》められたものだ」

いつもと同じ柔らかい口調だが、その声色は冷ややかだった。しかし、吐き捨てるように話すその声は、どこか震えているようにも聞こえる。エランはルチアの表情を必死で探った。

「……さて、君のことはどうしようか」

「っ……！」

ルチアはそう言うと、おもむろにエランの脚に触れた。

無理やり開かれた太腿《ふともも》の内側を、ゆったりとした手つきで撫でられる。快感に震えそうになる身体をエランはどうにか律した。

――こんな反応がしたいわけじゃない。

「本当はこうされるのが好きだったの？　実は悦《よろこ》んでたとか？　後ろの孔を使うのだって初めてじゃなかったのかな。最初からボクのことを騙していたの？　……だったらさ、少しぐらいひどくしてもいいよね？」

ルチアは、ぽつりぽつりと呟きをこぼした。

最後に物騒な一言を発したかと思えば、背後から新たに伸びてきた触手がエランの後孔に触れる。

それは一本だけではなかった。何本もの触手がエランの肌に触れている。

伸びてきた触手の動きはどこか乱暴だった。

嫌な予感がする。だが、拘束されたこの状況から逃げ出す方法なんてない。

後孔の縁に触れた触手が濡れた卑猥な音を響かせる。触手が纏《まと》う粘液が響かせる音だ。ぐちゅぐちゅとそこを擦られる感覚に鳥肌が止まらない。

しかし、それは気持ちがいいからではなかった。

エランが感じているのは恐怖だ。呼吸がどんどん浅く速くなっていく。

やめろと叫びたかった。今度こそ壊される――そう思った。

「ほら、入るよ」

「う、ぐぁあああああ――ッ！」

躊躇など一切なく、一気に貫かれた。

エランを貫いた触手は全部で五本。その一本の太さは男性の親指よりも太い。

それを慣らさずに一気に突き立てられたのだ。いくら触手が粘液を纏《まと》っているとしても、ひどい痛みに襲われるのは当然だった。

しかも、その触手はつるりとした外見のものだけではない。ぼこぼことした凹凸や瘤を持つ触手まで混ざっている。その行為は非情なものでしかなかった。

「あ、……ひ、ぐぁあっ、があああ！」

気持ちよさなど微塵もない。ただの暴力だ。

触手が中で動くたび、エランの口からは濁《にご》った悲鳴が漏れる。喉近くまで挿入された触手のせいで閉じられない口からは、だらだらと涎《よだれ》がこぼれた。

エランの身体は痛みに痙攣し続ける。

めいっぱい見開かれた瞳からは、ぼろぼろと涙があふれて止まらなかった。

『アレがお前の身体に残った私の痕跡に気づいたらどうするのか。私はそれがとても楽しみだ』

魔族の男が去り際に耳元で告げた言葉が蘇る。あの男はこれが楽しみだと言っていたのか。エランがこうなることを心待ちにしていたというのか。

「ン、ぐ、ぁ！　あああ！」

何度も何度も貫かれる。ごりごりとしたものが、エランの内壁を容赦なく抉《えぐ》った。

そのたび、身体が二つに裂かれるような痛みが走る。

こんな風に苦しめられるぐらいなら、いっそひと思いに身体を裂かれたほうがマシだ——そう思えるほどの責めだった。

「ぐ、ぁっ、ひ………………ぐぅッ」

痛みか、窒息か……あるいはその両方か。何度も意識が飛びそうになる。

——俺は、このまま殺されるんだろうか。

悲鳴を上げることすらできなくなる。息を吸う力すら失われていく。

鼓動が少しずつ遅く弱くなり、このまま止まってしまうのではないかと思うほどだ。

目を開いているはずなのに、だんだんと周りが見えなくなっていく。すべての感覚が遠ざかり、視界が白く靄《もや》がかかるように濁《にご》っていく。

もうだめだと思った瞬間、ごぽっと嫌な音がして、喉から触手が抜け出ていった。やっとまともな呼吸が許されたが、それでも意識は留めておけそうにない。

「…………ルチ、ア」

最後にその名前を呟いた理由は、エランにもよくわからなかった。

†

完全に我を忘れていた。

か細い声で名前を呼ばれるまで、理性はすべて手放した状態だった。

触手の持つ本能のままにエランを犯し尽くした。喉を、後孔を思うままに蹂躙した。犯して、侵食して——壊してやろうとさえ思っていた。

だが、名前を呼ばれて、我に返った。

ほんの少しだけ残っていた理性を無理やり引きずり出すように呼び戻され、理性は取り戻したが、裏切られたという怒りが消えたわけではない。

ルチアには、この怒りを抑える方法がわからなかった。

エランから感じたあの男のにおい。あのとき……食堂を訪れ、エランから漂うその残り香に気づいた瞬間、目の前が真っ赤になった。

気がつけば、エランの首を己の触手で絞め上げていた。

そのまま殺してしまっても構わないと思った。それほどまでに、自分以外のにおいを纏《まと》った獲物というものは不快でたまらなかった。

あのとき、イロナが止めに入っていなければ、エランは確実にあの場で死んでいただろう。

気を失っているあいだに、あの男との記憶を見ようとしたがそれは失敗に終わった。エランがルチアの侵入に抵抗している様子はなかったが、どれだけ深くまで触手を伸ばしても、その記憶を見つけることはできなかった。あの男が何かしたのだろう。

だが、このにおいだけで明らかだ。こんなにおいをつけておいて、無関係とは思えない。

感情のままにエランを殺せなかったことに、さらに苛立ちが募った。

だからこそ、今度は壊れるまで犯しつくそうと考えた。

服をすべて剥《は》ぎ取り、触手で拘束した。あえて卑猥な格好をさせたのは、エランの絶望した顔を見たかったからだ。

ルチアにとってエランは特別な存在だった。

彼に対して自分が抱く感情をなんと呼称すべきかまではわからなかったが、間違いなくエランはルチアの感情を揺さぶる存在だった。

実際、その声に名前を呼ばれるだけで、こうして動きを止めてしまう自分がいる。

完全に理性を手放していたのに。我を忘れてエランを犯していたはずなのに、まさかあんな弱々しい声にすら反応してしまうとは思わなかった。

なぜ、直前に喉の触手を引き抜いてしまったのだろう。

自分がしたことなのに、その行動の意味がわからない。だが、それももう過ぎたことだ。

だらりと完全に脱力したエランを触手の拘束から解放した。エランに対する怒りは継続していたが、このまま行為を続けられる気もしない。今は、完全に気が削がれてしまっていた。

エランを腕に抱いて、天蓋付きの自分のベッドまで運ぶ。うつ伏せに横たわらせて、自分もその隣に腰を下ろした。そのあいだもエランは身じろぎ一つしない。ずいぶんと弱っているようだ。

顔色も悪く、後孔からは今も血が流れ続けている。

あれだけ無茶な責め方をしたのだから、そこが傷ついているのは当然だった。

エランの血は甘い香りがした。たまらない香りにルチアは目を細める。甘い香りに誘われるように、ルチアはエランの後孔に顔を寄せた。そのまま、躊躇《ためら》うことなく舌を這わせる。

——甘い。

香りだけでなく、味も甘かった。

ルチアは、血と触手の粘液で濡れた入り口を念入りに舐《な》めた後、そのまま中に舌を差し込む。先刻の行為で解れきったそこは、なんの抵抗もなく、ルチアの舌を招き入れた。

傷ついた場所を舐《な》められ、痛みを感じたのか、エランがひくりと身体を揺らす。同時に、きゅっと締まった中の感触を楽しみながら、ルチアはエランの中で舌を触手に変質させた。

血の味のするエランの内襞を念入りに舐《な》める。ねっとりと一周舐《な》めては、さらに奥へと触手を挿し込んでいく。なんともいえない、たまらない気持ちがした。

「……ん、ぁ……」

最奥を突くと甘い声とともにエランが身体を揺らす。しかし、意識を取り戻した様子はなく、目は閉じたままだ。身体を小さく震わせながら、半開きの唇から吐息のような甘い声を漏らす。

そんなエランの姿はとても煽情的だった。


血の味がなくなるまで舐《な》め尽くし、エランの中から舌を抜き取った。

身体を起こしたルチアは、ふと自分の身体を見下ろす。

――何か、変だ。

最初は些細な違和感だったが、エランの血を舐《な》めとるたび、ルチアの体温は少しずつ上がり続けていた。今ではもう違和感どころの話ではない。

鼓動も呼吸も激しく乱れている。確実に何かがおかしかった。

それでも、決して不快な感覚ではない。むしろ興奮しているようだ。エランの甘い血に酔ったのだろうか。ずくずくと身体が疼《うず》く。特に下半身が疼《うず》いて仕方がない。

触手が欲にざわつくことはあっても、身体がこんな風になるのは初めてだった。

ルチアの身体は人間のものとよく似てはいるが、ただの器でしかない。

人間とは同じ機能を持たないはずの器が、まるで人間のような反応を示している。

——勃《た》ってる、のか？

他人のものは何度も見たことがあったが、自分のものがそうなっているのを見るのは初めてだった。ルチアの器は男性体だ。陰茎だってついている。

しかし、それがこうして反応したことは今まで一度もなかった。

ルチアの欲はすべて触手に起因しているといっていい。食欲も性欲も触手が満たされるだけでよかったし、ルチアもそれで満足していた。なのに、今になって器のほうが反応するなんて。

ルチアは自分の陰茎が勃起しているのを、まるで他人事のように眺めていた。

けれども、その感覚は他人事ではない。ずくずくと脈動し、疼《うず》く感覚は間違いなく己の感覚だ。

吐き出す息が震えた。呼吸が乱れ、熱が高まっていく。ルチアは無意識に熱のこもった視線をエランに向けていた。先ほどまで自分が舐《な》めていた後孔から目が離せない。

——挿《い》れてみたい。

こうなってしまえば、欲が向かう先は一つしかなかった。

ルチアは纏《まと》っていた衣服をすべて脱ぎ捨てると、ベッドにうつ伏せに寝転がるエランに欲のままに覆いかぶさった。

何度も体位を変え、意識のないエランを挿し貫く。

中に何度吐精してもルチアの陰茎は硬く張りつめたまま、刺激を求め続けた。

この感情に抗うことは難しい。それほどに激しい欲だった。ルチアは何度もエランに突き入れ、揺さぶり、その内壁を抉《えぐ》った。最奥に強く押し込み、その感覚を味わう。

これがもう何度目の交わりなのかもわからない。今は向かい合うようにしてエランを抱いていた。座ったルチアの上にエランを跨がせ、下から突き上げるように中を味わう。

意識のないエランの身体は触手で支えた。くたりと力が抜けたままのエランを触手で拘束し、その状態で揺らし続ける。意識がなくても何か感じているのか、揺らされるたびにエランは声を漏らした。鼻にかかる甘い声に気持ちが高ぶるのを感じる。

「ん……っ、ぅ、あ……ッ」

「エラン……エラン」

名前を呼びながら、何度も奥を押し潰した。奥のさらに奥を穿《うが》つように執拗に責める。

いつになったらこの熱が収まるのか、それはルチアのほうが知りたかった。エランの名を呼ぶルチアの声もかすれている。その表情は、とろりと快楽に蕩けていた。

「…………ぅ、っ」

エランが小さく身じろいだ。瞼がわずかに震えたかと思えば、その目がゆっくりと開かれる。

「ん………、ルチ、ア……？」

目が合って一番に自分の名前が呼ばれたことに、ルチアが感じたのは歓喜だった。

あれだけ怒りを覚えていたはずなのに、怒りよりも、苛立ちよりも……喜びを先に感じたことにルチアは戸惑った。目を覚ましたばかりのエランも、自分の状況に混乱している様子だった。

「これ……なん、……っぁああ！」

エランは疑問を口にしかけたが、最奥を抉《えぐ》ることでルチアはそれを遮った。

意識のないあいだ、ずっとルチアに慣らされていた身体はその衝撃をも快楽として受け止める。たまらない刺激を感じたのだろう。エランは背を反らせながら、甘い悲鳴を上げた。

戸惑いつつも、快楽には逆らえないようだ。

眉を顰《ひそ》めながら、身体をひくひくと気持ちよさそうに震わせている。

『ねえ、エラン。もっと可愛い声で鳴いて……ボクの名前を呼んで』

洗脳具を通して話しかけた。こうすればエランは逆らえない。

ずるいやり方だとわかっていても、ルチアの心はそれを望んで止まなかった。

「ぁ……あっ、ん、あぁッ……、ルチアぁ」

エランは必死でルチアの名前を呼び、鳴き続けていた。その声は甘露のようだ。

揺らされて鳴くエランの姿はまるで自身もこの行為を喜んでいるように見える。困惑に下がった眉すら感じ入っているようにしか見えなかったが、それが錯覚でしかないのはわかっていた。

エランはただ洗脳具を通して命じられたことに従っているだけだ。そうだとわかっていても、その声で名前を呼ばれることに、ルチアが感じているのは喜びだった。

しかし、その喜びとは別に、胸を強く締めつけるような感覚がルチアを襲う。

——なんなんだろう、これは。

くっ、と息が詰まるような苦しさだ。その感覚がなんなのか、ルチアには全く心当たりがなかった。ただ、ひどく苦しい。

——怒りか？　それとも、苛立ち？

苦しいのは負の感情だろうと、ルチアは考えた。

だが、考えたどれもが自分の感覚とは当てはまらない気がする。わからないまま、その戸惑いをぶつけるようにエランの身体を一際大きく突き上げた。自分の熱を奥に叩きつける。

衝撃に仰《の》け反《ぞ》って離れようとするエランの身体を強く抱きしめ、腕の中へ引き寄せた。

胸を締めつける息苦しさを堪えるように、エランの肩口に顔を押し当てる。

吐き出す息がこうして震えてしまう理由が知りたかった。しかし、どれだけ考えても、その理由はわからない。

——胸が苦しい。

目を閉じて、エランの肩に頭を預ける。

その体温を感じていると、ルチアの頭に何かが触れた。あたたかい何かが頭に乗せられている。

髪を梳くように差し込まれた指の感触で、それが手だということに気がついた。でも、それが手であるとわかっても、どうしてそんなことになっているのかが理解できない。

だって、その手は——エランのものだ。

「なに、を……」

驚いて、ルチアは密着していた身体を離す。顔を覗き込むと、エランが困ったような表情でルチアを見つめていた。それでも、頭を撫でる手は止めない。

エラン自身も困惑しているようだったが、その表情は険しいものではなかった。

眉を下げたその顔は、その手の動きと同じ……優しいもののように見える。

余計に胸が痛んだ。喉が詰まる。言葉が出てこない。

――どうして、そんなことをする。

――どうして、そんな顔でボクを見る。

その手は、何かを思い出させた。その目は、誰かを思い出させた。思い出しそうで思い出せない何かに、胸の痛みが増すばかりだった。

目が熱い。何かがあふれてくる。

――愛してるわ、ルチア。

そう言ったのは誰だっただろう。

気がつけば、ありったけの力を込めてエランの身体を抱きしめていた。

腕だけでは足りない。身体から出していた触手もすべてエランに巻きつける。それでもまだ足りなかった。ルチアが求めているものは、それだけでは満たされない。

――もっと欲しい……もっと。

欲しいと思う。それなのに、自分が何を欲しているのかはわからない。

ルチアはエランの身体を抱きしめる腕の力を強めた。

二人の身体はまだ繋がったままだ。こうして繋がって、充分なほど身体を密着させているはずなのに、もっとエランの傍に行きたいと思う。

ぐいぐいと必死で身体を寄せていると、ふ、とルチアの耳をエランの吐息がくすぐった。笑うような吐息だった。ルチアの頭に触れていたエランの手が動く。

離れてしまうのかと思ったが、そうではなかった。もう片方の腕もルチアの頭に回される。両腕の中に包み込むようにルチアの頭をエランが抱きしめた。その力は弱々しい。

しかし、身体を密着させようとしてくるエランの仕草に、胸の内にあたたかさが灯った。

いつの間にか、胸の痛みは消えていた。ルチアは、ずっと自分が求めていたものが――ぽっかりと空いたままだった場所が満たされたのを感じた。

その瞬間、胸の中央がどくりと大きく脈打つ。魔力が一気にルチアの身体を駆け巡った。それは熱となり身体中に広がった後、再びルチアの身体の中心に集まっていく。

「……ん、ぁあああッ!!」

高い声を上げて鳴いたのは、エランだった。

その熱が繋がった場所を通して、エランの中に流れ込んだせいだ。びくびくと身体を震わせるエランを、今度はルチアがしっかりと抱きとめた。

そのまま、ほとばしる熱をエランへと流し込む。同時に、エランからも何かが流れ込んできた。

それは――記憶だった。あの男とエランが話している光景。ルチアがどうやっても見ることが叶わなかったあの男とエランの関係を示す記憶だった。

記憶の中のエランは一方的にあの男に嬲《なぶ》られていた。皮肉にもルチアはあの男と同じことをエランにしていたのだ。無理やり拘束されたエランは、ただ一方的に苦痛を与えられていた。

エランは無実だった。ただ巻き込まれただけだった。

その真実を次々に見せられる。すべて、あの男の策略だったのだ。

あの男はエランを利用した。そして、ルチアはまんまとあの男に嵌《は》められたのだ。

『――お前は少し気に入ったぞ、エラン』

エランに話しかける男の声。あの男にしてはずいぶんと優しい声色だった。自分には決して向けられなかった感情だ。あの男がエランに優しく話しかけていることが不快だった。

けれども、それがどちらに対する感情なのか……それだけはいくら考えてもわからなかった。

『――俺は、お前が嫌いだ』

そう答えたエランの声に、ぎゅっと胸が締めつけられる。

真っ向から反抗する声。あの男の強さも、恐ろしさも、すべてを知った後のはずなのに、エランはそれでも折れず、まっすぐ男に言い放った。

エランの強さが眩しかった。

その意志の強い黒い瞳を――……ひどく愛しいと思った。

第四幕　伸ばした手に触れた光

——こちらに来てから、胸騒ぎが収まらない。

シュカリは魔族領を訪れていた。魔族領とは、人間の住まう世界とは隔絶された場所にある魔族だけが暮らす領域のことだ。

魔族領は常に全体を濃い魔素に覆われている。

魔素とは魔力の素となるものだが、魔族や魔物が持つ魔の因子と同様、人間にとっては毒にしかならない。そのため、人間が容易には近づけない場所だった。

魔術師と呼ばれる魔力を扱うことに長けた人間であっても、数日滞在するのが限界らしい。

逆に、魔族にとっては居心地のよい場所だった。魔素を体内で魔力に変え、元々持っている能力を引き上げることだってできる。

シュカリがこちらに来たのも、その魔素を利用するのが目的だった。

魔素の濃い場所でしか使えない魔術具を用い、あの奇妙な侵入者の正体を特定するためだったのだが——その目的も果たせないまま、シュカリは薄暗い部屋で一人、頭を抱えていた。

この部屋は、シュカリが魔族領に持つ屋敷にある、書斎兼研究室だ。

天井にまで届く高さの本棚が壁際に何台も並べられている。

室内には本だけではなく、数多くの魔術具も置かれていた。家具にはこだわっているはずなのにどこか雑多な印象を覚えるのは、あちこちに無造作に置かれた魔術具のせいだろう。

複雑な形状をした魔術具以外にも、用途のわからない道具がそこかしこに置かれている。

この部屋にある魔術具はすべて、シュカリが趣味で作ったものだった。

「……これはいったい、どういうことなのでしょうか」

革張りの高い背もたれの椅子に浅く腰かけ、シュカリは険しい表情でこぼした。机の天板を指の腹で叩きながら、溜め息も一緒に漏らす。焦りと苛立ちを全く隠せていなかった。

こちらに来てから面倒ごとばかりが続いている。一つひとつはどれも些末な問題だったが、その対応に時間を取られ、既に半日が過ぎてしまっていた。

昼過ぎには屋敷に到着していたというのに、気がつけばもう夜も深い時間だ。

こんな時間になっても、シュカリは本題である侵入者の調査に全くかかれていない。ようやく今から取りかかろうとしていたのだが、それにも問題が立ちはだかった。

使用するはずだった魔術具の魔石が破損し、大きなひびが入っていたのだ。

――何かがおかしい。

小さな問題も、ここまで続くと異常といわざるを得なかった。何者かが意図して妨害しているように思えてならない。加えて、ずっと感じている胸騒ぎのこともあった。

「……あちらは、大丈夫でしょうか」

ルチアもも子供ではない。そこまで心配する必要はないのかもしれない。

それでも、この胸騒ぎだけは、どうしても無視できなかった。

シュカリは書斎机の引き出しから小さな魔術具を取り出し、魔石の割れてしまっている魔術具の隣に置く。片手で持てるほどの大きさのその魔術具は、こちらから見世物小屋を監視するためのものだった。これを使えば、見世物小屋のあらゆる場所のことが手に取るようにわかる。

ルチアがまだ幼いときにシュカリが作ったものだ。こちらに戻る必要があるときに使用していたものだが、まさか今になって使うことになるとは思わなかった。

シュカリは魔術具の魔石に手を翳《かざ》す。魔力を送り込むと、魔石が淡い光を放つ――が、途中でばちりと何かに弾かれ、魔力の流れが遮断されてしまった。

魔術具が見世物小屋の様子を映し出す前に、魔石はその輝きを失ってしまう。

「なぜ……こんな」

シュカリは驚きを隠せなかった。もう一度、同じように魔石に手を翳《かざ》すが結果は変わらない。魔術具は発動するのだが、途中で何かに邪魔をされる。魔術具の故障ではないのは明らかだった。

何者かが監視を阻《はば》んでいる。他者の妨害であることは間違いない。

――ということは、おそらくこちらも。

シュカリは少し考えた後、転移の魔術を発動させる。見世物小屋からこちらに来るときに使ったのと同じ術だ。だが、こちらも魔術具同様、途中で何かに弾かれ発動させることはできなかった。

予想していたとおりの結果だ。阻《はば》まれているのは、見世物小屋を覗くことだけではない。向こうに戻ることもできなくなっている。

それらを阻《はば》んでいるのはおそらく、見世物小屋の周りに張られた結界だろう。

「でも……なぜ、こんなことを？」

術者の正確な意図は読めない。ただ、一つ確実にいえることは、シュカリ自身が見世物小屋から引き離されてしまったということだ。

——これがもし、その何者かの策略なのだとしたら。

その考えに至るのは当然だった。結界を張った相手と、あの奇妙な気配の侵入者は何かしらの関係があると考えるべきだ。同一人物である可能性だって高い。それに、これはまだ憶測の域を出ないが、これだけ巧妙に正体を隠し、魔族であるシュカリであっても簡単に干渉できない結界を張れる相手——それは相手も魔族である可能性が非常に高かった。

嫌な予感しかしない。シュカリは机の上に置いてあった、もう一つの魔術具に視線を向けた。

ついさっき、魔石の破損を確認した、あの魔術具だ。

——せめて、侵入者の正体を知ることができれば。

この状況に進展があるかもしれない。しかし、魔石が壊れた状態で魔術具を無理に使うことは、あまり好ましくなかった。魔術具が完全に壊れてしまうだけならまだいい。運が悪ければ、魔術具が暴走してしまうことだってあり得る。替えの魔石を用意できればよかったが、この魔術具に使っている希少な魔石の代わりをすぐに用意することは難しかった。

「やるしかないでしょうね」

迷っている暇はなかった。シュカリはひびの入った魔石に手を翳《かざ》し、無理やり魔力を注ぎ込む。

ぴしり、と割れ目の広がるような嫌な音が聞こえたが、力を緩めることはしなかった。割れ目から、注いだ魔力が漏れ出てしまっている。それを補うように多めに魔力を流すと、不快な音はどんどん大きくなっていった。魔石だけでなく、魔術具自体がミシミシと不穏な音を立て始める。

魔術具本体の限界も、予想より早いのかもしれない。

壊れるのが先か、侵入者の正体が知れるのが先か——際どいところだった。

魔力が膨れ上がるとともに、希薄だった侵入者の気配が増幅されていく。ビシ、ビシ、と今までに聞いたことのない不気味な音が魔術具からではなく、部屋全体から鳴り響く。

——あと、少し。

もうすぐ侵入者の正体が知れる。その油断が魔力の流れをほんの少し乱した。それだけのことで周囲の魔素に変化が起きる。シュカリは一瞬、反応が遅れてしまった。

パァン、という高い音とともに魔石が粉々に砕け散り、注ぎ込んだ魔力が黒い靄《もや》となって一気にあふれ出す。恐れていた魔術具の暴走が起きたのだ。

爆散するように黒い靄《もや》が部屋全体に広がる。身構える間もなく、シュカリはその爆風に吹き飛ばされた。魔術具も、内側からあふれた魔力の渦によってバラバラに砕け散る。

「…………ぐッ」

防御の体勢を取ることもできず、シュカリは背中を激しく本棚に打ちつけた。気を失うことはなかったが、そのまま床に座り込んでしまう。部屋は一瞬で黒い靄《もや》に包まれ、周りの景色は何も見えなくなった。部屋を覆う靄《もや》の元は魔術具に注ぎ込んだシュカリの魔力のはずなのに、魔術具の暴走によって変質したそれは、もうシュカリの手に負えるものではなくなっていた。

シュカリの身体にも黒い靄《もや》が纏《まと》わりついていく。

靄《もや》が触れた場所から魔力が吸い取られる感覚にシュカリは焦った。

——これは、まずい。どうにかしなければ。

考えられたのはそこまでだった。急速に魔力を奪われ、身体から一気に力が抜けていく。

シュカリはそのまま床に横たわり、意識を失った。


目を覚ますと、シュカリの身体に纏《まと》わりついていた黒い靄《もや》は跡形もなく消え去っていた。

最初に起こった爆発的な暴走のせいで部屋の中のものはバラバラに散らばっていたが、屋敷に大きく破損した箇所はなさそうだった。

どのぐらいの時間、気を失っていたのか。魔術具を使ったのが深夜だったことは覚えている。

シュカリは壁に背中を預けて、視線を動かす。ぼんやりと見つめた窓の外が明るいことに気づいて、我が目を疑った。外は明るくなっているどころか、既に日が翳《かげ》りはじめている。

慌てて身体を起こそうとして、シュカリはようやく自分の身に起こっている異変に気がついた。

「姿が……変わっている」

シュカリの姿は小柄な老人ではなく、背の高い青年の姿へと変わっていた。

老人との共通点は頭の角だけ。黒曜石に銀をちりばめたような不思議な色合いをした、頭の両脇にある二本の巻き角だけだった。そのほかは似ても似つかない。悪魔族らしい浅黒い肌に深い緑色の髪、濃い蜜色の瞳の端正な顔立ちをした青年――その姿こそ、シュカリの本来の姿だった。

「助かったのは、これが壊れたおかげか」

シュカリが視線を向けた先は自分の手首だった。ゆっくりと腕を持ち上げると、そこから何かが落ちる。床にぶつかり、カシャンと高い音を響かせたのは、腕輪の形をした魔術具だった。

普段、シュカリはこの腕輪によって自分の力を三割程度にまで抑えている。

魔力を抑えた分、魔族の本能を鈍らせるのが、シュカリがこの魔術具を使う目的だった。

半魔に対する嫌悪感は魔族の本能だ。本能を自分の意志だけで抑え込むことは難しい。この魔術具はルチアとの穏やかな生活を守るために必要なものだった。

腕輪が壊れたのは、おそらく偶然だ。あの黒い靄《もや》が腕輪の魔石から魔力を奪ったことで、腕輪が魔術具としての機能を失ったのだろう。その結果として、シュカリの本来の力が解放されたのだ。

この姿であればあんな靄《もや》など、どうということはない。

――しかし、今この姿になってしまうとは。

一度この姿になると、再び力を抑え込むのにかなりの時間と労力が必要になる。それにシュカリ自身、この姿の自分のことはあまり好きではなかった。

本能に感情が引きずられやすくなるというのが理由の一つだ。悪魔族である己の本性を、シュカリは忌み嫌っている。あの老人の姿で穏やかに過ごすほうが性に合っていた。

シュカリはこの姿に戻るのを数年に一度のみと決め、それ以外はずっとあの老人の姿で過ごしてきた。どんなことがあっても自分からこの姿に戻ることはないと思っていたのに……だが、今回は偶然とはいえ、腕輪が壊れていなければ危なかったのも事実だ。

今はどちらがよかったとも、はっきりとは言えなかった。

「そういえば……魔術具は？」

シュカリはこうなった原因を思い出し、書斎机へと視線を向けた。机の上には大小様々な破片が散らばっている。すべて魔術具の破片だ。あの魔術具は粉々に破壊されてしまったらしい。

近づいて、破片の一つをつまみ取る。破片に残された魔力の残滓を無意識に読み取り、シュカリは驚愕に目を見開いた。

「これ、は……」

魔術具に残されていたのは、魔術具によって増幅された侵入者の魔力だった。ぎりぎりのところで魔術具はその役割を果たしていたらしい。

その魔力はシュカリのよく知っているものだった。気配もにおいも絶対に間違えようがない。だからこそ驚いたのだ。残されていた気配がどれだけ希薄だったとしても、それがこの魔力であったなら、シュカリが気づかないことなどあるはずがないのに……この魔力の持ち主だけは――

「……ゼルヴェル」

シュカリはその名を口にした。この魔力の残滓は紛れもなく、ゼルヴェルのものだ。

――魔侯ゼルヴェル。

ルチアが魔の因子を受け継いだ魔族。人間であれば父親と呼ぶべき存在の名だ。それに、シュカリにとっても特別な存在だった。だからこそ、彼の魔力の気配に気づかないはずはないのに。

——どうして。

「……もしかして、ルチア様はあのときに気づいていて？」

ルチアが見せた苛立ちと焦りの感情——それがこの気配の正体に気がついていたからなのだとすれば。シュカリは自分の愚かさを呪った。ルチアが見せた表情の変化を見逃すなんて。

いや、気づいてはいた。しかしあれもエランの影響で起こった変化の一つなのだと思い込んでしまっていた。もう少しきちんと気にかけて、話を聞いていれば——

シュカリは後悔にぐっと眉を顰《ひそ》め、拳をきつく握りしめた。

——見世物小屋に戻れないのなら、今はこちらでできることをやるしかない。

シュカリは書斎を飛び出し、屋敷の地下へ向かった。そこからさらに下へと続く階段で最下層へと向かい、細い廊下を奥へと進む。その廊下の先は行き止まりだ。

だが、シュカリの目的地はそこにある。

廊下の最奥部には緻密な彫刻が飾られていた。美しく繊細に造り上げられたそれは、若い男性の姿をした彫刻だ。壁の中に片膝を立てて座り、憂いをおびた横顔を見せている。纏《まと》った服の質感も風に揺れるような髪の流れも、まるで生きているかのように美しい彫刻だった。

「ゼルヴェル……」

シュカリは彫刻を見上げ、小さく呟いた。この彫刻はゼルヴェルを模して作られたものだった。

それも、ただの彫刻ではない。シュカリは彫刻の手の部分に触れる。彫刻の手のひらには大粒の魔石が埋め込まれていた。澄んだ薄青色の魔石は、魔力を流さなくとも淡く発光している。

この彫刻は、れっきとした魔術具だった。埋め込まれた魔石に魔力を注ぐと、転移の魔術が発動する仕組みが施されている。その行き先はゼルヴェルが幽閉されている部屋。この彫刻は、その部屋に唯一繋がる入り口だった。

シュカリは一瞬躊躇《ためら》ったように指先を彷徨《さまよ》わせたが、すぐに意を決して魔石に触れた。しかし、それを拒絶するかのように魔石がシュカリの指を弾く。パンッと高い音が響いた。

「やはり……」

そうなることは予想していた。だが、改めて見せつけられた現実に、シュカリは落胆の色を隠せなかった。よろめきながら後ずさり、壁に背をぶつけると、ずるずるとその場に座り込む。

「……どうして、私は……過《あやま》ちばかりを」

シュカリは服の上から自分の胸を掻きむしり、苦悶に表情を歪める。これでもう、この件にゼルヴェルが関わっていることは間違いない。そして、その標的はきっと……

「ルチア様………」

ゼルヴェルが狙うとしたら、ルチアしかいない。

――どうして自分はこうなのだろう。なぜ、大切な人の一人も守れないのだろう。

苦い記憶が蘇る。

『シュカ、逃げろ!』

シュカと愛称で自分を呼ぶゼルヴェルの声が好きだった。ずっと、特別だと感じていた。

だが、それを思い出そうとしても、今はもう最後に聞いたあの悲痛な叫び声しか思い出せない。

自分を逃がすために全身傷だらけになり、そう叫んだ姿を……シュカリはどれだけ経っても忘れることができなかった。

——あれからもう、長い年月が経っているというのに。

自分があの日、迂闊に人間に近づかなければ——捕まったときにゼルヴェルの名前を呼んだりしなければ、彼が危険に晒《さら》されることはなかった。ゼルヴェルが人間から非道な扱いを受け、ああして狂気に身を落とすことになったのは、自分のせいだ。

この悲劇の始まり——その原因を作ったのはシュカリだった。

それだけではない。あの日からずっと、シュカリは過《あやま》ちばかりを重ねている。

心を壊し、死を望む彼にそれすら与えてやれない。ゼルヴェルをあの部屋に幽閉し、望まない生を与え続けた。ルチアを引き取ったのだって善意ではない。あれは償《つぐな》いだ。

悲しい命を生み出してしまった、その罪を贖うためでしかない。

——すべては所詮、自己満足だ。

そして、それが今……新たな罪を生み出そうとしている。悲劇を重ねようとしている。

二人を出会わせてはいけなかったのに。

「——ヴェル」

小さく呟いたその声は薄暗い廊下の向こうに吸い込まれていく。不安げに揺れた声は、まるで幼い子供のようだった。

†

名を呼ばれた気がした。ゼルヴェルは閉じていた瞼を開く。

彼が立っているのは、見世物小屋の舞台――その中央だった。座席は既に観客で埋め尽くされている。ゼルヴェルが立っている後ろには、今日、見世物となる魔物が檻に入れられていた。

そのすぐ前に立っているのに、誰もゼルヴェルの存在には気がつかない。

今のゼルヴェルは、触手の一本が作り出した仮の器に過ぎなかった。その存在は非常に希薄で曖昧だ。だからこそ、こうして姿を消すことだって容易にできる。

本体はあの隔絶された部屋のベッドで今も眠り続けている。一度はあちらで意識を取り戻したゼルヴェルだったが、魔力を補充し、すぐにまたこの場所に戻ってきた。

それでもエランに出会ってから、丸一日が経ってしまっていた。あの部屋にいると、どうも時間の感覚が狂う。まさか、そんなにも経っているとは思わなかった。

ぐるりと舞台を見回す。エランから読み取った記憶であれば、今日この舞台に立つのはエランのはずだが、その姿はどこにもない。

「もう、殺してしまったか？」

ここに彼がいない理由は、それしか考えられない。

あの半魔がエランをいたぶり、殺したのだろう。

エランの身体にはゼルヴェルのにおいがついている。たとえ、半魔という中途半端な存在であっても、あれに気づかないほどの無能ではないはずだ。

エランが殺される様を想像し、ゼルヴェルは唇を歪めた。できることなら、その場に立ち会いたかったが、自由には動けない身だ。再び、この場所に来られただけでもよしとするしかない。

「アレは、私に会いにくるだろうか」

エランを殺せば、自ずと種明かしはされる。そうなれば、アレはゼルヴェルを捜すことになるだろう。

――いや、その前にここにいると知らせてやるのもいいかもしれない。

また声を上げて笑いたい気持ちになってくる。愉快な気持ちは止まらなかった。

†

自分の腕の中で意識を失ったエランの頬を、ルチアは甘やかな手つきで撫でた。目尻に残る涙の跡にそっと唇を寄せる。柔らかい感触に思わず笑みがこぼれた。漏れた吐息がエランの睫毛を揺らす。ひくりと瞼が動いたが、深い眠りに落ちているエランが目を覚ますことはなかった。

一糸纏《まと》わぬ姿のまま、無防備に自分に身体を預ける姿が愛おしい。

その感情は先ほど自覚したばかりだが、気持ちはどんどん膨らむばかりだった。

数日前にも同じように裸で眠るエランを眺めたことがあったが、そのときとはまるで自分の心持ちが違う。まさか、自分がこんな感情を抱くようになるとは思っていなかった。

ルチアはおもむろにエランの身体を持ち上げた。すると、萎えたルチアのものがエランの中から抜け落ちる。長い時間、ルチアの陰茎を受け入れていたそこは咥《くわ》えるものがなくなっても、ぽっかりと口を開いたまま粘膜の色を晒《さら》していた。

果てしないほどの情欲だった。触手ではなく、ただの器である身体があんなにも強い欲を持つなんて。陰茎がまるで人間のように勃起し、高まる熱を抑えることはできなかった。

あんなひどい有様は生まれて初めてだった。ルチアは触手をエランの後孔に向かって伸ばす。撫でるように縁に触れると、ひくりとエランの身体が揺れた。孔がきゅっと収縮し、たっぷりと注ぎ込んだ精液が中からこぼれ落ちる。そんな光景にすら、満たされた気持ちになる。

自分のにおいを濃く纏《まと》うエランが愛おしくて仕方がない。だが、ルチアの精液にも魔の因子は含まれている。エランの身体のことを思えば、そのままにしておくことは好ましくなかった。

ルチアはいったんエランから身体を離すと、ベッドに横たわらせたエランの身体を上から下までじっくりと眺めた。腕、首、腹部、脚のいたるところに、触手で締めつけた跡が残っている。

赤い跡を残す肌はそれだけでとても淫猥だった。

情欲の熱は去ったはずなのに、その姿はルチアの視線を釘づけにする。

——まずは身体を治しておこうか。

このままなのは目の毒だ。とはいえ、名残惜しい気持ちもある。

ルチアはエランの黒髪を梳くように撫でてから、ベッドから降りた。まずは、自分の身体を魔術で洗浄し、傍に掛けてあったローブを羽織って、窓際へと近づく。

外はすっかり日が暮れていた。本当に長い時間、エランを抱き続けていたらしい。

ルチアは窓のすぐ隣にある硝子棚から小瓶を二本取り出す。瓶の中身は特級万能薬だ。一本は自分で飲み干し、もう一本は手に持ったままエランの元へ戻った。ベッドの端に腰を下ろし、眠るエランの顔に手を添える。特別、顔色が悪いということはなさそうだ。ただ、ずいぶんと深い眠りに落ちているらしく、こうして触れても反応がない。

ルチアは少し考えた後、もう一本の瓶の中身を自分の口に含み、エランに顔を寄せた。添えた指を使って口を開かせ、唇を重ねる。唇の隙間に舌を割って差し込み、口に含んだ万能薬をエランの口の中へとゆっくり流し込んだ。

「……ん、っ」

こくり、とエランの喉が上下する。見る間に、触手で締めつけた跡が消えていった。

少し残念に思いながらも、傷一つない状態に戻ったエランの身体を見下ろし、ルチアはほっと胸を撫で下ろす。怒りの衝動のまま、エランに手を掛けてしまわなくてよかった。こんなにも愛しいと思える存在を失わなくてよかったと心から思う。

信じるものがないルチアだったが、今だけは祈るような気持ちだった。

エランの下腹部へ視線を移す。ルチアがたっぷりと精を注いだ場所だ。薄い腹が心なしか、ふっくりと膨らんで見える。そこに魔の因子が渦巻いているのは、確かめるまでもなくわかった。

このままにはしておけない。ルチアはエランの腹部に手を翳《かざ》すと、そこに洗浄の魔術を掛けた。白い光がエランの腹に点《とも》り、すっと溶け込むように消えていく。それだけで魔の因子はすべて消え去るはずだったが、どういうことか魔の気配が消えなかった。魔術の波動が消えた後も、その気配はなぜかそこに残り続けている。魔術は失敗していないはずなのに、何かがおかしい。

「なぜ……？」

不可思議な現象に首を傾げながら、今度は直接エランの肌に触れた。臍《へそ》の下に手のひらを当てて魔術を発動させる。それでも結果は変わらなかった。魔術自体がおかしいのかもしれない。

対象を全身に変えてもう一度、同じ魔術を使う。今度は問題なく発動した。エランの身体にあった汚れは一切消え、肌についていた魔の因子の気配も完全に消滅する。

しかし、やはり腹部に渦巻く魔の因子の気配だけは消えていなかった。

——もしかして、あれが原因かな？

ルチアには一つだけ思い当たることがあった。

エランが気を失う前に起きた奇妙な現象——ルチアの魔力が体内で熱のようになり、繋がった部分からエランの中へと流れ込んでいった、あの現象のことだ。

それは制御できない力の流れだった。エランを傷つけるものでなかったことだけは幸いだったが、あのとき流れ込んでいったルチアの魔力が、この状況と関係しているのだとすれば。

「……ん？」

思考に耽っていたルチアだったが、ふと覚えた違和感に顔を上げた。はっきりとした異変が起きたわけではないが、急に感じた胸騒ぎにルチアはエランを庇うように腕を伸ばす——そのときだった。ズン、と建物全体が揺れるような衝撃と共に周囲から音が消える。見世物小屋の中に当たり前にあった多くの人の気配が、一瞬にして感じられなくなった。

――空間転移？　いや、空間を切り離された？

最初は無理やり転移させられたのかと思った。しかし周りの景色は何も変わっていない。目の前にいるエランにも特に変化はないようだった。だとすれば転移ではない。何者かが魔術を用い、ルチアを空間から切り離したというのが正解だろう。いや、ルチアだけではなく、エランも一緒だ。

そんなことをする人物の心当たりは、一人しかいなかった。

「……ゼルヴェル」

その名を呼ぶことに、もはや抵抗はなかった。エランの記憶を覗いたからだろうか。あの男を目の前にしても決して揺らぐことのない、エランの強いまなざしを知ったからかもしれない。

――この空間には、あの男がいる。

ルチアは目を閉じ、感覚を研ぎ澄ます。人の気配の消えた見世物小屋にたった一人、何者かの気配を感じた。ルチアのよく知る気配だ。なぜかそれは記憶にあるものに比べひどく希薄だったが、ゼルヴェルのもので間違いなかった。どうやら舞台にいるらしい。

ルチアのことを誘っているつもりなのか気配を隠すこともせず、そこから動く様子もなかった。

――行くしかないか。

それが罠だとわかっていても――あの男がルチアに何をしようとしているのか、その目的に気づいていたとしても。

ルチアは閉じていた瞼を開き、傍らで眠るエランを見た。穏やかな表情で寝息を立てるエランの頬に触れ、優しくなぞる。

「――エラン」

甘く息を吐くように名前を呼んだ。

もう、彼を巻き込むべきではない。そうわかっているのに、手を離すことは惜しまれた。

ずっと一緒にいたい。叶うなら、目を覚ましたエランが自分の名前を呼ぶ声を聞きたかった。だが、あの男がそれを待ってくれるとは思えない。

「あの男は、ボクを消滅させる気なんだろうな」

エランの記憶で見たあの男は、ルチアに対していまだに激しい嫌悪を抱いているようだった。

ルチアの消滅を望んでいるのは間違いない。

「消える……か」

おとなしく消されるつもりはない。しかし、あの男が本気でルチアを消そうとしているのなら、それに抵抗する手段はないに等しかった。それならば、せめてエランだけは守りたい。

数刻前は自分で殺そうとしていたのに――まさか、他人にこんな感情を抱くことになるなんて。

思い返せば、最初からエランは特別だった。別に、何かが急に変わったわけじゃない。

ルチアがようやく、自分の中にあった特別な感情の正体を気づいただけ――エランが自分にとって、愛しい相手なのだと強く自覚しただけだ。

あの男の元に行く前にやっておくべきことがあった。ルチアは急いで立ち上がると、先ほど特級万能薬を取り出した硝子棚へ再び向かう。その中から、指輪と小さな革袋を取り出した。

指輪は転移扉の鍵だった。エランが住んでいたあの街に通じる扉のものだ。

鍵の使用回数を一回に制限し、その後は扉ごと消滅するように中の術を組み直しておく。

小さな革袋のほうには金が入っていた。そちらは元々エランに渡そうと思っていた報酬だ。今日の見世物が終わったら渡すつもりで用意してあったものだった。

その二つを傍らの丸机に置く。走り書き程度の伝言には、指輪の使い方とこれが報酬であることを記しておいた。その下に署名《サイン》も入れておく。

着替えも用意しておいた。ここに来たときに着ていたものとよく似た服だ。エランがこの見世物小屋に来たのは数日前の出来事なのに、とても懐かしく思える。

その着替えの上には、愛用の短剣と鞄も一緒に置いておいた。

これでエランは問題なくあの街に――日常へと戻れるだろう。冒険者としての生活に戻れば、ここでの出来事なんてすぐに忘れてしまうかもしれない。いや、きっと忘れるべきなのだろう。

エランにとって、ここでの日々は悪夢のようなものだったはずだ。

――あとは、これを外してしまえば。

ルチアはエランの耳に触れた。そこには、あの洗脳具がある。

魔術具であり、ルチアの一部でもあるそれは今もエランの耳に埋め込まれたままだった。

これを外せばエランに施した洗脳は解ける。その前に多少頭の中を弄《いじ》ってやれば、この見世物小屋での出来事もうっすらとしか自覚できなくなるだろう。最初の舞台のときと同じように。

だが、ルチアは迷っていた。外すべきだとわかっているのに、どうしてもできない。

これを外せば、エランの気持ちが自分に向かなくなってしまう。

——あの優しい手を失いたくない。

向けられた感情をなくしたくなかった。それがたとえ偽りのものであっても……彼の本心からの行動ではなかったとしても、それを自ら手放したくはなかった。

ルチアは何度か指を彷徨《さまよ》わせたが、結局、エランの耳から洗脳具を外すことはできなかった。

そっとエランに顔を近づけ、額同士をこつりと合わせる。

「もう少しだけ……あと、少しだけ」

この優しい夢を、見ていたいと願った。

†

エランはあたたかい夢を見ていた。水の中にいるような不思議な浮遊感の中で、浮かんだり沈んだりを繰り返している。目を開くと、そこは光あふれる世界だった。

でも、眩しすぎるということはない。肌に感じるあたたかさと同じ優しい光だ。

光の中を揺蕩《たゆた》う夢。優しさにあふれた世界。なぜだか泣きたくなってしまうような、そんな懐かしい気持ちになる、穏やかな光に包まれた場所だった。

「——エラン」

遠くで自分を呼ぶ声がした。知っている声なのに、それが誰の声なのか思い出せない。

名前を呼ばれている。起きなければ——そう思うのに、まだ目は覚めそうになかった。

ふいに腹部に熱を感じた。じんわりと広がるような熱だ。

エランは自分の腹部に手を当てる。身体の内側からじんわりと熱は感じるのに、触れた手のひらに熱が伝わってくることはなかった。

——なんだろう、これは。

熱の正体はわからないが、悪いもののようには思えなかった。

そこを撫でると不思議と安心できるからだ。腹を撫でながら、エランは再び目を閉じる。目が覚めるまでの時間、もうしばらくこの空間を漂うことにした。


「……ぅ、ん」

瞼を開いて一番に視界に飛び込んできたのは、ベッドを覆う豪奢な天蓋だった。

目を覚ましたばかりだというのに、エランの頭は驚くほどはっきりとしている。ここがルチアの部屋だということも、気を失うまで自分がどんな扱いを受けていたのかも、すぐに思い出せた。

「あいつは……どこだ？」

エランは身体を起こすと、まずルチアの姿を探した。執拗にいたぶられたはずの身体は、どこも痛まない。また特級万能薬を使ったのだろうか。エランの身体に掛けられていたのは、ルチアがいつも着ていたローブだった。しかし、当の本人の姿はどこにも見当たらない。

ぐるりと見回して、傍らに自分の服が用意されていることに気がついた。服の上にはエランの短剣と鞄も一緒に置かれている。エランは服を纏《まと》いながら、すぐ隣の丸机に視線を落とした。

「転移扉の鍵……それに報酬？　どういうことだ」

もうお前は必要ないからここから去れ——そう言いたいのだろうか。

——あんな表情をしていたくせに。

エランは、ルチアに抱かれたこともはっきりと覚えていた。

気がついたら貫かれていたのだから、犯されたというのが正解かもしれない。

でも、不思議と嫌だとは思わなかった。媚薬か何かを使われていたのかもしれないが、エランはルチアに与えられた快楽に翻弄され、揺さぶられるままに高い声で鳴いていた。

——いや、そんなことは別にどうでもいい。

必要のないことまで思い出してしまった。慌てて首を横に振る。

それよりも今はルチアのことだ。気を失う直前に見たルチアの表情が脳裏に焼きついて離れなかった。困惑したように眉を顰《ひそ》め、縋《すが》るようにエランに抱きついてきた。肩口に顔を押しつけ、震える息を吐き出す様子は、まるで泣いているようだった。

全身で求められ、欲しがられ——気づけば、ルチアの頭に触れていた。

親が我が子にするように撫でてやると、痛いほどの強い力で抱きついてきた。腕だけでなく触手まで絡めて、もう離したくないといわんばかりに、ぎゅうぎゅうと全身を押しつける仕草に思わず笑いが込み上げた。自分をひどい目に遭わせた張本人なのに、なぜか憎めなかった。

すべての元凶がルチアではなく、あの魔族の男だと知っていたからだろうか。

強い力で抱きついてくるルチアを、今度は両腕で抱きしめてやった。力の入らない腕をなんとか持ち上げて頭を抱き寄せると、ルチアが息を呑んだのが聞こえた――その瞬間だった。

繋がっている場所に、熱があふれ出したのは。

あまりの熱さに叫んだところで、エランの意識は途切れている。

「あれは……なんだったんだ？」

ルチアがいればその話も聞けたが、部屋にルチアが戻ってくる様子はない。

エランは机の上を見た。そこにあるのは転移扉の鍵となる指輪、それに報酬の入った袋だ。

鍵の使い方は指に嵌《は》めて扉を開く、それだけのようだった。一度しか使えないとも、手紙には書かれている。報酬はエランが望んだ以上の金額が入っていた。明らかに最初に約束した金額よりも多い。借金を全額返しても、まだ三分の一ほどが余る金額だった。

やはり、ここから去ることを望まれているとしか思えない。それも顔も合わせずに。

――いや、違う。戻ってこられないと思って置いていったのか？

走り書きのような手紙と署名《サイン》。これが本当に慌てて書かれたものだとしたら。

「……あの男が、来たのか？」

ひどい胸騒ぎがした。今、この場所で、あの男が何かをしようとしているのだとしたら――そう考えたら、じっとしていられなかった。指輪と袋を掴み、無造作に鞄に投げ込む。

短剣を握りしめ、エランは部屋を飛び出した。

†

「やっと来たか。遅かったな」

ルチアが実際にその声を自分の耳で聞くのは二度目だった。一度目はまだ幼く、言葉の意味もまだよくわからなかった頃だ。そのときは、声よりも向けられた嫌悪のほうが強烈だった。

恐怖だけが心に刻まれた。恐ろしい魔族だという印象だけが、ルチアの中に強く残っている。

ゼルヴェルは舞台の真ん中に立ち、ルチアに冷たい笑みを向けていた。

空間を切り離されているため、そこには観客も従業員の姿もない。魔術によって現実世界から切り離されたこの見世物小屋には今、ゼルヴェルとルチア、そしてエランの三人しかいなかった。

この舞台の上だけに限って言えば、ゼルヴェルとルチアの二人きりだ。

ゼルヴェルの姿はエランの記憶の映像で先に見ていたが、実際に目の当たりにすると、その歪んだ狂気に圧倒される。エランはこんなものと正面から向き合っていたというのか。

ゼルヴェルの見た目は、ルチアが幼い頃に見た姿と、ほとんど変わっていなかった。

「どうした？　あの頃と違って言葉は話せるのだろう？」

「――っ」

再び話しかけられたが、言葉はうまく出てこなかった。

感じる魔力の圧はそれほどではないのに、植えつけられた恐怖のせいでうまく声が出せない。

ルチアは無様に震える自分の手を、反対の手で強く握った。

「どういたぶって殺したんだ？」

「……？」

「エランのことだよ。お前が私のところに来たということは、もう殺してしまったのだろう？　どんな気分だ？　愛に飢えたお前が、自分の愛する者を殺すなんて」

――愛する者。

ゼルヴェルは気がついていたらしい。エランの記憶だけを覗いて、ルチアがエランにどんな感情を抱いているのかを――本人が気づくよりも前に。

――その上であんなことを仕組んだのか。エランを巻き込む形で。

しかし、ゼルヴェルは勘違いしているようだった。ルチアがエランを殺したと思い込んでいる。

それならば好都合だった。死んだと思われているのであれば、エランにこれ以上の危害が及ぶ可能性はなくなる。ゼルヴェルさえ、この場所から遠ざけられれば……たとえ、自分がどうなったとしても、エランだけは守ることができる。

「だんまりか？　それとも、まだ私が怖いのか？」

黙り続けるルチアに、ゼルヴェルの顔から笑顔が消えた。表情を消し、冷たい視線だけをルチアに向ける。昔に見た、あの嫌悪の表情と同じだ。

あのときは理解できなかったはずの言葉が、ルチアの頭の中で再生された。

『――誰もお前に愛情など与えない。求めるだけ無駄だ』

その言葉に、動けなくなった子供はもういない。

愛情を求めて、手を伸ばしていたあの子供はもうどこにもいないのだ。

頭に触れたエランの手のあたたかさを思い出す。揺らぐことのない強い意志を持つエランの黒い瞳が、ルチアに勇気をくれた。

「今さら、ボクを消すために来たんですか？」

声は震えなかった。やっと言葉を発したルチアに、ゼルヴェルは再び唇の端を上げる。

目を細めて愉《たの》しそうに笑った。


ゼルヴェルは実体ではなかった。希薄な気配からそうではないかと予想はしていたが、対峙してみればその違いは明らかだった。魔力量も本体には遠く及ばない。しかし、仮の器であってもルチアが勝てるかどうかでいえば、微妙なところだった。

魔侯ゼルヴェル――その名の通り、ゼルヴェルは爵位を持つ魔族だ。

その力がいかに圧倒的なものなのかを、ルチアはひしひしと肌で感じていた。ゼルヴェルは当然のように魔術を発動させているが、仮の器でそれをするのは容易なことではない。仮の器自体がまず魔術だからだ。魔術を一つ保ったまま、もう一つの魔術を繰り出すことは並大抵のことではないのに、ゼルヴェルはそれを難なくやってのける。驚異的なまでに魔力を扱うことに長けていた。

金と銀の触手が交錯する。

放たれた魔術によって、舞台だけでなく見世物小屋全体が何度も大きく揺れた。

「まさか抵抗するとはな。そんなに消えたくないのか？」

「……まあ、そうですね」

「そんなにも歪《いびつ》な存在で、生きているだけで恥だろうに」

強い嫌悪と共に放たれるゼルヴェルの言葉は、それ自体が凶器に思えた。

そんなことは言われなくてもわかっている。自分がこの男にとって望まれない存在であることだって、もう充分なほど理解していた。

――魔族はひどく半魔を嫌悪する。歪《いびつ》な存在をおぞましいと感じる。

それが魔族の本能なのだとルチアに説明してくれたのはシュカリだ。変わり者の魔族であるあの老人は、それでもルチアに居場所を与えてくれた。シュカリがルチアに惜しみなく与えてくれた、あのあたたかさが紛れもなく愛情であったことにも、今さらながら気がついた。

それも、エランに出会わなければ知らないままの感情だった。

――半魔は人間にも魔族にもなれない。死ねば、何も残さずに消えるだけの存在。

そんな自分という存在に一番虚無感を抱いていたのは、ルチア自身だった。

心を閉ざしたまま、ただ生き続けていた。理由もなく、日々を過ごすだけの存在として……本当にただ、生きているだけだった。そのときなら逆に消滅を望み、ろくに抵抗もせず消されることを受け入れていたかもしれない。

だが、今は違う。たとえ勝利の可能性がなくとも抗いたい。エランへの気持ちを自覚した今だからこそ、少しでも長くこの世に留まりたいと願うのは仕方のないことだった。

それでも、気持ちだけで勝つことはできない。

ゼルヴェルの攻撃に押し負けはじめ、ルチアの身体に傷がつくことが増えていた。魔力も残り少なくなってきている。ルチアは自分の動きが少しずつ鈍くなっていることに気づいていた。

必死に魔術を繰り出し、触手を使って応戦するものの、力の差は歴然だ。魔力量の差は微々たるものだったはずなのに、その使い方で差は大きく開いていた。

消耗させられ続けたルチアに、ゼルヴェルの攻撃は避け切れない。

気づけば床に膝をついていた。

脱力するルチアの身体に、しゅるりと銀色の触手が巻きつく。触れた場所から魔力を根こそぎ抜かれてしまえば、立ち上がることはできなくなっていた。

「……ッ」

「これで終わりか」

声は近くから聞こえた。顔を上げると、すぐ目の前にゼルヴェルの顔がある。

感情の読みにくい薄青色の瞳がルチアを覗き込んでいた。ここまで近くでこの男の顔を見たのは、これが初めてかもしれない。

——あの金色は、この男にはないのか。

ルチアの瞳の中にちりばめられた金色の粒、この男の瞳にそれはないらしい。

自分以外の瞳で見た記憶があったのに……どうやら、それはゼルヴェルではなかったようだ。

——あれは、誰だったんだろう。

それを思い出している時間はなさそうだった。ぞわり、とこれまでに感じたことのないほど強烈な不快感を覚える。体内に差し込まれた銀色の触手が、ルチアの急所である核に辿り着いたのだ。

ピシッ、という高い音が身体の内側から響く——核にひびが入った音だ。

これから自分という存在を消されるというのに、ルチアの心は穏やかだった。これでエランを守れるからだろうか。

——エランはもう逃げたかな。

渡した鍵で転移扉を使い、日常の世界に戻っただろうか。ルチアが消されれば、洗脳具も効果を失う。その瞬間、エランの中にある自分に対する感情も失われるだろうが、それでよかった。

自分が消えるその一瞬まで、エランの中に自分に向けられた気持ちがあるのなら……たとえそれが、すべて嘘であっても。

ルチアは処刑を待つ罪人のように俯《うつむ》き、消滅の瞬間を待つ。

「——ルチア！」

そのとき、エランの声が聞こえた。幻聴かと思ったが、最期に一目見たかった人の声に誘われるように、ルチアは俯《うつむ》いていた顔を上げる。

ゆっくりと振り返った視線の先、舞台の入り口に人影を見つけた。

ルチアがその人物を見間違えることは、絶対にない。

「っ……なん、で」

短剣を握りしめたエランが、こちらを睨むように立っていた。

†

エランが舞台に到着したとき、そこには緊迫した雰囲気が漂っていた。

本来なら、しばらく様子を窺《うかが》うべきなのだろうが、ルチアの置かれている危機的な状況に気づいて、エランは勢いだけで二人のいる場所に飛び込んだ。

「――ルチア！」

名前を呼ぶと、ルチアがゆっくりと顔を上げた。信じられないようなものを見るような目で、エランを凝視している。その唇は「なんで」と動いたように見えた。

「なんだ。生きていたのか」

はっきりと声を発したのは、魔族の男のほうだ。前に会ったときと同じ、狂気を孕《はら》んだ不気味な表情を浮かべている。だが、不思議と恐怖は感じなかった。

圧倒的な力の差は感じていても、エランは男をそこまで恐ろしいとは思わなかった。

「生きていたら、悪いか」

「いいや――ただ、死んだものと思っていたからな」

男はルチアに視線を戻す。見えない糸を手繰るように、宙で指先を動かした。

「ぐ……ッ」

ルチアが苦しそうな声を上げる。びくりと身体を大きく跳ねさせ、力なく項垂れた。

そんなルチアから興味を失ったように、男は再びエランを見る。おもむろに立ち上がると、こちらに近づいてきた。エランも待っているだけではなく、一歩踏み出して男へ近づく。

その手には、愛用の短剣が強く握られていた。

「お前もあの半魔を殺しに来たのか？」

「どういう意味だ」

「なんだ、違うのか？　……ああ、なんだ。まだ洗脳されたままじゃないか。それを使って、ここに呼ばれたのか？」

「……せん、のう？」

その場で立ち止まり、戸惑った声で聞き返したエランに、男は嬉々とした表情を浮かべた。

「そうだ、洗脳だ。今のはちゃんと聞こえたのか？　アレの力が弱っているからだろうな。せっかくだから、お前がアレにされたことを私が教えてやろう。お前の耳についているそれは洗脳具だ。アレはそれを使って、お前を洗脳していたんだよ」

「――ルチアが、俺を……洗脳していた？」

男の言葉をエランは繰り返した。男が洗脳具だと言った、耳の魔術具に触れる。この男の言葉を鵜呑みにしたわけではない。だが、洗脳という言葉がやけに引っかかり、聞き流せなかった。

「これが……洗脳具？」

「ああ、そうだ。お前は自分が操られていると感じたことはなかったか？　意思とは違うことをさせられたり、感情や思考を捻じ曲げられたように感じたり――覚えはないか？」

戸惑うエランに向かって、男は言葉を重ねた。その言葉に思い当たる節は山ほどある。

敵を前にしたまま動けなくなってしまうほど、エランは男の言葉に動揺させられていた。

思い返せば、この見世物小屋に来てからずっと、おかしなことばかりだった。

ルチアの声に逆らえず、身体が勝手に操られるように感じることが何度もあった。聞こえているはずの言葉が理解できないことだって。

――どれも、洗脳されていたせいだったっていうのか？

自分の意思を弄《いじ》られ、行動や感情を制御されていたのだとすれば――原因が、この洗脳具であったというならば、すべての出来事に説明がつく。

「きちんと覚えているようだな。お前の考えていることは、おそらく正解だよ。お前はアレに感情すら握られている。可哀想だな、本当に」

気づけば、男はエランのすぐ傍まで来ていた。耳元に顔を寄せ、囁くように告げる。

吐息が耳をかすめ、エランは慌てて飛び退いた。距離を取り、男を睨みつけたものの、洗脳に関しては否定することができない。本当にそうかもしれないと思ってしまったからだ。

短剣を構えてはいるが、それをこの男に振り下ろすべきかどうかすら、今は判断がつかない。

それほど、エランの心は乱されていた。

「お前からも真実を告げてやったらどうだ」

エランに短剣を向けられているにもかかわらず、男に気にする様子はなかった。ルチアのほうを振り返り、悪意たっぷりに話しかける。男の問いかけに、ルチアがのろのろと顔を上げた。

その顔を見てエランは驚いた。ルチアの表情がひどく憔悴していたからだ。

この男と戦い、消耗したせいなのか……それとも、何か別の理由なのか。ルチアは真っ青な顔で浅い呼吸を繰り返し、身体を小刻みにかたかたと震わせている。

「ほら、エランが知りたがっているぞ」

「……ああ、そうだ。間違いない」

エランを洗脳していたことを、ルチアはあっさりと認めた。

でもそんな答えよりも、今はルチアの様子のほうが気になった。声はずっと震えていて、生気も感じられない。男はルチアの答えに満足そうに笑っているが、エランは気が気ではなかった。

「ほら、私の言ったとおりだろう？　お前はアレに洗脳されていたんだ」

男は笑顔のまま、エランの肩に触れた。その手がどうしようもなく不快でたまらない。

「しかし、アレには困ったものだな。他人の心を操ってまで愛されたいなんて、強欲にもほどがある。あんなおぞましく、存在することすら望まれていない生き物が、誰かに愛されるなんてことはあるはずもないのに……そうは思わないか？」

男は上機嫌に話し続けていた。その声にも苛立ちが募る。

こちらに問いかけてくる男の言葉を、エランはあえて無視し続けた。

「そんな洗脳具を使わなければ得られない愛情になど意味はないのにな。まあ……そうでもしなければ、あんなものを誰も好きになるはずがないのだから、仕方ないのかもしれないが」

エランが応えなくとも、男は饒舌に語り続ける。

どんな表情で話しているのか、エランは男の顔を見た。男の視線はルチアに向けられていた。弱り切ったルチアを蔑《さげす》むように見つめ、その口元には笑みを湛《たた》えている。

ルチアは脱力したまま動かなかった。虚《うつ》ろな瞳で地面を見つめ、朦朧としているようだ。

――本当に、不愉快だ。

この男はなんなのだろう。あんな様子のルチアを見て笑っているのも、その発言も――何もかもが腹立たしく、不愉快でたまらない。

愛情を求めることの何がおかしいというのだろう。何がいけないというのだろう。

「無様だよ、アレは。この世に存在する価値すらないくせに、今もこうして消滅せずに残っているなんて。私には到底、理解ができない」

「……れ」

「どうした？　エラン」

「黙れと言った」

もう我慢の限界だった。エランは男に対して静かな怒りを向ける。

男が言葉を紡ぐたびに込み上げる不快感に、エランの拳は小さく震えていた。

「エラン……」

か細い声でエランの名前を呼んだのはルチアだった。目を大きく見開き、エランのことを見つめている。男も不思議そうな表情でエランを見ていた。

「……怒っているのか？　いや、違うな。怒っているのは、お前ではなくてアレか。わかりにくいな、お前たちは。もうそんなもの外してしまわないか？」

男はエランの怒りも洗脳の影響だと言いたいようだった。返事も待たずにエランの耳元に手を近づけてくる。エランは男の手を振り払った。しかし、すぐさま伸びてきた触手がエランの身体を拘束する。胴体と首に触手を巻きつけられ、それ以上、逃げることはできなくなった。

「あまり動かないほうがいい。アレのつけた洗脳具は、お前の脳にまで根を張っているからな。下手に動けば、外す前に死んでしまうぞ」

「……っ」

相変わらず、この男は恐ろしいことを事もなげに言う。

びくりと肩を震わせたエランを見て、男はまた愉《たの》しそうに笑った。恐怖で動けなくなったエランの両耳に男が指を近づける。男が触れた魔術具が、耳の中でぐちゅりと嫌な音を響かせた。

「……い、っ」

「痛むだろうが我慢しろ。お前を洗脳から解放してやるためだ」

頭の奥に針が突き刺ったような鋭い痛みが走る。耳の中で湿った音が幾度も響き、視界がちかちかと明滅した。全身から力が入らない。気を抜けば、意識を奪われてしまいそうだ。

「ぁ……あ」

「つらそうだな。ずいぶんと深いところまで侵入《はい》られている」

同情するような台詞を男は笑いながら口にする。エランは息を乱しながら、自分を玩ぶ男を睨みつけた。これを奪われるのはひどく不快だ。そんな風に思うのも洗脳のせいなのだろうか。

もう、どれが自分自身の思考なのか、エランにはわからなくなっていた。

「ンぁあああ――ッ!!」

ずるずると両耳から洗脳具が抜き取られる不気味な感覚にエランは叫んだ。これまで感じたことのない、とてつもない衝撃だった。訳のわからないうちに洗脳具は外され、気づけば触手による拘束も解かれている。脱力したエランは、そのまま床に座り込んでしまった。

「はぁ……はぁ、はぁ」

なかなか呼吸が整わない。耳の奥がずくずくと疼《うず》いた。

座り込むエランのすぐ横に、べちゃりと何かが落ちてくる。それは男が投げてよこした洗脳具の残骸だった。小さなきのこのような見た目は、最初に見たときと変わっていない。しかし、その根元には、最初にはなかったはずのものが生えていた。

金色の糸のような物体は――触手だ。極細い繊毛のような触手がうねうねと蠢《うごめ》いている。

――あれが、俺の脳に?

男の説明を思い出し、吐き気が込み上げた。口の中に酸っぱい味が広がる。

洗脳という言葉が急に現実味を帯びてきた。あんなものを耳に入れ、さらには頭の中にまで入り込まれていたなんて。

――だが、なんのために?

洗脳に対する困惑と同時に疑問が湧いた。

ルチアはなんの目的で洗脳なんて真似をしたのだろう。見世物を演出するためだろうか……それとも、他に何か理由があるのだろうか。

「困惑しているのか？　ほら、手を貸してやろう」

「必要ない」

差し伸べられた男の手を振り払い、エランは自力で立ち上がった。

身体も心もまだ疲弊しきっていたが、それでもこの男に弱みを見せ続けるわけにはいかない。

――この男の目的も、まるでわからない。

エランは短剣を握り直し、男と再び対峙した。

「さて、エラン。お前はどうする？」

「どうする……とは？」

「洗脳から解放してやったのだから、これでお前も好きにできるという話だ。アレを殺すも存分にいたぶるも――お前に希望はあるか？」

男は歪んだ笑みを浮かべていた。前に見たときよりも、遥かに愉《たの》しそうな笑みだ。

歪みも一層ひどくなっているような気がした。笑っているのに不気味さしかない。薄気味悪い男の笑顔から目を逸《そ》らすように、エランは視線をルチアに向けた。

ルチアが肩で息をしているのが見える。ずいぶんと苦しそうだった。男の触手に拘束され、今にも崩れ落ちてしまいそうな体勢で、ずっと身体を震わせている。

「アレはどうせ放っておいても消滅するんだ。お前がしたいようにすればいい」

「……放っておいても、消滅する？」

「ああ。アレの核にはひびを入れてやったからな。消えるのは時間の問題だ。そのうち勝手に核が砕け、存在ごと消滅するだろう」

男から語られた事実に、困惑よりも心配が上回った。ルチアが自分を洗脳していた事実を知っても、苦しそうな相手を放っておけるわけがない。

ルチアに駆け寄ろうとしたエランだったが、その肩に男の手が掛かった。

「何をする、離せ」

「――お前こそ、何をするつもりだ？」

冷たい声と同時に男が掴んでいる場所から、みしりと嫌な音がした。鋭い痛みがエランに襲い掛かる。恐ろしい力だ。エランより華奢な腕だというのに、どこにそんな力があるのだろう。

魔族という生き物は、そんなところまで人間とは違うらしい。

「そんな面白くないことをするのはやめて、私と愉《たの》しいことをしよう。エラン」

「意味がわからない。離せと言っているだろ」

痛みによる脅しにエランが屈することはなかった。男を睨みつけ、鋭く言い放つ。

エランならそう言うだろうとわかっていたのだろう。男は唇の端を上げ、満足そうに笑うとエランの肩から手を離し、今度は優しく手に触れてきた。

「ッ……」

触れた場所から、ぞわりと不快な感触が走った。エランは男の手を撥ね除ける。

その反応は意外だったのか、男は一瞬目を丸くした。すぐに面白いものを見つけたかのように瞳を輝かせ、不敵な笑みを口元に湛《たた》える。

「どうかしたか？」

「……触るな」

「ひどいな。アレには寄生までさせていたのに、私は触れることすら許されないのか。安心しろ。洗脳なんてひどいことはしない」

「そんなの信用できるか」

どうせ、洗脳以外のことはするつもりだろう。エランは男を威嚇するよう睨みつけたまま、距離を取った。それでもこの男が相手の場合、どれだけ離れても安全ということはない。男が使うのは触手だ。たとえ手が届かない距離まで離れたとしても、触手に距離など関係ないからだ。

「勘がいいのだな。それなのにアレに捕まるなんて、本当に運がない」

「黙れ」

「まだそんなことを言うのか？　先刻の反応といい……もしかすると、お前の中にまだアレの触手が残っているのではないか？　ほら、確認してやろう。こちらへ来い」

「誰がそんな誘いに乗るか」

男が一歩近づくたび、エランは一歩、後ずさる。なるべく一定の距離を保つことを心がけた。男はそんなエランの反応を楽しむように、じりじりとその距離を縮めようとしてくる。

「……う、く……ッ」

男の背後から小さな呻《うめ》き声が聞こえた。ルチアだ。その顔色はさらに悪化していた。

男はルチアの核にひびを入れたと言っていた。放っておいても消滅するというのは致命傷ではないのだろうか。衰弱がひどすぎる。力なく、だらりと床に落ちたルチアの腕からは嫌な予感しかしなかった。近くに寄って様子を確認したかったが、今は位置が悪い。

ルチアは男の真後ろにいる。反対側に立つエランとは距離が離れすぎていた。

「アレがそんなに気になるか？　お前をあんな目に遭わせた張本人だというのに。アレはお前にとって、敵ではないのか？」

「うるさい——お前は、何がしたいんだ」

「別に。愉《たの》しいことがしたいだけだよ。そのために邪魔なものを排除している」

男はさも当たり前のように言う。何も悪いとは思っていない口調だ。

——二人は親子だというのに。どうしてこんなことになる。

どうして殺し合う必要がある。本能がおぞましいと感じる存在だからといって、手に掛ける必要など、どこにもないはずなのに……この男はやはりおかしい。

「……お前は、狂っている」

「まあ、そうだろうな」

エランが吐き捨てた言葉を、男は意外なことに肯定した。憤《いきどお》ることも怒ることもせず、淡々とした口調で返されたことにエランは驚く。

「どうした？　気づいていないと思ったか？」

驚きが顔に出てしまっていたのだろう。男は笑みを浮かべたまま言った。

こちらに近づく気はなくなったのか、その場で足を止め、じっとエランを見つめてくる。

「お前はなぜ、私がこうも狂い、歪んだのだと思う？」

男は笑顔で問いかけてきた。

「……………」

「必ず正解しろとは言っていない。お前が思うことを口にすればいい。だが……お前はもう答えを知っているのだろう？」

――俺が答えを知っている？

男は腕を組み、エランの答えを待つような素振りを見せる。

エランは男の言葉の意味を考えた。男はエランの記憶を見ている。その記憶の中に答えがあることを知っていて、こんなことを言っているのだ。

男が狂い、歪んだ理由――そして、エランが知る答え。

『魔族を捕らえ、薬漬けにし、人間の女と姦淫させる。魔族の子を孕《はら》むまで何度も、何度も。そんな望まない行為によって生み出されるのが半魔なのです』

思い出したのはシュカリの言葉だった。半魔が生み出される過程をあの老人はそう話していた。

男はルチアの父親であることは間違いない。並んでいるところを見ると、二人はやはりよく似ている。だがきっと、どちらもそんなことは望んではいない。

――狂気に歪んだ魔族と、半魔。

ここにはその二つが揃っている。男を狂わせたものなんて、答えは一つしか浮かばなかった。

「……お前を狂わせたのは、人間か」

エランの答えを聞いて、男はにたりと微笑んだ。今までで一番恐ろしい笑みだった。狂人と呼ぶにふさわしいその表情に、エランはすっかり気を取られていた――だから、気づくのが遅れた。

男の瞳に、ぽつりと赤い光が点《とも》っていることに。

「――ッ」

エランの足元から触手が飛び出す。瞳の奥に点《とも》る赤色がどんな意味を持つのかは知っていたはずなのに、話に気を取られたせいで対応が遅れた。床から勢いよく生えたのは銀色の触手だ。それも一本ではない。エランの視界に入った分だけでも、軽く両手指の数を超えている。

急いで短剣を振りかざしたが間に合わない。腕を、足を、身体を――無情に搦めとられていく。触手に身体を持ち上げられ、宙に浮く形でエランは拘束された。全身をきつく締め上げられ、身動きの取れなくなったエランに、男がゆったりとした足取りで近づいてくる。

「ぐ、ぁ……ッ」

「暴れなくても、すぐに殺したりはしないさ」

「……っ、離、せ」

「お前はそれしか言えないのか？　少し話がしたいだけだ」

話をするために拘束など必要ないはずだ。この男の言うことは信用できない。

男はエランに顔を近づけてくる。顔と顔の距離は拳一つ分も離れていない。じぃっと覗き込んでくる瞳に光はなく、ひどく不気味だった。

「……お前のそのまっすぐな目を見ていると、濁《にご》らせてやりたくなる」

男が呟いた声に、エランは息を呑んだ。

――狂気と、魔力が増している。

向けられた魔力の圧に悪寒が止まらなかった。震えるエランを男は愉《たの》しそうに目を細めながら見つめている。その指が、エランの顎に触れた。

「エラン、想像してみろ。薄暗く生臭い部屋だ。ひどく湿っていて、それだけで不快になる部屋に裸で拘束され、自由はない。目と口は塞がれているのに、耳だけは塞がせてもらえず、聞きたくない音をすべて聞かされるんだ」

「……っ」

男の話は唐突に始まった。子供にお伽噺《とぎばなし》を聞かせるような口調で語られたそれが、なんの話かなんて、考えなくてもわかった。

――この男が、人間に捕らわれていたときの話か。

「聞こえてくるのは人間の女の悲鳴と嬌声。ぐちゃぐちゃと臓物を掻き回すような音も聞こえた。最初はそれがなんの音なのか、私にはわからなかったよ。だが、すぐに身をもって知らされた。薬を打たれ、思考をすべて淫らなものに塗り替えられ――その音が自分のすぐ傍から聞こえてくれば自ずとわかる。あれは魔族と人が姦淫する音だったのだと」

淡々とした口調だが、語られる内容は壮絶そのものだった。人間に捕らわれ、望まぬ姦淫を強いられる。薬によって無理やり身体を高められ、何度も繰り返し……まるで、実験体のように。

自らが体験した話のはずなのに、男はそれをうっすらと笑みを浮かべたまま話す。

「精を糧とする私の身体は食事を与えられずとも長らえた。人間にとってそれは好都合だったのだろうが、私にとっては酷でしかなかった。望まない行為なのに、それによって生かされる。いくら苦しくとも死ぬことは許されない。何十年と――毎日、同じことが繰り返された」

「……何、十年？」

「ああ、そうだよ。私はアレができるまで、何十年と人間と姦淫させられたんだ」

――そんなにも、長い時間を。

人間ならば一生に匹敵する時間だ。それだけ長い時間、この男は人間から非道な扱いを受け続けたというのか。望まない行為を強要され続けたというのか。

「――なあ、狂って当然だと思わないか？」

「それ、は」

「何もかもを失った。思い出したくとも何も思い出せないんだ。大切にしていたはずのものがあったはずなのに……それすら、何もかも。今だって一片も思い出すことができない。それで狂わずにいられるのか？　歪まずにいられると思うか？　すべて失ったんだよ、私は――アレのせいで」

アレと言った瞬間、男はルチアを見た。だが、それは違う。この男からすべてを奪ったのはルチアではなく人間だ。しかし、今それを否定してなんになる――なんにも、なりはしない。

「その顔はなんだ？　同情か？　哀れみか？」

「……っ」

「私は可哀想だろう？　――だが、そんな目で見られるのは腹が立つ」

「ぅ……ぐッ、あ」

淡々と話す口調は変わらなかったのに、急に魔力の圧が強まった。エランを拘束する触手の締めつけも激しくなる。ぎちぎちと締め上げられ、関節や骨が嫌な音を立て始めた。

男は本気で殺す気だ。エランは痛みに何度も呻《うめ》く。苦痛に顔を歪ませながら、男を見た。

腹が立つ——男はそう言ったが、その目に浮かぶ感情は怒りではないような気がした。顔は苛立ちに顰《しか》められ、怒っているようにも見えなくはないが、男の瞳の奥には、それとは違う感情が揺らめいている気がする——少なくとも、エランにはそう見えた。

「……ぐ、……げほ、っ」

肋骨の下を強く圧迫され、押された空気が口から漏れる。口をどれだけ大きく開けても呼吸がうまくできなかった。エランは苦しさに喘ぐ。拘束された身体ではもがくこともできない。

「……ひ、ぅ……ッ」

「おっと危ない。殺してしまうところだったじゃないか」

「……っ、げほ、ごほ…………がはッ」

突然、触手の拘束から解放された。投げ出されるように地面に落ちたエランは身体を折り曲げ、大きく咳き込む。喉がぜーぜーとうるさい。酸欠で頭もひどく痛んだ。

「お前を殺すなら、きちんとアレに見せつけてやらないとな」

「なに、を……」

「私という最も憎む存在に、愛しい者を目の前で殺されるなんて……とても素敵なことだとは思わないか？」

男の魔力がさらに膨れ上がるのを感じた。とてつもない魔力量だ。炎のように揺らめく銀色の魔力が、目の前で巨大に練り上げられていく。その矛先は――エランだ。

「ゼル、ヴェル……！」

「ほら、気がついたようだ」

ルチアの声が聞こえた。かすれた声で威嚇するように呼んだのは男の名前だろうか。

男は愉《たの》しげにルチアを見やる。

「お前はそこでただ見ていればいい。そして――己の無力を嘆け」

変わらず笑みを浮かべたまま、男は躊躇《ためら》うことなく攻撃を放った。

桁違いの攻撃を避けられる気はしなかった。今さらどこに逃げても無駄だとわかる。男が生み出した魔力の塊は、この場所ごとエランの存在を完全に消してしまえるほどのものだった。

あまりに巨大な熱量に、眩しさに――視界が真っ白に染まる。

「っ……、エラン！」

その声は驚くほど近くから聞こえた。強く腕を引かれたかと思えば、正面からすっぽりとあたたかいものに包まれる。辺りは眩しすぎる光に覆われ、すぐに何も見えなくなった。

――俺は、このまま死ぬんだろうか。

あまりにあっけない終わりだった。冒険者らしく常に死を覚悟して生きてきたが、まさか自分の死がこんなにもあっけないものだとは思わなかった。それでも、死を願うほどいたぶられ、尊厳を傷つけられ、望まない生を与え続けられるより、たとえあっけなくとも、痛みも何も感じる間もなく死ねるのであれば、そのほうが死に際としては悪くはない気がする。

――あの男もそれを願ったのかもしれない。

自分の死と、狂わされた男のことを考えながら、エランは自分を包み込むあたたかい何かに身体を預けた。

†

これまでずっと誰にも話さないでいた忌まわしい過去の出来事を、エランに話してしまったのはなぜだったのか。

どうやっても忘れられない出来事と、どうやっても思い出せない大切なもの。ずっと一人抱えてきた昏迷を、あんな風に語ることがあるなどとは思いもしなかった。

向けられた同情や哀れみに似た視線に、感情が制御できなくなった。

憤怒、憎悪、怨恨……様々な感情が交錯して、不快感で心が引き千切られそうだった。

そんなものは消えてなくなればいい。

原因になるもの、目障りなものはなんであれ、すべて消し去ってしまえばいい。

――だが、一番に消えるべきは己だ。

消えてしまえば、こんなことは考えずに済む。苦しみを抱いたまま生き続けるほうが、ずっとつらかった。あの部屋に閉じ込められ、自由はない。死すら、己の自由にはならなかった。

今、ここでなら死ねるのかもしれない。本体はあの部屋に閉じ込められたままだが、意識のすべてがこちらにある——今、この場所でなら。

完全な消滅を願い、ゼルヴェルは仮の器が持つすべての魔力を放った。仮初めの器は見る間に消失したが、魔力の塊だけがそこに残る。ゼルヴェルの意識もまだそこにあった。

ゼルヴェルは、己の攻撃の前に立ちはだかる影を見た——それはあの半魔だった。

エランを守るように、ゼルヴェルの放った攻撃をその背ですべて受けている。

信じられなかった。アレの核は触手であの場に縫い留めておいたはずなのに。それを無理に外せば、亀裂は大きくなり、核は粉々に砕け、崩壊し、その存在は消滅する。

——そうなるとわかっているのに……アレは自分のことより、大切なものを守るために？

その光景に何かを思い出した。それはひどく断片的な記憶だった。

——そうだ。あのとき、私もそうした。

大切な人を守るために……自分の身をなげうった。

『ヴェル!!』

愛しい人の声を思い出した。ずっと思い出したかった声だ。

たった一人、自分をヴェルと呼ぶ相手——彼の声だ。

「シュカ」

ゼルヴェルは、忘れていたその名を口にする。

鮮やかな緑の髪と、甘い蜜の色をした瞳。黒に銀の混じった二本の大きな巻き角を持った少年。

――私は彼を、守れたのだろうか。

†

エランにとって、己の死を経験するのはこれが初めてだった。

何も感じない。身を焼く熱も、痛みも、苦しみも――今のエランは驚くほど安らかで、これが死というものなのだとしたら、そこまで恐れる必要はなかったと思えるほどだ。

最期の瞬間、エランはあたたかいものに包まれていた。

自分の名前を呼んだ声――あれはルチアの声だった気がする。

――ルチアも、死んだのか？

自分が死んだことよりも、なぜかそのことのほうが気にかかった。

どさりと何かが倒れる音が聞こえて、エランはハッと瞼を開いた。

急に身体の感覚が戻ってくる。長く沈んでいた水中から顔を出したときのように、エランの呼吸はひどく乱れていた。

「……死んだんじゃ、なかったのか？」

エランはまだ生きていた。感覚と一緒に、全身の痛みも戻ってくる。痛みがこれほどまでに生を感じさせるものだったなんて知らなかった。

辺りを見回してみたが、暗いせいでよく見えない。どうやら魔力の強烈な光によって焼かれたせいで、目が一時的に見えなくなってしまっているようだ。

それでも、強い光だけは感じるようで、天井にぽつぽつと小さな点が見えていた。

あれは舞台の照明の光だろう。エランが立っていた場所は男の放った魔術によって完全に破壊されたものだと思っていたが、意外にもその形は残っているようだった。

あの男の気配はなくなっていた。ずっと肌に感じていた魔力の圧も消えている。

エランはふと、最後に見た光景を思い出していた。銀色の光の中にあの男の姿は溶けるように消えていった。まるで、自身のこともその魔力で焼いてしまったかのように。

――一応、危機は去ったということか。

男が戻ってくる可能性もまだあったが、少なくとも今ここに脅威は存在しない。

エランはひとまず緊張を解くことにした。


時間が経つにつれ、徐々に視界に光が戻ってきた。それでもまだ薄暗いままだが、最初に比べればずいぶんマシだ。エランは改めて、辺りを見回す。

やはり舞台はそのままの状態で残っていた。客席も記憶のままの形で残っている。

この建物ごと破壊されてもおかしくないほどの魔力量だったのに、無事に残っているのが不思議なことだった。それは、エラン自身にも言えることだ。

「俺はどうして、助かったんだ……？」

自分自身も一瞬で消滅したものだと思っていた。それなのに生きている。

——そういえば……あのとき。

誰かに守られた気がした。あたたかいものに包まれていた記憶がある。

あれは夢ではなく、現実だったのだろうか。

——ルチアはどこに。

いなくなっているのはあの男だけではなかった。ルチアの姿も見えない。捕らわれていたはずの場所にその姿はなかった。エランはもう一度、舞台をぐるりと見回す。

ふと、自分の足元に何かがあるのに気がついた。近すぎて、気がつかなかったようだ。

「……ぅ」

小さな呻《うめ》きとともに、目の前のそれが小さく身じろいだことにエランは驚く。

倒れているものの正体に気づいて、さらに大きく目を見開いた。

「………っ、ルチア！」

倒れていたのはルチアだった。どうしてすぐに気づかなかったのだろう。意識が戻る直前、何かが倒れる音を聞いたことを思い出す。あれはルチアが倒れる音だったのだ。

「どうして……ここに」

ルチアは離れた場所にいたはずだ。あの男の触手に拘束されていたはずなのに。

うつ伏せに倒れるルチアの服はボロボロだった。特にローブの背面がひどく損傷していることに気づき、エランはすべてを察した。

男の攻撃からエランを守ってくれたのは、ルチアだったのだ。

——なぜルチアは、身を挺《てい》してまで……俺を。

疑問はいくつもあったが、今はそんなことを考えている場合ではなかった。

エランはその場にしゃがむと、そっとルチアの身体に触れる。うつ伏せになっていた身体を表に返すと、ルチアの目がうっすらと開いた。

——よかった、意識はある。

安堵にぎゅっと胸が痛んだ。

ルチアは寝転がった体勢のまま、ぼんやりとした表情でこちらを見上げている。その表情はどこか不思議そうだ。眩しいものを見るように目を細め、そして小さく首を傾ける。

「……エラン、どこか、怪我をした？」

「していない」

「なら、どうして……」

ルチアの話し方は妙にゆっくりだった。なんともいえない不安に駆られる。

呼吸もひどく苦しそうだ。浅い呼吸を繰り返す姿に、これまで目の前で失った何人もの冒険者の姿が重なって見えた。

——いや、気のせいだ。

一瞬、自分の頭をよぎった不吉な考えを、エランはすぐに振り払う。

「……薬は？　あるんだろう？　ここにないなら取ってくるから、場所を言え」

大きな怪我はなさそうなのに、ずいぶんと弱って見えるのがなんだか恐ろしかった。

あの男が話していた核のひびのせいだろうか。早く薬を飲んでほしかった。幸いエランに大きな怪我はないので、薬を取ってくるぐらいのことはできる。

だが、ルチアの反応はエランの思っていたものと違っていた。

軽く目を伏せ、小さく首を横に振る。その動作の意味をエランは理解したくなかった。「薬はどこだ」ともう一度、口にしかけたエランの唇にルチアの指が触れる。その動きもどこか緩慢だ。

そっと触れる指先は優しいというよりも弱々しい。冷たい指は小さく震えていた。

正常に戻っていたはずの視界がなぜかまた、じわりと滲《にじ》んでいく。

「薬が、必要なのは、エランじゃないの？」

「……俺には必要ない」

「じゃあ……どうして、泣いてなんか」

言われて初めて気がついた――自分が泣いてしまっていたことに。濡れた頬を乱暴に拭い、涙はなかったことにした。自分の泣いている理由に触れられたくなかったからだ。

「治るんだろ？」

その問いにも、ルチアは首を横に振った。顔には困ったような笑みが浮かんでいる。

「核が、もうだめだから……無理、かな。それに……エランは、嬉しくないの？　ボクが消えたほうが、君にとってはいいはずだ」

――消える、なんて。

そんなことは言わないでほしい。

エランは無言でルチアの手を取ると、力を込めて握った。ルチアはそんなエランの行動に驚いたように目を見開く。握られた手と、エランの顔を交互に見た。

何度か目を瞬かせた後、花が咲くようにふわっと嬉しそうに笑う。

「君は……本当に、お人好《ひとよ》しだね」

「……そんなことはない」

「そう、かな……？」

些細なやり取りに、ルチアはくすくすと楽しそうに笑っている。こんな顔をするルチアを見るのは初めてだった。無邪気な表情で笑うルチアに、胸の奥が締めつけられるように痛む。

――ずっと、胸が痛い。

ルチアに対して抱いていた気持ちはすべて洗脳の影響だったはずなのに、それがなくなった今も、ルチアの存在はエランの気持ちを掻き乱す。

――本当に、すべて洗脳のせいだったのか？

答えの出ない問いだった。そもそも洗脳されている感覚すら、ほとんどなかったのだ。

この気持ちは錯覚なのかもしれない……だが、そうだとしても、胸の痛みだけは本物だった。

「……ねえ、エラン。扉の鍵は、持ってる？」

ルチアからの突然の問いにエランは首を捻る。扉の鍵とは、あの指輪のことだろうか。

エランは手を握っているのとは反対の手で自分の腰に触れた。そこには愛用の鞄がぶらさがっている。指輪はその中に入っていた。

「これか?」

エランが差し出したものを確認して、ルチアが頷く。

渡したほうがいいのかと思って差し出したが、またしても首を横に振られてしまった。ルチアは少し考えるような仕草を見せた後、躊躇《ためら》いがちに口を開く。

「じゃあ………行って?」

あんなに嬉しそうに笑っていたのに——握っていた手を先に離したのはルチアだった。

ずいぶんと弱っているのに、手を振りほどく力は残っていたらしい。

自分から離したくせに、ルチアは名残惜しそうに自分の手を見つめている。そんな顔を見て、置いていけるわけがなかった。

「お前は、なぜ………」

ルチアには聞きたいことが山ほどあった。

なぜ、身を挺《てい》してまで守ったのか。

なぜ、そんな穏やかな顔でいられるのか。

なぜ、突き放そうとするのか。

なぜ……そのことに、こんなにも胸が痛むのか。

だが、どれも聞けなかった。急に黙り込んだエランを、ルチアがどうしたのかと見つめている。

「……行かないの？」

今、口を開けば感情があふれ出してしまいそうだった。自分の中でも整理がつかないこの感情をルチアにぶつけてしまいそうになるのをなんとか堪え、エランは首を横に振った。

そんなエランの反応に、ルチアは眉尻を下げて複雑そうな笑みを浮かべる。

「本当に、君は……」

お人好《ひとよ》しだと、またそう言いたいのだろうか。

――違う。

この気持ちはそういうものではない。

ただ、エラン自身にも、この感情を説明することはできなかった。

振りほどかれてしまった手を強引に再び取る。触れてみて、驚いた。ルチアの手が氷のように冷たくなっていたからだ。それになんだか柔らかさまでなくなっている。

ルチアもそれに気づいたらしく、困惑した表情で自分の手を眺めていた。

「もう、器がだめみたいだね。あんまり感覚がない」

そう言うと、ルチアは腰の辺りから、しゅるりと金色の触手を生やした。

親指ほどの太さのそれは、するするとエランのほうに伸びてくる。しかし、近くまで来ても触手がエランに触れてくることはなかった。にょろりと目の前で揺れるだけで何もしてこない。

「……触って、いい？」

返事はしなかった。代わりにその触手をエランから握る。

わっ、と驚いた声を上げたルチアが、くすくすと子供のように笑うのが聞こえた。

「君は……嫌じゃ、ないの？」

「……別に」

「それなら、いいや」

触手にはひどい目に遭わされてばかりだった。出会ったときから、ずっと。

それなのに不思議と嫌だとは思わない。くるりと巻きついてきた触手を指先でつつく。つるりとした見た目は植物の蔓のようだった。表面を撫でると、ルチアがくすぐったそうに目を細める。

「……本当に、君は、変わってる」

「お前ほどじゃない」

「そう、かもね」

そう言って、目を閉じた。瞼を閉じてから開くまでの感覚が長い。話すのも億劫そうだ。

――もうすぐ、なのだろうか。

そんな風には思いたくもないのに、どうしても考えてしまう。エランが何かを考えているのが伝わったのか、巻きついていた触手が、きゅっと少しだけその力を強めた。

ルチアがゆっくりと瞼を開く。藍色の瞳と視線が交わった。

「ねえ、エラン………君に、お願いがあるんだ」

「なんだ？」

ルチアは一度、目を伏せた。そして再び、その瞳にエランを映す。

「――最期まで、傍に、いてほしいな」

それは、ルチアらしくもない懇願だった。弱々しい声が紡いだ「最期」という言葉に、鼓動が強く跳ねる。思わず手の中にあるルチアの触手を強く握りしめてしまった。

答えなければと思うのに、喉が震えて声にならない。

――どうして……こんな。

こんなにもルチアと離れがたく思うのも、洗脳のせいなのだろうか。洗脳具はもう跡形もないのに、こんなにも心を掻き乱されるのは、本当にそれだけが理由なのだろうか。

「やっぱり……だめ？」

違う。エランは必死で首を横に振った。早く伝えなければ――そう思うのに、なんと言えばいいのかわからない。気持ちばかりが焦る。ルチアはそんなエランの気持ちを察してくれたらしい。

エランの言葉を待ってくれている。その穏やかなまなざしに、また胸が苦しくなった。

「……一緒に、いる――お前が、消えるまで、傍にいるから」

拙い言葉だった。声の震えも隠せていない。この気持ちが本当に自分のものなのか、洗脳されていた後遺症なのか。いろいろ考えたが、答えなんて出るはずがなかった。

でも、もうそれでよかった。さっきの言葉こそが紛れもなく、今のエランの本心だ。

それをルチアに伝えなければいけないと思った。伝えたいと思った。

「うれしい、……ありがとう、エラン」

指にくるりと巻きついた触手に、エランは額を擦り寄せる。

ぽろりと一粒、涙がこぼれた。

「ルチア…………？」

少し前から、目を開けなくなった。声を掛けても反応がない。

それでも手の中にある触手だけはエランの指にくるりと巻きついていたのに、その触手からも、くたりと力が抜けた。エランの手の中から、滑り落ちていく。

「……ルチア」

もう一度、名前を呼んだ。反応はない。呼吸も鼓動も、もうどちらも止まっていた。

それでも、ルチアの身体はまだ消えずにエランの目の前にある。死んでから消えるまでのあいだに時間差でもあるのだろうか。その身体からはもう魔力の気配も消えてしまっていた。

消滅するというのは、嘘だったのだろうか。

いや、それはあり得ない。あの男も言っていた……それにシュカリも、ルチア本人も。

半魔は核の力を失えば、消滅するのだと。

それなのに――ルチアの身体はまだ消滅していない。

おそるおそる頬に触れてみた。冷たい肌だ。触れたところから消えてしまうかもしれないと思ったが、そんなことにはならなかった。身体にもしっかりと触れられる。

いつ消えるのかはわからない。そのうち急に消えてしまうのかもしれない。だが、それをずっとここで待っているのは難しそうだった。先ほどから、何度も空間が揺らいでいる。

どうやらこの場所は、魔術によって切り離された空間のようだった。不安定な空間に押し潰されてしまう前に、早くここから離れたほうがいいだろう。

貰った鍵を使って、あの街へと……現実へと帰るべきなのだ。

そうするべきだとわかっていたが、ルチアをここに置いていくことはできそうになかった。

抱き上げるようにルチアの身体を起こす。

ルチアの身体は人間のものよりもずいぶん軽かった。半魔というのは人間とは身体の仕組みが違うのだろうか。同じ背丈の人間の半分ぐらいの重さしかない。

――これなら、行けるか。

エランは立ち上がると、ルチアの身体を肩に担ぎ上げた。

ルチアの身体が消滅しない理由はわからない。だが、今はまだここにあるのだ。それなら、まだ最期を迎えたわけじゃない。

「――消えるまで、傍にいるって言ったからな」

約束は守る。エランはルチアと共に行くことに決めた。

約束したとおり――その身体が消えるまで、ルチアの傍にいることを選んだ。

第五幕　刻まれた、かすかな鼓動

あれから一か月。エランは元の冒険者としての日常に戻っていた。

ルチアから貰った報酬で借金はすべて返し終えた。大金を一気に持ち込んだせいか、ギルド職員から金の出所を怪しまれたが、詳しく話せない依頼で得たものだとぼかしておいた。

別にギルドを通さない依頼が違法というわけではない。貴族から直接言い渡される依頼なども、あの見世物小屋と同じように契約の魔術具を用いる場合があった。そんな依頼のほとんどは口外を禁じられている。たとえ、ギルドが相手であってもだ。

それを匂わすように答えれば、ギルド職員からそれ以上、追及されることはなかった。

日常に戻っても、あの日のことを思い出さない日はない。それでも、あの場所で起きたことを誰かに話したことはなかった。話したいとも思わない。見世物小屋で過ごした数日間のことはもちろん、ルチアのことも――まだ、エランの中でも整理はついていなかった。

自分の中にある感情についても、まだうまく説明ができない。

ルチアのことを考えると、今も胸に締めつけられるような痛みが走った。どうしようもない気持ちになって、叫びだしたくなることだってある。

自分を庇ったせいで、ルチアをあんな目に遭わせてしまったせいだろうか。それとも、最後にあんな言葉を交わしたからだろうか。いくら考えても答えは出ない。

洗脳具はもうそこにないのに、気づかないうちに耳に触れるのが癖になっていた。


見世物小屋からこの街に戻ってきて、エランが一番にしたのは拠点として使っていた安宿を引き払うことだった。

別に不満があって、宿を引き払うわけじゃない。この宿では、ルチアと一緒に暮らせないからだ。そう――ルチアはまだ消えていなかった。

安宿を出たエランが住まいにしているのは裏通りにある古びた建物、エランがルチアと最初に出会ったあの場所だった。初めて来たときは薄気味悪いと思ったが、数日暮らせば慣れるものだ。

三階まである建物だったが、エランが主に使っているのは一階部分だけ。そこだけでも、充分な広さがある。家具などは最低限のものしかなかったが、火や水の出る魔術具なども置かれており、生活には困らなかった。

見世物小屋に続く黒い転移扉は、跡形もなくなっていた。あの日、エランがこの部屋に戻った瞬間、消えてしまったのだ。鍵が使えるのは一度きりというのは、そういう意味だったらしい。

エランは部屋の中央にある机の上に買ってきた荷物を置いた。当面の食糧だ。袋の中から小ぶりのパンを一つ手に取って齧りながら、右手にある扉を開く。その扉は寝室へと繋がっていた。

「ただいま……寝てる、よな」

部屋の真ん中には、数人が並んで寝られる広さのベッドが置いてある。その端で眠っている人影があった——ルチアだ。

青みがかった銀色の長い髪がベッドの上で乱れている。毎日、エランが触れているせいだ。

この家にベッドが一つしかないので、エランもいつもここで眠っている。目を覚まさないルチアの隣で毎日寝起きを繰り返していた。

ルチアは消えなかったが、あの日から一か月が経った今もこうして眠ったままだ。ルチアの状態は死んでいると表現するほうが正しいのかもしれない。呼吸はしておらず、鼓動も聞こえない。身体は氷のように冷たく、生きている人間らしい柔らかさもなかった。

だが、他の生物の死体のように腐ることはない。あの日のまま、ルチアは何も変わらない姿でそこにいる。よくも悪くも、状況は何も変わっていなかった。

エランは食べかけのパンを丸机に置き、ベッドの縁に腰を下ろす。大きく溜め息をついた後、ぱたりと横向きに身体を倒した。

「………疲れた」

今日こなしたのは簡単な調査依頼だけだったのに、ひどく身体が疲れていた。

これは今日に限ったことじゃない。ここ数日は、ずっとこんな感じが続いている。

そんなに激しく動いたわけでもないのに、身体がだるくてたまらない。明らかな体調不良ではなかったが、依頼をこなしているとき以外は、こうして眠って過ごすことが増えていた。

——なんなのだろう……何か病気だったりするんだろうか。

エランは今まで大きな病気にかかったことはない。風邪をひいたり、熱を出したりなんてこともほとんどなかった。薬を試してみてもよかったが、あれはかなり高価なものだ。見世物小屋で当たり前のように使われていた万能薬は、庶民が簡単に手を出せる代物ではない。

――今日はもう休むか。

気持ちが疲れている分、身体に疲れが出やすいのかもしれない。エランはベッドの上を這って、普段眠っている定位置へと移動した。横になり、眠り続けるルチアの横顔を見る。

そっと手を伸ばして、シーツの上に流れるルチアの銀髪に触れた。

くるくると指先を髪に絡める。ここだけは冷たくも硬くもない。肌に触れるとその感触にどうしても死を意識してしまうので、触れるときは、いつもこうして髪に触れるようにしていた。

「いつか……お前が起きることはあるのか？　それとも――」

――このまま、消えてしまうのか？

エランは目を閉じる。なんだかとても眠かった。

約束は必ず守る。最後にルチアと交わした誓いは果たすつもりだ。

だが、変わらないものを見守り続けるだけの日々に、エランは少し疲れていた。


「…………いったい、なんなんだ」

三日後、エランは森に来ていた。受けた依頼は薬草採集。駆け出しの冒険者でもできるような簡単な依頼だというのに、思ったように作業が進まなかった。

今日はいつにも増して、身体のだるさがひどい。歩いているだけなのに息が切れた。少し進んだだけで疲労感に襲われ、立ち止まらざるを得なくなる。

ついには近くの樹に背を預けて、座り込んでしまった。

「……俺の身体は、どうしたんだ」

熱っぽいということはない。むしろ寒かった。こんなにも日が差しているのに、そのあたたかさをまるで感じない。意識もぼんやりしてきて、エランは虚《うつ》ろな表情で空を見上げる。

――この、においは？

風に乗って、甘い香りがエランの元に届いた。さわやかな花の蜜のような香りだ。エランの意識はそちらに奪われる。誘われるように香りの元を探した。

――あっち……森の奥からだ。

重い身体を引きずるように地面を這って移動する。

背の高い草を掻き分け、奥へ奥へと――甘い香りに導かれるまま進んでいく。

「……この花か」

においの元は、紫色の巨大な花だった。どこかで見たことがある気がしたが、深く考える間もなく、エランは花の中央に顔を近づける。あふれる蜜へと口をつけた。

甘い香りを放つ蜜はエランが求めていたものだ。身体が欲していたのは、これに間違いない。

「…………ん、く……ぅん」

夢中で蜜を啜った。喉に流し込むたび、足りなかったものが補われていくのを感じる。

エランが求めるように舌を出すと、花のほうもそれに応じるように、とぷりと蜜をこぼした。

「エランくん……？」

後ろから声が聞こえた。少年の声だ。

そうやって誰かに名前を呼ばれるのは、ずいぶんと久しぶりのことだった。

だが、今はそんなことよりも目の前の蜜だ。もっと舐《な》めたい――エランの身体はまだそれを欲している。蜜を舐《な》めるほど、あれほど寒いと思っていた身体に熱が戻ってくる。だるくてどうにもならなかった身体も、ぼんやりとしていた意識も、すべてが正常の状態に戻りつつあった。

「……ちょっと、エランくん！」

ぐい、と肩を掴まれる。花弁の中に突っ込んでいた頭を無理やり引き剥《は》がされた。エランは口元を蜜で汚したまま、後ろを振り返る。自分の名を呼んだ人物の顔を見て、ぽかんと口を開く。

「……イロナ？」

目の前にいたのは、エランと同じように驚いた表情をしたイロナだった。


「ほんとに驚いたんだけど」

イロナと二人、花から少し離れたところに並んで座る。驚いたとイロナは口にしたが、それはエランも同じ気持ちだった。イロナに再会したこともそうだが、何よりも信じられないのは、自分が夢中であの花の蜜を啜っていたことだ。

あの花はただの花ではなく、ケラスィナという名前の魔物だ。エランが見世物小屋で餌やりをさせられた、あの魔物だった。ケラスィナの蜜には散々ひどい目に遭わされたというのに、その蜜を今度は自分から啜りにいってしまうなんて。

「身体、平気なの？」

「平気とは？」

「あの蜜の効果はエランくんも知ってるでしょ？　あんなに飲んで、なんともないの？」

「ああ……今のところはなんともない」

むしろ、体調はよくなっていた。この一週間、ずっと感じていた身体の重さがなくなっている。

自分の身体をじっと見下ろすエランを、イロナが訝しげな表情で見つめている。その表情は、エランのことを観察しているようにも見えた。

「……本当に、なんともなさそうだね」

「そう言っているだろ」

「そうなんだけどさ」

イロナはどうも腑に落ちない様子だった。

眉間に深く皺を寄せたまま、傍に置いてあった自分の鞄に手を伸ばす。見るからに重そうな鞄をずるずると引き寄せて、中から見覚えのある形の小瓶を取り出した。

「エランくん。これ、覚えてる？」

「……あの魔物の蜜が入っている瓶だろ」

「正解。この中身はスィの蜜だよ。エランくん、まだこの蜜が飲み足りないいんじゃない？」

イロナの質問に、今度はエランがぎゅっと眉根を寄せた。

「……そんなもの必要ない」

「嘘はつかないでね。これは、大事なことなんだから」

「どういう意味だ？」

「僕もまだ自分の考えが正解かどうか自信がないんだ。だから、正直な気持ちを教えてほしい」

イロナの表情は真剣そのものだった。エランは悩んだものの、観念して口を開く。

「……さっきそれを舐《な》めて、飢えが癒えたのは間違いない。それに……まだ足りないとも思う」

「やっぱり、そうなんだ……じゃあ、もう一つ質問。最近身体が重く感じたり、眠気がひどいなんてことはない？」

ここ最近の自分の状態を言い当てられ、エランは信じられない気持ちでイロナを見つめた。

「当たってるみたいだね。ってことは、僕の想像は合ってるのかもしれない」

「……お前は、何を知っているんだ？」

「エランくんと全く同じ症状の人間を見たことがあるだけだよ。それに、スィの蜜が媚薬として作用しない条件も、それに当てはまる」

イロナはそこまで言うと、一旦言葉を止めた。しばらく何か考え込む仕草を見せた後、意を決したように顔を上げ、エランを見つめる。すっ、と息を吸いこんだ。

「――エランくんは今、魔のものを身体に宿してるんだと思う。たぶん、そのお腹の中に」

言葉の意味をすぐに理解することはできなかった。洗脳されていたときとは違い、イロナが何を言ったかはわかっていたが、それでも内容を呑み込むまでには時間がかかった。

「俺の身体に……魔のものが？」

ようやく口にできたのは、それだけだ。

「ほぼ間違いないと思う。魔物にとってスィの蜜は栄養になるっていうのは前に話したでしょ。それと同じことがエランくんの身体で起きてるんだよ。だから、スィの蜜で飢えが解消されたんだ」

イロナの仮説は合っているように思えた。だが、簡単には認められない。魔のものを身体に宿している——それはすなわち、魔物に孕《はら》まされてしまったということになるからだ。

「あの見世物の影響か？　それで俺の身体には、魔物の子が……」

「違うよ。トラコに……あのバトラコスに人間を孕《はら》ます能力はないからね。ちなみにスィにもそんな能力はない。エランくんのお腹にいるのは——ルチアさまの子なんじゃないかな」

「……あいつの？」

エランは自分の腹を見下ろした。見た目に特に変化はない。

おそるおそる服の上から撫でてみたが、それでも何かが違うということはなかった。

——ルチアの子供？　それが、俺の中に？

即座に否定できなかったのは、そう考えた瞬間、腹がほのかにあたたかくなったからだ。

その熱は、前に夢の中で感じた熱を思い出させた。あたたかい光の中で揺蕩《たゆた》う夢の中でエランが感じた熱と全く同じものに思えた。

——そういえば、あのとき。

自分は直前までルチアに犯されていたのではなかったか。

繋がった場所から、大量の魔力を腹の中に注がれた記憶も一緒に蘇る。

「何か思い当たることがあるみたいだね。魔族についてはあんまり詳しくないから、ちょっと自信がなかったけど……エランくんもそうだと思うなら、きっと間違いない」

イロナに表情を読まれてしまった。エランはあえて肯定はしなかったが、イロナは納得するように頷いている。しかし、すぐにまた表情を曇らせた。

しばらく考え込んだ後、顔を上げてエランを見る。

「ねえ、エランくん。この際だから、聞いてもいいかな？」

「……何をだ」

「今、ルチアさまはどうしてるの？　エランくんは知ってるんだよね？」

「………………」

だんまりは肯定と変わらなかったが、知らないとも言えなかった——イロナに嘘はつけない。

でもまだ、ルチアの今の状態を誰かに告げるつもりはなかった。

「いいよ、大丈夫。無事なんだね」

「っ…………」

あの状態を無事といっていいのだろうか。イロナの言葉に、エランは思わず息を呑む。

イロナはその表情の変化に気づいたようだったが、質問を重ねてくることはなかった。

少年らしくない大人びた表情で小さく頷く。

「……なんとなく、わかったよ」

納得した様子のイロナは、先ほどと同じように自分の荷物を漁り始めた。

目当てのものはすぐに見つかったらしく、取り出したそれらをエランの前に並べる。

「これを受け取って」

「これは？」

それはケラスィナの蜜入り小瓶よりも、さらに小さな瓶だった。同じものが十本もある。

「魔族用の催淫剤。僕が作ったんだ」

「……え？」

「受け取ってほしいんだ。たぶん、必要になるはずだから」

「それはいったい、どういう……」

――どうして、この流れで魔族用の催淫剤を？

エランは戸惑いながらイロナを見る。その表情は、冗談を言っているようには見えなかった。

「お腹の子を育てるのには栄養が必要になる。人間だってそうでしょ？　空腹のままだと子供は死んでしまう。だから、その子に食事を与えてほしいんだ」

「育てろと言っているのか？」

「エランくんは見殺しになんてしないよ。それがルチアさまに関係あるものなら、絶対に」

イロナの言葉を否定できなかった。

「その子がルチアさまの子供だとするなら、食事になるのは精だと思う。できるなら、ルチアさまのものがいい。それを、エランくんのここから注ぎ入れるんだ」

ここ、とイロナが指差したのは尻だった。精が必要と聞いた時点でなんとなくは察していたが、こうもはっきり言われるとなんともいえない気持ちになる。

「催淫剤の使い方は簡単だよ。ルチアさまの陰茎に直接塗り込めばいい。もし……どういう状態であっても、生きていればちゃんと効果はあるから」

――どういう状態であっても、生きていれば。

イロナはその言葉を強調して言った。今のルチアの状況を察しているとしか思えない。

「あとは、これ」

そう言って、ケラスィナの蜜入り小瓶をエランに差し出す。

「この瓶は特別製なんだ。直接スィと繋がってる。使っても量は元通りに増えるから、身体がしんどいときにはこれを飲んで。ルチアさまを受け入れるときの潤滑剤としても使えるから」

「これを飲むだけじゃ、だめなのか？」

「そうだね。エランくんの体調のことだけなら、スィの蜜だけで大丈夫かもしれないけど、子供を育てる栄養には全然足りないよ。やっぱり直接、精を流し込まないと」

「……わかった」

この蜜を飲んでも、腹に宿った子供に精が必要なのは変わらないらしい。

――本当に、育てるべきなのか？

身体に魔のものが宿っていると聞かされて、迷わないわけがなかった。だが、イロナも言ったとおり、見殺しにできる気もしない。それがルチアと関わりのあるものだと言われれば、余計に。

「……わかった。受け取っておく」

実際に使うかどうかはわからなかったが、エランは催淫剤とケラスィナの蜜が入った小瓶を全部受け取った。小瓶の一つを手に取り、まじまじと眺めてから溜め息をつく。

「あんまり力になれなくてごめんね」

「いや、わからなかった不調の理由が知れたんだ。それは感謝している」

内心はかなり複雑だったが、一応、イロナに礼を告げた。

「あっと……僕、そろそろ行かないと。依頼の途中なんだった」

「依頼？　もしかして、冒険者をしているのか？」

「ううん。今は薬師をしてるんだ。って言っても真似事だけどね。僕の本業は魔物使いだし、またあの見世物小屋に戻れたらいいんだけど……今はそれも無理だからさ」

「そういえば、見世物小屋はどうなったんだ？」

「僕もわかんない。あの夜、いきなり弾き出されたと思ったら、どの扉も繋がらなくなっちゃったからね。あの見世物小屋は元々、決まった扉からしか入れない場所だったから、どこにあるのかもわからないし、どうやっても辿り着けないんだ」

「……そうなのか」

あの日、見世物小屋にいた他の従業員や観客がどうなったのか、気になることはまだあったが、それ以上は聞けなかった。聞けば、こちらもあの日のことを話さなくてはならなくなる。

今はまだ、聞かれたくないことばかりだった。

――そういえば……シュカリは今、どうしているんだろう。

ふと、あの老人のことを思い出す。しかし、それもイロナに問うことはできなかった。

「それじゃあ、行くね」

「ああ」

「あのさ、エランくん……また会える？」

荷物を背負って立ち上がったイロナが、歩き出す前にこちらを振り返った。座ったままのエランを不安げな表情で見下ろしながら、首を傾けて問いかけてくる。

「そう、だな……」

はっきりとは答えられなかった。これからのことは、エランにもわからない。

でも、そんなエランの曖昧な返答にも、イロナは表情を曇らせなかった。

「嫌じゃないならまた会おう。あの場所で――次はルチアさまも一緒に」

あの場所――それは、あの見世物小屋のことだろう。たくさん複雑な感情を抱くエランに気づいているはずなのに、イロナは無邪気な笑顔を見せる。

その笑顔に、エランは少しだけ勇気をもらえたような気がした。


帰宅後、エランは迷いながらも寝室へと向かった。

ベッドの上で眠り続けるルチアのことを見下ろして、小さく溜め息をこぼす。

「……俺はいったい、何をしようとしているんだろうな」

手には二本の瓶が握られている。どちらもイロナに手渡されたものだ。

一つは催淫剤、もう一つはケラスィナの蜜。それらの瓶をベッド脇の丸机に置いて、エランは着ているものをすべて脱いだ。

眠り続けるルチアの服も全部脱がせる。こうしてルチアの裸をまじまじと見るのは、これが初めてだった。身体を交えた日もお互い裸だった気はするが、熱に浮かされていたせいかあまりよく覚えていない。それに、あのときエランは洗脳状態だったというのもある。

洗脳してまでルチアがエランに求めたのは、名前を呼びながら喘ぐことだけだったが。

「いったい、何がしたかったんだ……お前は」

ルチアの考えていたことは本当にわからないことだらけだ。

でも、それと同じぐらい、今の自分の気持ちもわからないことばかりだった。

こんなことだってするつもりはなかった。それなのに実際は違う。イロナに言われたことを、こんなにもすぐに実行しようとしている自分がいる。

「俺がこんなことをしたなんて、お前が知ったらなんて言うんだろうな」

エランは独り言を言いながら、ルチアの隣で四つん這《ば》いになり、自分の後孔に手を伸ばした。

ケラスィナの蜜をしっかりと纏《まと》わせた指を、そっと後孔の縁に滑らせる。まんべんなく蜜を塗り広げ、まずは一本、指を中に挿し込んでみる。

「……っ」

蜜のとろみのおかげか。あの日以来、そこには一度も触れていないのに、エランの指はすんなりと呑み込まれていく。体温でゆるくなった蜜を塗り込むように、ゆっくりと指を前後させた。まだ、気持ちいいという感覚はなかった。ただ、孔を拡げる作業のようにしか思えない。

一本はすぐに馴染んだので蜜を足し、二本目の指を挿入した。慎重に奥まで挿し込み、襞をゆっくりと伸ばす。ぬちぬちと掻き回し、慎重に中を拡げた。ここにルチアを受け入れるためだ。

「……はぁ、はぁ」

時間が経つにつれ、じんわり身体の奥から熱が込み上げてきた。

このむずむずとした感覚には覚えがある。ケラスィナの蜜の媚薬効果が現れ始めたのだ。エランは蜜をさらに追加すると、三本纏《まと》めた指をゆっくりと沈めていく。

「ん……ぅあッ」

指がいいところをかすめ、思わず声が出た。気持ちよさに頭が真っ白になる。

気づけば、ぐちゅぐちゅと中が泡立つほど後孔を激しく弄《いじ》っていた。どうしようもなく気持ちがいい。少し前まで、ただの作業だと思えていたのが嘘のようだ。

いつの間にか陰茎も勃《た》ち上がっている。中からの刺激を、きちんと快楽として受け取っているようだ。びりびりとした痺《しび》れのような快感が背筋を何度も駆け上がってくる。

たまらない感覚にエランは甘い悲鳴を何度も上げ続けた。

そうやって一心不乱に弄《いじ》るうちに後孔は充分に拡がり、受け入れる準備は完了していた。

呼吸を乱しながら、エランはもう一つの瓶に手を伸ばす。こちらの中身は催淫剤だ。

手のひらに一度、瓶の中身を垂らしてみる。とろりと出てきた液体の見た目は、ケラスィナの蜜とさほど変わらなかった。こちらのほうが少々粘度が高い程度の違いしかない。

――本当に効果はあるんだろうか。

効果については、いまだ半信半疑だった。

ルチアは確かに消滅していないが、エランの目には死んでいるようにしか見えない。そんな状態で催淫剤を使って、効果なんてあるのだろうか。疑いはある。それでも試してみる気になったのは、イロナの言葉を信じたいと思ったからだ。

イロナは『どういう状態であっても効く』と断言していた。

ただし、『生きていれば』とも言っていた。その言葉だけが……少し、怖い。

――もし、反応がなかったら。

そこまで考えて、エランはふるりと首を横に振った。そんなことは考えても仕方がない。今はやるしかないのだ。充分に手であたためた催淫剤を、おそるおそるルチアの陰茎に纏《まと》わせていく。くたりと萎えていた陰茎は触れるとやはり冷たかった。生きている者のそれとは、感触もまるで違っている。それに熱を与えるように、優しく擦り込んでいく。

「……あ」

すぐに反応があった。この一か月のあいだ、どこに触れても反応なんてなかったのに。

薬を塗り込んだ瞬間、ひくんと動いた陰茎に喜びが湧き上がる。

――こんなことが、嬉しいなんて。

目を覚ましたわけじゃない。ただ、陰茎が少し反応しただけだ。だが、これで一つわかったことがある。ルチアは完全に死んでいるわけじゃない。だから、身体が消滅しなかったのだ。

「……ん、っ」

安心したせいか、高まっていた身体のことを思い出した。中が疼《うず》く。そこに刺激が欲しくてたまらない。ルチアの陰茎を完全に勃《た》ち上がらせ、エランはルチアの腹の上に跨がった。

ひんやりとした肌の感触が内腿に触れる。しかし、それが死を連想させることはもうなかった。

「っ……ん、……ぁっ」

ルチアの猛った陰茎を自分の後孔へ押し当てる。柔らかく綻《ほころ》んだそこは、まだ先端が触れただけなのに、すぐに快感を伝えてきた。ちゅぷ、と濡れたもの同士が触れる音に肌がざわつく。

こんな状態で挿入したらどうなってしまうのだろう。蜜を塗り込まれた中は刺激を欲しがるように、ずくずくと疼《うず》いている。エランは一度目を閉じて、頭にルチアの声を思い浮かべた。

『ほら、エラン。挿《い》れるよ』

「ん、ぁあ……ん、ぅッ」

声に合わせて、ぐぷんと太い先端を一気に押し込んだ。その快感にエランは首を反らす。

天井を見上げ、短く息を吐き、衝撃を逃がす。腰をゆっくり下ろしながら、少しずつ挿入を深めていった。襞を強引に押し広げられる感覚が気持ちいい。何度も腰を前後に揺らしながら、内壁に硬い陰茎を擦りつける。ゆっくりと咥《くわ》え込んでいった。

「……あ、ぁ、……そこ」

途中、エランの気持ちいい部分に陰茎の先端が触れた。ごりっと潰すように押しつけると、目の前がちかちかするほどの快感に襲われる。全身の感覚が鋭敏となり、内腿がルチアの身体と擦れるだけで気持ちよさが止まらなくなる。

『気持ちよさそうだね、エラン。蕩けた雌の顔をしてる』

「ん、ん……っ、ぁあ、あ」

『自分だけ気持ちよくなってどうするの？　ほら、ちゃんとボクを気持ちよくさせてくれないと』

――そうだ、中に……中にちゃんと、ルチアの精を貰わなければ。

自分の想像したルチアの声に我に返らされた。自分の気持ちいいところだけを擦っているだけではだめなのだ。この行為の目的は、ルチアの精を貰うことなのだから。

エランは、今すぐにでも達したい気持ちを必死で抑え込む。張り詰め、ずくずくと脈打つ自分の陰茎の根元を指で戒めた。射精欲を我慢して、ゆっくりと息を吐きながら、ルチアの陰茎を根元まで中に埋めていく。

――自分から、こんなものを受け入れることになるなんて。

あの見世物小屋に行くまで、性的なものに興味なんてほとんどなかった。

自分は性に淡泊な人間なのだと思っていたのに、それがこんな風に意識のない相手のものを勝手に咥《くわ》え込むようになるなんて――どうしたら、こんなことになってしまうのか。

でも、今さらやめようとは思わない。

「あ……ぁ……入っ、た」

ゆっくりと挿入を進め、すべてを収めきったときには全身汗まみれだった。

ずっと緊張状態だった内腿が小刻みに震えている。奥まで入ったことに安堵して、エランはぺたりとルチアの腹の上に座り込んだ。尻たぶがルチアの肌に触れている。火照《ほて》った身体には、その冷たさが心地よかった。動かずにいると、中が心臓の音と一緒に脈動しているのが伝わってくる。

――これは俺の鼓動なんだろうか。それとも……ルチアの？

それに熱い。ルチアの陰茎は確かに熱を持っていた。腰を前後に動かしてみる。塗り込めた蜜が漏れ出てしまったのか、肌が擦れるたび、粘り気のある濡れた音が下から聞こえる。

身体を持ち上げて落とすと、奥を押し潰される快感に身体が跳ねた。目の前が真っ白になる。たまらない衝撃にエランはすぐに虜になった。何度も何度も奥ばかりを刺激する。

最初は控えめだった動きがどんどん激しくなる。自分の身体なのに制御できない。

「ぁあ、……ああッ！　……ん、ぅ……ルチアッ」

声も我慢できなかった。高い声を上げ、身体を大きく揺らす。奥まで深く咥《くわ》え込み、押し潰し、甘えるような声でルチアの名前を呼んだ。

『可愛いね、そんなに夢中で欲しがって――ほら、エラン。何が欲しいか、声に出してごらん』

「ルチ、ア……おく、ッ……奥に、ちょうだい」

『何が欲しいの？　ねえ、エラン。言って』

「奥、出して……っ、ルチアの、あついの、いっぱい……欲しい……ッ」

どくん、と奥に熱を感じた。それを感じたのと同時にエランも達していた。首を大きく反らせた状態で、息を詰めて快感に耐える。エランが吐き出した白濁が、ルチアの腹を汚していた。

「あ……ッ、ぁ……」

腹の奥から魔力を感じた。この魔力が誰のものなのかなんて考えなくてもわかる。

ルチアの金色の魔力だ。身体の中をこうして魔力が駆け巡る感覚は二度目だった。一度目は気を失ってしまうほど、とてつもない魔力の奔流だったが、今日の魔力の流れは違う。

ぽかぽかと、あたたかいものが身体に満ちていくのがわかる。

これが子供の食事になるのだろうか。エランまで満たされたような気持ちになる。

しばらくすると、その魔力の流れはゆっくりと止まった。中に収めたままのルチアの陰茎も力を失ったようだ。エランはそれを抜き取ると、蜜と体液で汚れたルチアの身体をシーツで拭った。

「……これで、いいのか?」

うまくできたのだろうか。自分の身体もすぐに綺麗にしたかったが、今は疲労感で動けそうになかった。ルチアの腹の上に頭を乗せる。火照《ほて》った頬をルチアの肌に擦り寄せた。

心地よさに、とろりと意識が落ちそうになる。こんな格好で眠ってはいけないと思いながらも、気づけばその体勢のまま、エランは意識を手放していた。


また、あの夢を見ていた。光の中を揺蕩《たゆた》う夢。あたたかい金色の光は今日も優しい。

全身を柔らかく包み込むようなあたたかさにエランは全身を預け、ゆったりと漂っていた。

——そういえば。

そっと、下腹部に触れてみる。あの日、この夢の中で熱を感じたあの場所だ。

優しく撫でてみると、とくんと自分のものとは違う鼓動を感じる。

「……そこに、いるのか？」

問いかけると、それに答えるように鼓動が跳ねた。得体の知れないもののはずなのに、その健気さが愛らしく思えてしまう。また、じわりと熱が広がるのを感じた。内側からあふれる熱を抑えようとは思わない。その熱に応えるように、エランはまた優しい手つきで腹を撫でる。

自然と目覚めが訪れるまで、エランはずっとそうしていた。


あれから二日に一度、エランはルチアの精を中に受けるようにしていた。

最初は五日に一回程度にしようと考えていたが、身体がそれに耐えられなかった。精が足りなくなると、腹の奥が冷えるような感じがした。ケラスィナの蜜を飲んでも満たされない空腹のような感覚だ。それを強く感じるのが、ちょうど二日に一度の頃合いだった。

行為は何度やっても慣れることはない。本当にこんなことに意味があるのかと疑ったこともあったが、行為を終えると身体も心も満たされる。それだけは確かだった。

三度目の行為を終えた後、身体に急な変化が起こった。腹の表面がカッと熱くなったのだ。ちょうど臍《へそ》の下あたり。我慢できないほどの熱ではなかったが、じりじりと焼けるような感覚だった。

不思議な感覚はしばらく続き、終わるとそこには紋様が浮かび上がっていた。

その紋様を、エランは前に見たことがあった。

――これは、ルチアの。

あの依頼書に押されていた紋印の形と全く同じものが、エランの腹部に刻まれていた。

エランはそれを見て驚くよりも安堵した。イロナはああ言っていたが、エランはまだ腹の中にいるものが、本当にルチアと関係のあるものなのかどうか、不安に思っていたからだ。

もしかしたら、得体の知れない魔物の子供かもしれない。そんな疑いの気持ちが、この紋様のおかげで払拭された。イロナの言ったとおりだった。エランの腹にいるのはルチアと縁のあるもので間違いない。腹に刻まれた紋様がそれを示していた。

それからも、二日ごとに必ず行為をした。

ルチアのほうに、特に変化はない。陰茎以外に反応する箇所はなく、身体も氷のように冷たいままだった。呼吸も鼓動も感じられたことはない。魔力を感じるのも達するときのみで、それ以外は気配すら感じることはなかった。

エランのほうには、日々変化があった。人間の子を孕《はら》んだときのように腹が膨らむことはなかったが、ふとしたときに腹から鼓動を感じることがある。

とくんと跳ねるような鼓動は、エランの心臓の音とは明らかに違うものだった。

あの夢も何度も見た。行為の後に必ず見るわけではなかったが、優しい金色の光に包まれる夢をエランはたびたび見ることになった。

そこで不思議な声も聞いた。その声が誰のものなのか、何を語りかけているのかはわからない。

男性か女性かすらわからない声。しかし、その声を聞くと心が安らいだ。

どれだけ不安があっても、その夢を見た後はすっきりとした気持ちで目が覚める。

あの声は自分を励ましてくれているのだと、エランはそう信じていた。


「……っ、あつい」

朝、目が覚めるなり、身体に異常な熱さを感じた。

全身が燃えるような熱を発している。明らかに異常とわかる状態だ。

「もしかして……生まれて、くるのか……？」

一番熱を感じるのは、紋様の浮かんだ臍《へそ》の下あたり。どくどくと腹部から今までにない強い鼓動を感じる。こんなことは初めてだった。ついに生まれてくるのかもしれない。昨日の夜、最後の催淫剤を使ったところだった。

身体の異常は昨晩からあった。いつもどおりにルチアの熱を奥で受け止め、事後処理を済ませた。汚してしまったルチアの身体を拭き、服を着せ、自分も水を浴びようとしたところで、急に身体にひどいだるさを感じたのだ。動くことがつらくなり、服も着ずにシーツに包まって眠った。

そして目覚めたのが、今だ。

――こんなにも早く、生まれてくるのか。

熱で意識が朦朧とする。自分はいったい、どうなってしまうのだろう。

半魔の母体となる人間は、半魔を産むと一日も経たずに死ぬ。

シュカリの言葉を忘れたことはない。眠るルチアとの行為を続けている間、エランはそのことばかり考えていた。自分もこれを生み落とせば、死ぬのではないかと。

それでも、行為をやめることはできなかった。腹から鼓動を感じるたび、エランが抱いた感情は恐怖ではなく、愛しさだったからだ。

——ルチアの母親は、どうだったんだろう。

同じように魔のものを生み落とした、見知らぬ人のことも何度も考えた。その人はどんな気持ちでルチアを産んだのだろう。生まれてきたルチアを見て、何を思ったのだろう。

望まない子供だったかもしれない。無理やり孕《はら》まされた子供だったかもしれない。それでも——少しも自分の子を愛さなかったのだろうか。こうして腹を撫でたりしなかったのだろうか。

「ん……はぁ……」

エランは枕元に手を伸ばした。そこには、ケラスィナの蜜の入った瓶が置いてある。

無性にそれが欲しくなった。身体が蜜を欲しているのだろう。蓋を開いてこくりと飲むと、染み渡るように甘さが口いっぱいに広がった。身体は熱いままだ。冷たい場所を探してシーツの上で脚を滑らせると、爪先がルチアの脚に触れる。

エランはベッドの上を這うように移動し、ルチアの傍まで行って、その腕に顔を押し当てた。

「……お前は、冷たくて気持ちがいいな」

燃えるように熱い身体に、冷たいルチアの肌はとても心地よかった。

すりすりと頬を擦り寄せる。こうして触れるのも、これで最後になるかもしれない。

ルチアの横顔を見上げた。自分にひどいことをした男なのに——無理やり洗脳され、意識も身体も感情さえも制御されて、何度も散々な目に遭わされた。

そんな事実を知らされた後も、ルチアのことを嫌いにはなれなかった。そんな感情すら操られていたのかもしれない。でももう、そんなことだってどうでもよかった。

——あんな顔を、見たからだろうか。

あの日、最後に一緒にいたあの時間。ルチアの瞳は、エランをまっすぐ見つめていた。

嬉しそうに笑ったのだって、あんな風に喜んだのだって——エランに対して、愛しいという感情を向けていてくれたからだ。自分の気持ちが洗脳のせいだとしても、ルチアから向けられていたあの気持ちだけは紛れもなく本物だと思える。

——本当に不器用な男だ。

自分の感情がわからず、愛し方も知らない。

目を覚ましたら文句を言ってやりたかったのに、それも叶わないかもしれない。

「お前の子を産んで俺が死んだってわかったら、お前はどんな顔をするんだろうな……」

自分で言って、想像して——ぎゅっと胸が痛くなった。それを馬鹿なことだと冷静に考える自分と、このもどかしい感情を嘆く自分がいる。気持ちの整理なんてつきそうになかった。

腹から聞こえる脈動が大きくなってくるのがわかる。内側から殴られているような感覚だった。

それを意識した瞬間、どんっ、と一際強い衝撃が走る。

エランの内側から魔力があふれ出した。エラン自身の魔力ではなく、ルチアの魔力だ。

金色の魔力が放つ熱が、エランの身体中を駆け巡る。

「ぁ……ぁああッ、ぃ、ぁああッ!!」

絞られるような痛みにエランは叫んだ。目の前にあるルチアの腕にしがみついて、必死で痛みに耐える。自分の腹の中から何かが皮膚を押し上げるように、ぐねぐねと動いているのが見えた。

――あれが、今から出てくるのか。

エランは痛みを逃すため、四つん這いになり、腰を高く上げる姿勢を取った。ひくひくと身体が勝手に震える。数日間、何度もルチアを受け入れた場所が勝手に綻んでいくのがわかる。

「ん……ぁッ」

ぶちゅ、と濡れた音を立て、後孔から何かが漏れ出した。

とろみのある透明な液体があふれた瞬間、中から感じていた痛みが快感へと変わる。

「や、ぁ……んっ、なん……で、こんな」

腹の奥から湧き上がる快感が、息つく暇もなくエランに襲いかかった。高い声で喘ぎ続ける以外、エランにできること何もない。

ずるり、ずるりと中を押し広げながら蠢《うごめ》く何者かの存在を感じる。いいところを強く押し潰し、身体を震わせるほどの快感をエランに与えながら、それは出口に向かって進んできている。

「あ……っ、や、……ッ」

嫌だと首を横に振っても、それは止まってくれなかった。内側から膨れ上がるような強い圧迫感を意識した瞬間、それは焦らすこともなく、エランの中から飛び出す。エランの後孔を大きく押し広げて現れたのは、金色の塊だった。

拳大ほどの塊が、ぼとりとベッドの上に落ちる。

「ひ、ぁああああっ！」

エランはあまりにも強すぎる衝撃に、髪を振り乱しながら叫んでいた。一瞬、自分が生み落としたものが見えたような気がしたが、今はそれをじっと見ている余裕もない。

高い悲鳴を上げながら、エランは意識を失った。


「っ……ぅぐッ」

体験したことのある、覚えのある息苦しさだった。ぐちゅぐちゅと口の中から奇妙な音が聞こえる。舌や歯列をなぞられる感覚に、ぞわりと身体の奥から震えが起こった。

口の中に何かが入り込んでいるようだ。縦横無尽にエランの口の中を這い回るそれは、前触れもなく喉奥まで侵入してくる。息苦しさの原因はその何かだった。

「ぅ……は、ぁン……っ」

目を開くと視界に飛び込んできたのは、金色だった。ベッドで横たわるエランの顔の前に、指ほどの太さの金色の触手が群がっている。そのうちの何本かが口に侵入してきていた。

エランは触手を振り払おうと手を動かす。しかし身体は重く、思ったように動かせなかった。

腕を持ち上げただけなのに驚くほど息が切れる。何をするにもひどい疲労感が付き纏《まと》った。

エランが目を覚ましたことに気づいた触手たちが、距離を取るように一斉に離れていく。口に入っていた触手も抜け出ていった。だが、触手は完全に離れることはせず、まるでエランを観察するように目の前で蠢《うごめ》いている。

――これは、ルチアの触手か？

触手は見覚えのある金色をしていた。エランの記憶にあるルチアの触手と同じものに見える。一瞬、ルチアが目を覚ましたのかと思ったが、すぐに違うと気がついた。

エランに群がる触手の根元にいたのは、触手と同じ色の塊。それにも見覚えがある。

――あれは、俺から出てきたやつか。

気を失う直前、自分の中から出てきたものをエランは見ていた。衝撃が大きすぎたせいですぐに気を失ってしまったが、その形と色はきちんと覚えている。

ぬめりを帯びた金色の塊は、エランの記憶にあるものと一致していた。

塊自体も動けるようだった。ぐにゅぐにゅと動くそれはひどく不気味に映る。

塊をしばらく観察していたエランは、自分の記憶と、実際に目の前にいる物体との大きな違いに気づいて、眉を顰《ひそ》めた。

――あんな、大きさだったか？

塊はエランの足元に転がっている。距離があるせいですぐには気づけなかったが、塊は記憶のものと明らかに大きさが異なっていた。出てきたときは拳程度の大きさだったはずだ。でなければ、エランの後孔を傷つけずに出てこられるはずがない。だが、目の前の塊は、少なくともその倍の大きさがあった。エランから出てきた後に成長したのだろうか。

――しかし、生まれてきたのがあんな形のものだとは。

イロナが「ルチアの子」だと言っていたから、生まれてくるのは人型の何かなのだと思い込んでいた。しかし、実際に生まれてきたのは下等の魔物にしか見えない、ただの金色の塊だ。

体表から十本以上の触手を生やしたその塊は、今もエランの様子を窺《うかが》っているようだった。自我はあるのだろうか。意思の疎通は図れるのだろうか。気にはなるが、何かをする気にはなれない。

――全身がだるい。

身体が重いせいで、行動を起こせなかった。目が覚めてからしばらく経つが、一向に体力が回復する様子はない。全身はずしりと重いまま、寝返りを打つのすら億劫に感じた。

声を出すのもつらかった。呼吸が浅いせいか、頭もくらくらとする。

「……う…………く」

息苦しさに小さく呻《うめ》いた。これはよくなるどころか、悪くなっている気がする。

「……っ」

ずっと様子を窺《うかが》っていただけだった触手が、再びエランに触れてきた。

一本が頬に触れ、さわりと撫でるように動く。いきなりのことにエランは驚いたが、それでも身動き一つ取れない。触手にされるがまま、動向を見守ることしかできない。

エランが抵抗しないとわかり、他の触手もエランに向かって伸びてきた。

その中の数本が腰へと絡みついてくる。ぐるりと一周巻きついた触手はどうやったのか、エランの身体を仰向けになるように器用に転がした。

細い触手なのに、力は驚くほどに強い。何をする気なのか。触手の動きは予想がつかない。上を向くと余計に息苦しく感じた。息を吸い込むにも力が必要になる。喘ぐように口を開いて、なんとか身体に酸素を取り込もうとするが、息苦しさはどうにもならなかった。

「……ん、ぅ」

苦しさに喘ぐエランの口に、頬を撫でていた触手の一本が滑り込んでくる。

入ってきた触手は、エランの口の中に何かを吐き出した。甘くとろりとした液体だ。

ケラスィナの蜜の甘さとも違う。爽やかな甘さの液体を喉に流し込まれ、エランは無意識にそれを飲み込んでいた。一口飲むと喉の渇きを思い出す。身体が激しく水分を求めていた。

エランは触手から与えられるまま、こくこくと喉を動かす。

触手が口元から離れる頃には、不思議と少し息苦しさがマシになっていた。代わりに、どくりと心臓が鼓動を速める。身体の奥から熱が込み上げてくる。

――ああ、これは。

よく知っている熱だった。熱いのに身体がぞくりと震える――欲情の熱だ。

さっき口にしてしまった液体は媚薬だったのだろう。身体の奥から込み上げる熱に、また刺激が欲しくてたまらなくなる。しかし、自由に動かせない身体では欲を満たせない。

エランはねだるような視線を金色の塊に向けていた。今、自分の願いを叶えてくれそうなのは、あの金色の塊しかいない。その願いが届いたのか、金色の塊から生える触手が動いた。

「っ……ふ、ぁあ……」

腰に巻きついていた触手がずるりと動く。それだけで声を抑えられないほどの快感が、エランの全身を駆け抜けた。甘く鳴いたエランの反応に気をよくした触手が、さらにエランを責め立てる。

「あ、はぁ……ッ、あぁ」

気持ちよさに、どうにかなりそうだった。エランの足元には新たな触手が絡みつき、するりと内腿を撫でる。両脚を開いて持ち上げられた。あらわになった無防備な秘所を、そろそろと細い触手が撫でる。淫らな刺激に下腹部が細かく震える。

腰の触手は脇腹を伝って、胸へと伸びてくる。ただ触れられているだけなのに、それだけで気をやってしまいそうなほどに気持ちがいい。

——あれは、俺が生んだものなのに。

自分が生み落としたものにこんな風に触れられ、あられもない声を上げることになるなんて。それはあまりにも背徳的な行為だった。だが、エランはその行為に興奮してしまっている。意思を持って自分を責めてくる触手の熱に、ひどく欲情していた。

ここ数日でエランの身体は快楽を得ることに慣れていた。しかし、それはあくまで自慰の範囲だ。自分で孔を解して挿入していた行為と、こうして責められる行為とでは感じ方がまるで違う。予想とは違う動きをする触手の責めにエランは興奮した。久しぶりに他者に責められ、追い詰められる感覚に、ただ喘ぐしかない。

「や……ぁ、あぁッ……だめ、だ……そこ」

内腿を撫でていた触手がエランの陰茎に纏《まと》わりつく。敏感な場所を容赦なく擦られ、エランは悲鳴を上げた。だめだと言っても触手が止まるはずはなく、双珠にも触手が絡みつく。柔らかく包み込むように刺激され、エランの陰茎は次第に硬く張り詰めていく。

触手の狙いは、下半身だけではなかった。

「ひ……ぁ、そこ、は……っ！」

胸に触れていた触手が、エランの乳首にひたりと貼りついた。平たく変形した触手の先端が、吸いつくようにエランの乳首を覆う。その内側には、びっしりと極細の触手が生えていた。

「……や、ぁあ！　……ぁあッ」

各々ばらばらに動く触手が、痺《しび》れるような快感をエランに与える。

時々強く吸いつかれ、びりっと頭の先まで突き抜けるような刺激が襲った。

「ぃ……ぁああッ」

陰茎と乳首を同時に責められ、エランは無意識のうちに白濁を吐き出していた。

「ぁ……あぁ……も、やめ……ッ、いま……イってる、からっ」

達している最中だというのに、陰茎と乳首への責めは変わらず続けられる。強すぎる快感の連続に、エランはただただ悶える。

「ぃ、ぁあッ、…………も、ぅ……ぁあああ！」

突然襲った全身を貫くような衝撃にエランは大声を上げた。胸に貼りついた触手のせいだ。乳首に熱した金属を当てられたかのような激しい痛みが走ったのだ。

あまりの激痛に、エランは身体を弓なりに反らせる。

腰を浮かせ、全身を硬直させたまま、「ひっ……」と引き攣《つ》った悲鳴を漏らした。

まるで拷問だった。何度も襲いくる痛みに、身体は弛緩と硬直を繰り返している。だが、こんな痛みを与えられてもエランの陰茎は萎えるどころか硬く張りつめたままだった。

――も、早く……終われ。

一度、白濁を吐き出した身体はさらにだるさが増していた。それなのに意識を手放せないのは、胸を責め続ける触手のせいだ。痛みが意識を引き戻す。この責め苦はいつ終わるのか、早く終わることだけをエランは願っていた。

だが、その願いは触手には届かない。触手が狙っていたのは乳首だけでなかった。そこを執拗に弄《いじ》っていたのは、その内側に入るため――そこからエランの中に侵入《はい》るためだったのだ。

「……っ、やぁあ、あぁ……はい、る、なぁッ」

まさか、中に入ってこようとするなんて――エランには信じられなかった。乳首の先端から、極細の触手が侵入を開始する。そんなところを抉《くじ》られる恐怖に、奥歯ががちがちと音を立てた。

――こわい、こんな。

心ではそう思っているのに、身体の反応は違っていた。

「ん、ぁあ、……ひ、ぐ……ぁ……あぁ……」

涎《よだれ》をだらだらとこぼしながら、エランはよがり鳴いていた。

あり得ない場所に侵入《はい》られているのに、張り詰めた陰茎は先端から透明の雫をこぼしている。

乳首を犯されることに悦《よろこ》びを感じているなんて信じたくはなかった。だが、エランが信じようと信じまいと、そこから送り込まれる刺激が快楽であることは変わらない。

「ひ、……ぅ……ッ、ぁ、ぁあッ」

胸の中が熱い。自分の内側で触手が蠢《うごめ》いているからわかる。じくじくとした疼《うず》きに応えるように刺激が与えられた。そのたび、胸全体がじわりと熱を持つ。乳首が張り詰め、硬くなっていく。

それは、陰茎の反応によく似ていた。

どくどくと乳首が脈打っている。そこから何かが飛び出しそうな感覚がする。

――いやだ。それだけは。

そんなエランの意思など関係なく、ただ高められ、押し上げられる。

「ぁ、あ………出る……なん、か……出ちゃう……や、ぁッ」

エランのその言葉を聞いて、胸の先端を覆っていた触手が離れた。

胸を犯していた極細の触手も一気に引き抜かれる。熱い何かが、胸の中から先端に向かって移動するのがわかった。ぐん、と胸を突き出すような体勢でエランは悲鳴を上げる。

「あ……ぁ、ッ、……ぁあああああ!!」

ぷしゅ、とエランの乳首から液体が噴き出した。量はさほどではなかったが、びゅっびゅっと噴き出すたび、頭の芯が蕩けてしまいそうなほどの気持ちよさがエランを襲う。

同時に陰茎でも達していた。一度目と同じように、だらだらと勢いのない白濁があふれる。

二か所一緒に達したエランは放心状態に陥《おちい》っていた。

表情をだらしなく緩ませ、「あ……ぁ、あ」と意味のない言葉を繰り返す。

触手がエランのこぼした体液に群がってきた。胸や腹に飛び散った白濁を舐《な》めとるように、ぐねぐねと蠢《うごめ》く。敏感になったエランの肌を刺激した。

「ン……っ、く……ぁ……？」

絶え間なく与えられる快楽に喘いでいると、エランの視界の端で何かが光った。身悶えつつも、エランはその光のほうに視線を向ける。光っているのは、触手の根元にいた金色の塊だった。

淡い光が塊を包んでいる。数瞬後、エランを襲っていたすべての触手が消えた。

いきなり放り出されたエランは、突然起きた出来事をすぐには理解できなかった。驚きの表情のまま、光る金色の塊を見つめ続ける。

光が消えると、金色の塊は形を変えていた。

その姿は、まるで一本の太くて長い触手のようだった。頭のない蛇のようにも見える。

触手はエランの見ている前で、ぐねりと体を器用に動かし、前進し始めた。

向かう先はエランではなく、今も眠り続けているルチアのほうだ。その足先に近づいたかと思えば、器用に脚をよじ登っていく。ずるずると這うように、ルチアの身体の上を移動し始めた。

「……なに、を」

エランは視線を動かし、触手の動きを追う。触手には目的地があるようだった。

まっすぐそこを目指すように、ルチアの身体を這い上がっていく。腹の上を通り過ぎ、胸に辿り着いたところで、にょろりとその体を持ち上げた。蛇が体を起こすときと同じ動きだ。

触手は胴体部分から腕のように二本の触手を生やすと、それをルチアの顔に向かって伸ばした。

「やめ、……ろ」

何をしようとしているのかわからない。だが、それがいいことには思えなかった。

エランは声を振り絞ったが、あれを生んだことで消耗し、さらには無理やり精を搾《しぼ》り取られた後の身体では、触手の動きを止められない。必死で腕を伸ばそうとしたが、身体は動いてくれなかった。

触手は細い二本の触手を器用に動かし、ルチアの口を抉《こ》じ開ける。開いた隙間から本体である太い触手が、ルチアの口の中へ己の先端部分を無理やり捻じ込み始めた。

強引に押し入る姿は、まるでルチアの身体を乗っ取ろうとしているようだ。

「だめ、だ……っ、やめろ………ッ」

エランの制止の声は届かない。触手はどんどんと、その体をルチアの中へと侵入させていく。

ルチアの喉を、触手が通っていくのが目で見てわかる。それでもルチアは動かない。ピクリともせず、触手に侵入《はい》られるがままだ。

触手はあっという間に、ルチアの中へと消えていった。

身体の奥まで入ってしまったらしく、喉の辺りももう動いていない。触手が姿を消し、この部屋で動くものはエランだけになってしまった。部屋を静寂が支配する。

エランは呆然とルチアの姿を見つめていた。これから何かが起こるのか——それがすぐに起こることなのかはわからなかったが、視線はルチアに釘づけだった。

「…………ルチア」

無意識にその名を呼んでいた。その声に反応したかのように、だらりとベッドに投げ出されていたルチアの手が……その指先が、ぴくりと動く。

エランは驚きに瞬きすることも忘れていた。

動いたのは、指先だけではない。頭がわずかに動き、瞼がひくりと震えたのが見える。

喉仏が上下する。あの日、あの場所で閉ざされてしまって以来、一度も開くことのなかったルチアの瞼が――ゆっくりと開いていく。

「……ッ」

息を呑むエランの目の前で、ルチアはごく自然な動作で身体を起こした。朝、普通に目覚めたときのように――その動作は二か月近く眠っていたとは思えないほど、滑らかだった。

そして、どこを見るより先にエランのほうを見た。

エランは驚きに言葉を失っていた。

あの日からずっと眠ったままだったルチアがいきなり目を覚ましたのだ。あまりに突然の展開に、どう反応すべきかもわからない。

仰向けに寝転がったまま、頭だけをルチアのほうへ傾ける。

かなり無理な体勢だったが、ルチアから視線を外すことはできなかった。

ルチアは、ぼんやりとした表情を浮かべていた。その目もどこか虚《うつ》ろだ。全く光が入らないせいか、瞳の色がずいぶんと暗く見える。エランの知っている色とは全く違って見えた。

些細な違いがエランを不安にさせる。先ほど、あんな光景を見せつけられたせいもあるだろう。

ルチアの身体を乗っ取るように、中に入っていった金色の塊。あれはどうなったのか。

これは本当に、自分の知っているルチアなのだろうか。

「――……ルチ、ア？」

おそるおそる呼びかける。

かすれた声しか出なかったが、その声はきちんとルチアに届いたようだった。

ルチアの目が大きく見開かれる。瞳に光が入り、鮮やかな藍色の中に浮かぶ金の粒が、きらきらと輝くのが見えた。同時にその中心が赤く光る。

「……ぅ、わ……っ」

次の瞬間、エランは宙に吊り下げられていた。

何が起こったのか、どうしてこうなっているのか、そのどれもが理解できない。

自分の身体を吊り下げているのが金色の触手であることだけは、巻きついたそれを見ればすぐにわかった。さっき解放されたばかりだというのに、またこうしてすぐに捕らわれてしまうなんて。

だが、今回はすぐに解放された。ゆっくりと下ろされ、身体から触手が外される。

エランの背中には、触手の代わりにあたたかい腕が回されていた。そのまま、ぎゅっと力強く抱き寄せられる。寒さを感じていた身体に熱が伝わり、じわりと染み込んでくる。

エランはこの腕を知っていた。

あのとき、魔族の男の攻撃から自分を守ってくれた腕だ。抱きしめる感触もあの日と同じ。あたたかさも、力強さも……あの日、エランが感じたものと同じだった。

目線の先で、銀色の髪が揺れている。窓から差し込む朝日を受けて、きらきらと光を反射する髪の間からは、特徴的な尖った耳がひょっこりと覗いていた。

信じられない。エランを抱きしめているのは、ルチアだった。

ベッドの上で脚を伸ばして座るルチアの太腿《ふともも》に跨がる体勢で、エランはその腕に抱きしめられている。ルチアはエランの首元に顔を埋め、身体を密着させていた。ぐいぐいと顔を強く押し当てられているせいで、ルチアの表情を見ることは叶わない。

ただ、その体温だけはしっかりと伝わってくる。

エランは信じられない気持ちのまま、ルチアの頭を見下ろした。

「……エラン」

囁くような声だった。名前を呼ばれただけなのに、涙が勝手にあふれてくる。

ぽろぽろとこぼれ落ちる涙を止めることはできなかった。

落ちた雫がルチアの髪を濡らしていく。嗚咽に肩を揺らしていると、背中に回された腕が少しだけ緩んだ。ルチアがエランの首元から顔を離し、下から覗き込むように見つめてくる。

すぐ目の前にルチアの顔があるのに、エランの視界は涙でぼやけてよく見えなかった。

「エラン」

もう一度、名前を呼ばれた。目尻に柔らかさを感じる。ちゅっという音が聞こえて、そこに触れたのが唇だとわかった。そのあたたかさに、また涙があふれる。

「そんな顔をされたら、勘違いしそうだよ。それに……その格好も」

「……っ」

「これは夢の続き？　ボクの願望だったりする？」

今度は指で涙を拭われた。存在を確かめるように頬を撫でた後、背中を優しい手つきでぽんぽんと叩かれる。

子供をあやすようなルチアの仕草に、涙がようやくその勢いを弱めていく。

「………ゆめ、じゃ……ない」

震える声でそう答えた。

――夢でなんてあってほしくない。

それはエランの願望でもあった。その答えに、ルチアが興味深げな表情を浮かべる。

エランを見上げながら、ふっと目を細めた。

「だとしたら、とんでもない現実だね。ボクがまだ生きていて、君がそんな顔をするなんて。てっきり消滅したと思ったのに。あれが夢だったなんて……そんな都合のいいことはないよね」

少しふざけた口調でそう言うと、ルチアは小さく笑った。エランはそんなルチアの顔を呆然と眺める。ルチアがこうして動いて、話しているという現実がまだどこか信じられない。

「エラン、どうかした？」

「………身体は、平気なのか？」

「ボクは平気だよ。なんだかエランのほうがつらそうだね？　もしかして、あれも夢じゃなかったのかな」

「？」

ルチアは独り言のように呟くと、エランの両肩を掴んだ。

身体を少し離し、視線を下に向ける。エランの身体をまじまじと見つめた。

エランも釣られるように身体を見て、自分が裸だったことを思い出す。ルチアは服を着ているのに——急に恥ずかしさが込み上げてきた。

それにエランの身体は先ほどまでの行為で汚れたままだ。体液や触手の粘液でどろどろになった身体をじっくりと見られたくなんかない。

「見る、な……ッ」

しかし、抵抗しようにも身体に力は入らなかった。ルチアの腕に支えられていなければ、すぐに倒れ込んでしまいそうなほど、エランの体力は消耗したままだ。

そんなエランにできる抵抗といえば、恥ずかしさに顔を背けることぐらいだった。

羞恥に目を逸《そ》らすエランとは対照的に、ルチアはじっとエランの身体を見つめている。

その視線は、下腹部の一点に釘づけになっていた。

「これ」

「っ……ぁッ」

ルチアが呟きながら触れたのは、下腹部に刻まれた紋様だった。

紋様はあの金色の塊を生んだ後も消えずにそこに残っていたらしい。ルチアの指がそこに触れた瞬間、エランの身体にぴりっと甘い痺《しび》れが走る。

甘い声を漏らしたエランの反応を見て、ルチアは嬉しそうに目を細めた。

「エラン、これがなんだかわかる？」

ルチアの問いに、エランは首を横に振った。この紋様の正体はわからないままだった。

これがルチアの使っていた紋様と同じものだということだけはわかるが、それ以外のことは何も知らない。ただ、あの行為を繰り返すたび、色が濃くなったことだけは覚えていた。

最初は薄い赤だったのに、今では遠目に見てもはっきりとわかるほど濃い赤に変化している。

「君も、ボクを想ってくれたの？」

「え……？」

「これは、そういうものなんだよ」

「……っ、ぁ……な、に」

「これじゃあ、身体もつらいはずだよね……今、楽にしてあげるから」

そういうもの、というのはどういう意味だろうか。嬉しそうな表情を浮かべるルチアを見下ろしながら、エランは首を傾げる。疑問を口にしようとしたが、その時間は与えられなかった。

ルチアがその紋様に触れた。指先だけでなく、手のひら全体を押し当てる。

その瞬間、先ほどとは比べ物にならないほどの衝撃がエランの身体を襲った。だが、びりびりと突き抜ける感覚は苦痛ではなく、むしろ気持ちがいい。

触れられた場所から流れ込んできたのは、ルチアの魔力だった。

エランはもう、これが自分をよくするものだと知っている。行為のたびに奥に注がれたものだからだ。頭が蕩けるほどの気持ちよさに、ひくひくと身体が揺れてしまう。

「あぁ、ン、……あぁ」

「ふふ。気持ちよさそう」

「……あ、あぁ……ルチアぁ」

行為のときと同じように、エランはルチアの名前を呼んだ。

あのときは一人だった。いや、今と同じようにルチアは目の前にいたが、その目はずっと閉ざされていた。名前を呼んでも反応することはなく、身体は冷たいままで——だけど、今は違う。

「何？　エラン。ボクをそんな風に呼んでくれるの？」

嬉しそうな声が返ってくる。名前を呼べば返事があるなんて当たり前のことなのに、そんなことにさえ、喜びに心が震える。魔力が身体に行き渡ると、全身に感じていた重さが薄れていった。

ひどいだるさもなくなり、身体も元通りに動かせるようになっていく。

しかしそれと同時に、身体の奥に熱が溜まっていくのを感じた。

じりじりと高まっていくその熱は、淫猥な気配を秘めている。もどかしい感覚にエランは身体をくねらせ、奥に感じる疼《うず》きに震える息を吐き出した。

「……ルチ、ア」

名前を呼ぶとルチアが顔を上げた。エランを窺《うかが》うような視線で見つめている。藍色の瞳の奥には明らかな情欲が揺らめいていた。紋様から離れた手がエランの頬に添えられる。

熾された劣情で敏感になった肌は、そうして撫でられるだけでも身体に疼《うず》きを伝えてくる。

「抵抗、しなくていいの？」

「――必要ない」

おそるおそる尋ねてきたルチアに、エランは短く答えた。抵抗する理由はない。エランの中で答えはもう出ていた。あの日からずっと悩んできた、自分の感情に対する答えだ。

目を覚ましたルチアと目が合った瞬間、エランは自分の気持ちを自覚した。

触れ合った肌に、交わした言葉に――その気持ちは高まるばかりだ。

不愛想な返答だったのに、ルチアはそんなエランの答えにも嬉しそうに笑った。

その表情があの日に見たルチアの笑顔と重なる。急に胸が苦しくなって、エランはルチアの頭を抱きしめた。心が締めつけられる強さと同じだけの力で、ルチアの頭を自分の胸に押しつける。

「俺も、お前を感じたい」

「……っ」

振り絞ったエランの言葉に、ルチアが息を呑むのが聞こえた。

辺りがざわめく。一瞬のうちに、エランの周囲を金色の触手が取り囲んでいた。腕に、脚に、身体のあらゆる場所に、金色の触手が次々に絡みついてくる。

エランは抵抗せずにそれを受け入れた。

ベッドに押し倒される。両腕は頭の上に――それを押さえるのはルチアの手だ。

エランの両手首を片手で押さえ、優しく拘束する。

「そんなことをしなくても、逃げたりしない」

「……知ってるよ」

そう答えるが、ルチアは離そうとしない。全身に絡まりついた触手もエランを強く拘束するものではなかった。ぞろぞろと肌を撫で、性感を高めてくるが締めつけたりはしない。

ぬるぬるとした粘液を擦り込みながら、エランの身体を堪能するように肌の上を這う。

触手が辿った跡は肌が敏感になっているようだった。

わずかな刺激で身体が震える。気持ちよさに息を詰めて身をよじれば、また別の触手が敏感なところをかすめる。その繰り返しだった。

「相手が逃げないとわかっていてもこうしたくなるのは、触手の本能なんだろうね。君を縛りつけたくてたまらない」

「それなら仕方ないな」

「ふふ。本当にそれでいいの？」

笑った形のまま、ルチアの唇が重なる。

触れるだけの口づけを何度か繰り返した後、舌が唇を割って入ってきた。

歯列をなぞられ、舌を絡められる。ルチアの舌はまるで別の生き物のように器用に動き、エランの咥内を犯した。上顎を撫でられると鼻から甘い声が漏れる。

仰《の》け反《ぞ》り、晒《さら》された喉にルチアの指が触れた。

「……そんなに無防備にされると、もっと奥まで入りたくなる」

唇を離したルチアはそう耳元で囁いた後、エランに見せつけるように舌なめずりをした。

構わないという意思表示でエランが頷けば、また小さく笑われる。

「君はどこまでボクを受け入れてくれるつもりなの？」

「別に。俺もお前が欲しいだけだ」

「っ……——君は、本当に」

ルチアが言葉を詰まらせた。怒ったように眉を顰《ひそ》め、表情を曇らせる。

一度、エランから視線を逸《そ》らし、大きく息を吸いゆっくりと吐き出した。エランの腕を押さえる手に力が入る。その手は熱く、しっとりと汗ばんでいた。

「——ひどくされたいの？」

再び向けられた視線には、情欲と苛立ちが混ざっていた。

睨むように見つめられているのに、身体の奥から込み上げてくるのは気持ちよさだ。ん、と小さく喉を鳴らし腰を揺らめかせると、それを見たルチアが唇を歪める。

「……エラン。もしかして見られるだけで感じてる？　やっぱり、そういう素質があるのかな」

「？」

「君は本当に愚かで可愛いよ」

そう言ってエランの額に口づけを落とすと、ルチアは一旦身体を起こした。

手の拘束は解かれたが、触手はエランの身体に巻きついたままだ。横たわるエランを見下ろしながら、ルチアは着ていた服を脱ぎ始める。

少しずつあらわになるルチアの素肌から、エランは目が離せなかった。

「……ねぇ、エラン。自分から脚を開いて。君のすべてを曝《さら》け出してよ」

「っ………な、ッ」

「できるよね？　エラン」

あのときのように、頭に直接響く声じゃない。洗脳されているわけでも、操られているわけでもないのに……命令するルチアの言葉に鼓動が強く跳ねた。

エランは視線を下に向けると、ちょうど脚に絡みついていた触手が離れていくところだった。

ルチアは本当にエランが自分の意思で動くのを待つ気らしい。

ごくりと息を呑み、エランはもう一度、ルチアを見上げた。

ルチアはちょうど服を脱ぎ終えたところだった。その下半身に視線を奪われる。ルチアの陰茎が硬く張り詰めていることに気づいたからだ。

催淫剤で無理やり高めたのではない。ルチアが興奮してああなっているのだと思うとエランの鼓動はさらに速くなる。下腹部の紋様がじわりと熱くなった。

先ほど注がれたルチアの魔力が、エランの中で熱を生み出しているようだ。

とろりと思考が蕩け始め、それとは反対に身体は敏感さを増す。疼《うず》く身体に煽《あお》られるまま、エランはゆっくりと両脚を開いた。膝を曲げ、後孔が見えるように持ち上げる。太腿《ふともも》の両側から腕を差し込み、広げた脚を支えた。

素直に言葉に従ったエランを見て、ルチアが満足そうに笑った。

すべてを見透かすような目で、エランの陰茎と後孔を眺めている。

「……っ、ん」

見られている。ただそれだけなのに、身体が興奮していくのがわかった。ルチアの視線に晒《さら》されるだけで、身体の熱がぐんぐんと高まっていく。

「あ、……んッ」

「ほら、閉じちゃだめだよ。ちゃんと開いて」

突然、後孔に触手が触れた。縁をなぞる触手の動きに声が漏れてしまう。与えられた刺激に思わず脚を閉じそうになったエランを、ルチアが声だけで制した。

「こうやって触れられるだけで気持ちいい？」

「あ……ぁ、それ、は……ぅんッ」

後孔の縁を優しく押される。細い触手はそれだけでも簡単に入ってしまいそうだった。

それなのに、ギリギリの力加減で責める触手は、縁を弄《いじ》るだけで中には入ってこない。物足りなさに腰を動かそうとすれば、上半身に絡みついていた触手がそれを阻《はば》んだ。

「や、ぁ……なん、で」

「ねだることに抵抗はないの？　つまらないなぁ」

そうは言いながらも、ルチアは楽しそうな表情を浮かべていた。エランの脚の間に座り、宙に浮いたエランの爪先を指で弾く。触れてほしいのはそこじゃない。エランはもどかしい気持ちでルチアに向かって腕を伸ばす。気づいたルチアが不思議そうな表情でこちらを見た。

「どうしたの？」

そう聞きながらも、エランが腕を伸ばせば、ルチアはこちらに近づいてきてくれる。

触れる距離まで近づいてきたルチアの首の後ろに腕を回すと、エランはそのまま、ルチアの身体を勢いよく自分のほうへ引き寄せた。

「う……わっ」

ルチアの身体が人間よりも軽いことは知っている。力いっぱい引き寄せれば、こうして簡単に抱き寄せられることだって。

エランは自分の腕の中にルチアを囲い入れる。抱き寄せた耳元に顔を寄せた。

「――そんな試す真似はいいから、早く挿《い》れろ」

エランの囁きに、ルチアの顔から余裕が消え去った。笑みを消した真剣な顔に胸がざわつく。

余裕を失ったルチアの目の奥には、激しい情欲が宿っていた。

エランの理性だってもうギリギリだ。余裕なんて残っていない。流し込まれた魔力の熱が身体の中を渦巻いていた。

脈動するように激しく疼《うず》く中が、刺激を欲しがっている。

後孔にルチアの熱が触れる。そう感じたのも束の間、ぐぷりと太い部分が一気に潜り込んだ。

「ん、ぁ……あッ」

圧迫感はすごいが痛みはなかった。あの金色の塊を生んだ後だからかもしれない。それでも無理やり抉《こ》じ開けられ、押し開かれる感覚にエランは大きく仰《の》け反《ぞ》った。

求めていたものを与えられ、身体は歓喜している。びりびりと痺《しび》れるような快感が頭の先まで突き抜けていく。自分で挿《い》れるのとは、まるで違う感覚だった。

「ぅ、ぁあ、あああぁッ」

叫ばずにはいられなかった。ルチアの身体にしがみつき、なんとか衝撃に耐える。

肩や背中に爪を立ててもルチアの動きは止まらなかった。

一気に奥まで刺し貫かれる。疼《うず》いていた内壁を擦られる感覚はたまらなくよかった。熱は収まるどころかどんどん高まっていく。

強く奥を押し潰され、エランの身体は大きく跳ねた。

押し出されてあふれた白濁が勢いなく、だらだらとこぼれ落ちる。

一度達した身体は感覚が鋭敏になる。少し揺さぶられるだけでも、全身に痺《しび》れるような快感が走ってつらいのに、ルチアは抽挿をやめない。

「あ、ああぁ……ま、って……」

涙があふれて止まらなくなった。唇をはくはくと動かしながら、必死で首を横に振る。

やめてほしいわけじゃない。ただ少し待ってほしい。

そんなエランの懇願はルチアには届かなかった。敏感になっているエランの身体を容赦なく責め続ける。過ぎた快楽に恐怖して腰を引けば、その肩と腰を掴まれ、最奥を何度も穿《うが》たれた。

身体に絡みついていた触手もエランを逃がすまいと、みちみちと締め上げてくる。

腕を、手首を、脚を……容赦なく搦めとられていく。

「やぁ、ああ、ひぃっ、……あぁぁッ！」

がくがくと揺さぶられ、中の襞を押し広げるように蹂躙された。

弱いところを突かれるたび、頭が真っ白になる。目の前がちかちかと点滅し、何度も意識が飛びそうになる。どこまでも高みへと押し上げられ、エランはずっとイき続けていた。

自分の身体なのに全く制御できない。ルチアの与える快楽に抗うことは不可能だった。

「ん、ぁ……ひぁあッ」

ルチアの身体に必死にしがみつく。首に腕を絡め、その肩に顔を擦りつける。

触れ合った肌から感じる熱に喜びを覚えた。こんなにも苦しいのに、じんわりと心が満たされるのを感じる。最奥にほとばしる熱と魔力を感じながら、エランは金色の光の中へと落ちていった。

†

エランの中で一度達し、ルチアはようやく少しだけ理性を取り戻した。

身体の下にはだらりと全身を脱力させたエランがいる。その身体は体液と粘液にまみれ、淫靡に光を反射していた。あんな風に煽《あお》られて、理性を保ってなどいられるわけがない。

一切、慣らすこともしなかった。硬くなった陰茎で無理やり後孔を押し広げ、一気に奥まで刺し貫いた。喘ぎとも悲鳴ともつかない声でエランが叫ぶのを聞きながら、何度も奥を穿《うが》った。

エランが制止する声も聞こえていたが、そんなもので止まれるはずがない。逃げようとするエランを押さえつけてまで蹂躙した。ほしいままに犯しつくした。

まだ身体の熱は燻っていたが、ルチアはこれ以上の無理をエランにさせる気はなかった。

エランの中から陰茎を抜き去る。触手の拘束からもエランを解放した。

脚を下ろして楽な体勢に変えた後、二人纏《まと》めて魔術で洗浄する。

汚れがなくなると、エランの身体に残された触手の跡が余計に際立って見えた。全身に隈なく締めつけた赤い跡が残っている。どうやら無意識のうちにきつく締め上げてしまっていたらしい。

特に手首に残った跡はひどく、まるで赤い枷をつけられているかのようだった。

自分の独占欲を具現化したようなその跡に、ルチアはそっと指を滑らせる。

意識はないはずのエランの身体は刺激に反応して、ひくひくと震えた。薄く開いた唇から漏れた甘い声に、胸が締めつけられる。

ルチアはエランに両腕を回し、強く抱きしめた。

またこうして、この身体に触れられるとは思っていなかった。


あのとき、確かにルチアの核はゼルヴェルによって破壊された。

とどめを刺したのは自分だったが——あのとき、エランを庇ったことを後悔はしていない。

むしろ、これで消えるなら本望だとすら思えた。

最期にエランを守れたのなら、それだけで満足だった。自分が今まで生きてきた意味をようやく見い出せたような、そんな満たされた気持ちだった。

エランの涙が嬉しかった。

誰かが自分のために泣いてくれるなんて、考えたこともなかったからだ。

だから、わがままを言ってしまった。「最期まで傍にいてほしい」なんて、そんなことを言うつもりはなかったのに。そんなわがままにも、エランは頷いてくれた。

出会ってからずっと、ひどいことばかりをしてきたはずなのに——望まないことをさせたはずなのに。まさか自分の願いを叶えてくれるだなんて、思ってもみなかった。

「エラン……」

名前を呼んで、エランを抱きしめる腕に力を込めた。

目を閉じて、自分の腕の中にいるエランのぬくもりと鼓動を堪能する。

「やっぱり……これは夢なんじゃないかな」

——だとしたら、なんて贅沢な夢だろう。こんな風にエランが自分を求めてくれるなんて。

「夢じゃないと、言った」

「……っ」

腕の中から聞こえた不貞腐《ふてくさ》れた声に、ルチアは驚いて目を開いた。腕の中を見下ろすと不機嫌そうに眉を顰《ひそ》めたエランと目が合って、思わず視線を逸《そ》らしてしまう。

「……また、そんな顔しているのか」

密着していたルチアの身体を押しのけるように、エランが両腕を引き抜いた。かと思えば、両手でルチアの頭をがしりと掴む。

「……え」

「ほら、動くな」

そのまま、わしゃわしゃと掻き回された。撫でるというには乱暴すぎる。戸惑うルチアとは対照的に、エランは満ち足りた表情を浮かべていた。

「あのときも、本当はこれぐらいしてやりたかったけどな、とエランは小さな声で続けた。

力が全然入らなかったけどな、とエランは小さな声で続けた。

その言葉の意味を理解して、ルチアは信じられない気持ちでエランの顔を見る。

「あの、とき……って？」

「覚えていないのか？」

「違う。だって……あのときは、ボクがエランのことを洗脳して」

エランに撫でられたことは忘れていない。

あの手が嬉しかった。エランのあたたかい手に救われたのだ。ずっと欲しかったものを与えてもらえたような、満たされた気持ちになれた。

ルチアにとって、あれは大切な出来事だった。

たとえエラン本人に「忘れろ」と言われても、忘れられるはずがない。

「あれは……お前がされたかったってことか？」

「わからない、けど」

あのときは自分が何を求めているのかわからなかった。

エランに対して、自分が抱く感情の名前もわからず、ただ「欲しい」とだけ願っていた。

欲しいものがいったいなんなのか、それすらもわからないまま……ずっと。

「わからないなら、違うんじゃないか？」

「………？」

「俺はお前にこうしたかったけどな」

ぎゅっと頭を抱き寄せられる。あのときと同じように。

「………やっぱり、夢だ。こんな」

漏れた声は涙声になった。エランにこんな風に触れられて、涙を堪えられるわけがない。

ルチアが泣いていることに気づいているのかいないのか、エランの腕の力がさらに強くなった。

密着した肌から伝わってくる体温に、涙が次から次にあふれてくる。

――幸せって、こんな気持ちなんだ。

胸が痛くて苦しくて……でも、すごくあたたかい気持ちになる。

ルチアは腰から触手を一本取り出した。あの日、最後の瞬間までエランの存在を感じていた触手だ。あのときと同じように、しゅるりとエランの腕にその触手を巻きつける。

それに気づいたエランが楽しそうに笑ったのが聞こえた。

ルチアは泣き疲れて眠ってしまっていたらしい。目を覚ますと、隣にエランの姿はなかった。

身体を起こして室内を見回してみたが、どうやらこの部屋にはいないようだ。

ルチアはベッドから降りると、傍に掛けてあった服を着る。寝室を出てすぐ隣の部屋にもエランの姿はなかった。どこかに出掛けているのかもしれない。

──それとも、本当に夢……は、ないか。

エランは何度も夢ではないと言っていた。

あまり疑っていると、今度は本当に怒られてしまうかもしれない。

「……？」

聞き慣れない音が、寝室とは反対側の部屋から聞こえてきた。

少し開いた扉の隙間から、ヒュンッと風を切る音が何度も聞こえる。そっと覗くと、短剣を構えるエランの姿が見えた。何かと戦っているわけではない。身体の動きを確認しているようだ。短剣が風を切る音だけが響く。

全身を動かしているのに足音はほとんど聞こえなかった。しなやかで無駄のない美しい動きだ。野性の獣のような俊敏さと鋭さがルチアを魅了する。しばらく、その動きに見惚れていた。

「……見ているだけで楽しいか？」

「気づいてたの？」

「別に気配を消してなかっただろ？」

一通りの動きの確認を終えたらしいエランが、短剣を太腿《ふともも》のホルスターに戻しながら、ルチアに近づいてきた。息が上がっている。

ほのかに紅潮した肌と相まって、先ほどまで乱れていたエランの姿を思い出してしまった。

「ほら、そんなとこに立っていないで入れよ」

「あ……うん」

ルチアがそんなことを考えているとは、エランは想像もしていないのだろう。

内側から扉を開くと、部屋にルチアを招き入れる。

「……お前、身体は平気なのか？」

部屋に入るなり聞かれた。その質問は、ルチアがエランに対してするべきではないのだろうか。

一度だけとはいえ、激しく抱いた記憶がある。そんな行為の後なのに、こんな風に短剣を振り回して、エランの身体は大丈夫なのだろうか。

「……ボクは、別に何とも」

「本当か？」

「どうしてそんなことを気にするの？」

「……お前、もう二か月近く眠っていたんだ」

「二か月……？」

——そんなに経ってたのか。

ルチアにしてみれば、ゼルヴェルに会ったのは昨日のことのような感覚だった。あれがもう二か月も前の出来事だったなんて。

そういえば長い夢を見ていたような気もする。あたたかい夢を。

「それに——あんな光景も見せられれば、誰でも気にする」

「あんな光景、って？」

ルチアは首を傾げる。エランはいったい、何を見たというのだろう。

ルチアの問いにエランは眉を顰《ひそ》めると、少し言いにくそうに口を開いた。

「お前の中に……金色の塊が入っていったんだ」

「金色の塊？　それってもしかして、エランがそこで育ててくれた？」

ルチアはエランの下腹部を指差した。紋様のある場所だ。

今は服を着ているので紋様を直接見ることはできなかったが、エランもその存在を思い出したのか、紋様のある場所を隠すように両手をその前に翳《かざ》す。

「お前、なんで知って……」

「その紋様を見れば、想像はつくよ」

エランの下腹部にある紋様。あれは魔族が生まれ持つものと同じだ。

半魔であるルチアの身体にも同じものがある。色と場所は違うが、その形はエランの身体に刻まれている紋様と全く同じだった。ルチアの場合は、ちょうどその下に核がある。

半魔の急所となる場所だ。半魔にとってこの紋様はそういう意味を持つものだった。

だが、エランのものは違う。エランに刻まれたそれは——魔族の求愛の証だ。

——まさか、こんなにも色濃くなるほど想ってくれたなんて。

魔族は愛しく思う相手に自身の紋様を刻むことがあるのは知っていた。ただそれは知識として知っていただけで、半魔でもそれができるなんて考えてもみなかった。

最初から諦めていたのもある。自分に愛しい相手なんてできるはずがないと思っていたからだ。

そんな証を、無意識にエランに刻みつけてしまっていただなんて。

しかも、それは消えずに残っている。この紋様はどちらか一方の想いだけでは、すぐに消えてしまうものだ。それなのに、エランの下腹部に刻まれた証は今もしっかり色づいている。

それは少なからず、エランもルチアを想ってくれた証拠だった。

――しかも……これが核として育つなんて。

エランの言う〈金色の塊〉とは、ルチアの核のことで間違いなかった。

愛の証が核として育つなんて、それはどんな奇跡だろうか。ルチアの魔力がエランに流れ込み、この紋様が刻まれたこと自体、想定外の出来事だったのに。

ルチアは一歩、エランのほうへ近づいた。触れるまであと半歩の距離で立ち止まり、エランを見つめる。エランは不安げな表情を浮かべていた。

「……あの金色の塊は、どうなったんだ？」

「どうなったって、どういう意味？」

「寄生されたとか、そういうのではないんだよな？」

「寄生……？　っていうか、あれはボクだし」

「――え？」

ルチアの言葉にエランが固まった。目を真ん丸に見開いている。

「待て………じゃあ、俺はお前を生んだのか？」

エランがぽつりとこぼした言葉に、今度はルチアが固まる番だった。

確かにあれはルチアの核だから、ルチア自身と言っても間違いではない。エランの中から出た後のことも、うっすらとだが覚えていた。あのときは本能だけで動いていたが、エランに触れた感覚や甘い声は記憶に残っている。最初はすべて夢かと思っていたが、エランの腹に刻まれた紋様を見てからは、あれは現実だったのだと完全に理解していた。

——でも、生んだっていうのは。

言葉としては間違っていないのかもしれないが複雑だ。エランも複雑なのか、なんとも言えない表情を浮かべていた。視線を下に向けたまま、何かをぼそぼそと呟いている。

「…………でも……あれがなければ、ルチアは」

「？」

エランが急に動いた。あと半歩の距離を一瞬で詰め、抱きつくような体勢でルチアの肩口に額を押しつけてくる。あまりに突然の行動に、ルチアは身動きを取ることができなかった。

「俺のしたことに、意味はあったんだな」

「エラン？」

「ずっと……考えていたんだ。こんなことに意味はあるのか、俺は何をしているんだろうって……お前をあそこから連れ出してから、ずっと」

顔をルチアの身体に押しつけ、くぐもった声で呟く。その言葉からはエランの葛藤が窺《うかが》えた。

眠っていたルチアにとって、この二か月は本当にあっという間だったが、エランにとっては違っていたのだ。そのあいだ、エランの中ではいろいろな感情が渦巻いていたのだろう。

それこそ、こうして悩ませてしまうぐらいには。

——それなのに、一緒にいてくれた。ずっと傍にいてくれたなんて。

「エランは……どうして、ボクをここに？」

自分はあの場所で消えていくものなのだと思っていた。実際にエランがこんな行動を起こさなければ、ルチアは遅かれ早かれ、あの場で消滅していただろう。

エランはなぜ、あの見世物小屋からルチアを連れ出してくれたのだろう。

その理由をまだ聞けていなかった。

「約束したからな」

「約束……？」

エランの言う約束に心当たりはなかった。いつそんな話をしただろう。

「……約束なんてした？」

ルチアの問いに、エランが目を細めた。

黒い瞳にルチアを映した後、驚くほど柔らかな表情でふわりと笑う。

「——お前が消えるまで傍にいるって、言っただろ？」

穏やかな告白だった。

想像もしていなかった言葉を聞かされ、ルチアの目からは涙が勝手にあふれ出す。

——だって、あれは。

あのとき、最期まで傍にいてほしいと言ったのはルチアだ。

それを叶えると頷いてくれたエランに、その答えだけで満たされたのだ。それがあの場限りの嘘だったとしても、なんの問題もなかった。なのに、こうして本当に守ってくれるなんて。

――それに、この言い方じゃまるで……これからもずっと一緒にいてくれるって、言ってるみたいだ。

それは思い違いだろうか。ルチアの願望がそう思わせるだけなのだろうか。

でも、そうじゃなければいい――贅沢にもそんなことを願ってしまう。

「お前って案外、泣き虫だよな」

エランが笑う。乱暴な手つきで涙を拭われた。泣き止むことができないルチアを見つめるエランの眼差しはとても優しい。

くしゃりと頭を撫でる手のぬくもりに、どうやっても涙は止まりそうになかった。

終幕　その手に、すべてが堕《お》ちるまで

不思議な気配を感じ、シュカリは顔を上げた。

あれからどのぐらい、この場所で無駄な時間を過ごしていたのだろう。床に座り込んだまま、薄暗い廊下に視線を巡らせてみたが、周囲に変わった様子はなかった。

気のせいかと小さく息を吐き、天井を仰ぎ見る。やるべきことはいくつもあるはずなのに、今は動く気になれなかった。自分はもう関わらないほうがいい。そうすればこれ以上、状況が悪くなるのは避けられるのではないかと、そんなことばかり考えてしまう。

「……私は、なんて愚かなのか」

ぽつりと呟いて、シュカリは再び項垂れた。

――ただ、大切なものを守りたかっただけなのに。

そんな簡単なことすら、できないなんて……自分の愚かさを思い知らされる。

事態はシュカリの過《あやま》ちを起点に、どこまでも悪いほうにばかり転がり落ちていくようだ。

もう何も考えたくはなかった。見たくないものから目を逸《そ》らしたところで、何も変わらないことぐらいはわかっている――それならいっそ、すべてを破壊し尽くし、終わらせてしまいたくなる。

本来の姿でいるせいで、思考まで悪魔族の本性に引きずられてしまっているようだった。

「……？」

視界の端に柔らかい光を感じ、シュカリはのろのろと顔を上げた。

薄青色の光――輝いていたのは彫刻の手に埋め込まれた魔石だった。ほわん、ほわん、と鼓動のようにゆっくりとした明滅を繰り返している。シュカリはその光に誘われるように立ち上がった。

覚束ない足取りで彫刻へと近づき、光に向かってそろそろと手を伸ばす。指先が魔石に触れた瞬間、魔力を注ぎ込んでいないにもかかわらず、魔術具が勝手に起動した。

大きな光の中に、シュカリの身体が溶けるように消える。転移した先は、それまでどうやっても跳ぶことが叶わなかった、ゼルヴェルを幽閉しているあの部屋だった。

全体的に薄暗く、壁には扉もない。誰が見ても異質な造りの場所だ。室内には、豪奢な天蓋付きのベッドが一つ。あとは硝子張りの大きな窓があるだけだった。

その窓は本物ではない。ゼルヴェルが好む景色を映すだけの偽物の窓だ。

窓に映し出されているのは重なり合う二つの天体。寄り添うように並ぶその天体は、かつてゼルヴェルが好きだと話してくれたものだった。

天体の薄青色は、この部屋の唯一の扉となる彫刻が持っている魔石と同じ色――それと同じ色を持つものを、シュカリはもう一つだけ知っていた。

シュカリは重い足取りで部屋の中を進んだ。

普段であれば、ゼルヴェルはベッドの上にいる。それ以外の場所にいるところを見たことは、これまで一度もなかった。

ベッドにいるといっても眠っているわけではない。ゼルヴェルが眠っている姿を、シュカリは見たことがなかった。ゼルヴェルはベッドに仰向けで寝転がり、いつだって退屈そうに窓を見上げているだけ……シュカリの知っている彼は、そうやってずっとこの部屋で時を過ごしていた。

何も感じていないような瞳。その瞳に感情が宿るのは、彼が狂気に染まったときだけだ。それはもう何十年と変わらない。彼を失いたくない一心で、彼に望まない生を与え続けた結果だった。

ゼルヴェルの力の糧となるのは精だ。その性質ゆえ、人間に捕らわれたときも望まない行為で命を繋がれ、苦痛の中を生かされ続けた。

そんな事実を知っているのに、シュカリは愚かな人間たちと同じことをして彼を生かし続けた。愛しいゼルヴェルを抱いているはずなのに、そこに生まれる感情は何もなかった。年月が経つにつれ、少しずつ虚無に蝕《むしば》まれていくのはシュカリも同じだった。

だけど、失いたくなかった。どれだけ壊れようと、手離せなかったのだ。

——これがその罪のせいだというのなら、贖うべきは私なのだ。罰を与えるのは、私だけにしてほしい。

シュカリは祈るような気持ちでベッドに近づき、天蓋を持ち上げた。

そこにゼルヴェルはいた。

だが、それは空っぽの器でしかなかった。

魔力の気配が全く感じられない。ゼルヴェルはおそらく、この部屋の外に仮の器を作り、意識を飛ばしているのだろう。やはり、最悪な事態が起こってしまっているようだった。

「……ヴェル」

シュカリはベッドに上がると、ゼルヴェルの空っぽの器へと近づいた。

ずっと一緒にいた頃のようにその名を呼び、そっとゼルヴェルの手に触れる。冷たく柔らかさのない指の上に、そろりと手を重ねた。

「俺はあのとき、ヴェルに助けてもらったのに……どうして、ヴェルのことを救えないんだろう」

口調も昔のように戻っていた。そんな弱音を吐き出すつもりはなかったのに、一度口にしたら、止めることはできない。

「……どうやったって俺はヴェルのようになれない。どんなにヴェルを真似てもだめだった。だめなんだよ、俺は……」

ルチアを引き取ったのだって、ゼルヴェルならきっとそうしたからだ。

シュカリが好きだったゼルヴェルはそんな人物だった。本当に優しい人だったのだ。

シュカリはそれを覚えているからこそ、狂気に染まってしまったゼルヴェルを見ていられなかった。変わってしまった彼を誰にも見られたくなくて、この部屋に閉じ込めた。

せめて、優しいままのゼルヴェルの記憶を残しておきたかったのだ。

ゼルヴェル自身がそれを覚えていなくても、最後にそのことを覚えているのがシュカリだけになってしまったとしても――忘れたくはなかった。たとえ、ゼルヴェルの記憶の中にあったはずの自分という存在が、既に失われてしまっているのだとしても。

「本当は、ずっと終わりにしたかった……」

でも、それは許されない。自分の命はゼルヴェルに救ってもらったものなのだ。

それだけは決してやってはいけないとわかっている。それが、こんな罪ばかりを積み重ねてしまうような、悲しく、つらい結果を生み出してしまっているのだとしても。

「俺は、どうやって罪を贖《あがな》えばいい？　……教えてよ、ヴェル」

問いかけたところで答えは返ってこないのに、シュカリはゼルヴェルの手を持ち上げ、指先に顔を擦り寄せる。

「？」

握っていた手がわずかに動いた気がした。

気のせいだ――そう思ったシュカリの手の中で、奇跡はもう一度起こる。

動いた指が、柔らかくシュカリの手を握り返した。

「――……シュカ」

「っ……」

懐かしい呼び名で呼ばれ、シュカリは信じられない気持ちで顔を上げた。

ゼルヴェルが瞼を開いている。薄青色の瞳の中に自分の姿が映っているのが見えた。

彫刻の魔石よりも、寄り添うように空に浮かぶ二つの天体よりも――美しく澄んだ大好きな薄青色が、シュカリのことをまっすぐ見つめている。

「無事、だったんだな。シュカ」

ゼルヴェルの手がシュカリの頭に触れた。昔のように優しく撫でられる。

しかし、シュカリがそのぬくもりを感じられたのは――ほんの一瞬だけだった。ふわりと笑った顔のまま、ゼルヴェルの姿が崩れる。銀色の粒子が辺りを舞った。

「…………ヴェル？」

握っていた手も、シュカリの手の中から消えていた。

目の前で起きた信じられない出来事に、シュカリは呆然と銀の粒子を見つめる。

「……うそ、だ」

――消えてしまった？　最期に、自分の名を呼んで？

そんなこと、あるはずがない。魔族は死んでもその姿は残る。半魔とは違うのだ。

シュカリは慌てて部屋中を見回し、ゼルヴェルの姿を捜す。すぐにベッドの上に転がる、小さな魔石の存在に気づいた。それは、ゼルヴェルの魔力と同じ銀色の魔石だった。

シュカリはおそるおそる魔石を手に取る。魔石はうっすらとあたたかさを帯びていた。

その魔石が帯びる魔力の気配は、紛れもなくゼルヴェルのものだ。魔石にそっと耳を当てると、中から鼓動のような小さな音が聞こえてきた。

「……ヴェル。眠ったの？」

それはまるで眠っているような、穏やかな鼓動。

シュカリはその魔石を手のひらで包み込む。目を閉じて、抱きしめるように握りしめた。

†

——ヴェル。

その声はゼルヴェルの知っている声とは違っていた。だが、ゼルヴェルをその名で呼ぶ相手は、一人しかいない。あの子の元に行かなければ——ゼルヴェルはそう強く願った。

銀色の魔力に溶かされ、消えかかっていた身体が再び形を成していく。

目を開いて一番に飛び込んできたのは、大きな二本の巻き角だった。

闇を溶かしたような黒い角には、銀色の粒子が散らばっている。それはゼルヴェルのよく知っているものと全く同じものだった。

『俺の銀色は、ヴェルの魔力と同じ色だね』

そう言って無邪気に笑っていた声を思い出す。

ゼルヴェルが身を挺《てい》して守った少年は、ずいぶんと大きくなっていた。

緑の髪はゼルヴェルの知っている色よりも少し濃くなったようだ。あの頃より落ち着いた色になっていたが、ふわふわと柔らかそうな見た目は変わっていない。

「——……シュカ」

その名を呼ぶのは、ずいぶんと久しぶりのような気がした。

驚いた顔がこちらを向く。その顔も覚えているものとは違っていたが、きちんと面影はあった。

それに、瞳の色だけは全く変わっていない。とろりと甘そうな蜜の色だ。舐《な》めたら甘いのか、なんて冗談混じりに聞いたのは、いったいどのぐらい前のことだっただろう。

「無事、だったんだな。シュカ」

ずっと、それだけが気がかりだった。

そうだ。あの永遠に続くような暗闇の世界でも、この子のことばかりを考えていた。

どうして忘れてしまっていたのだろう。こんなにも大切な存在のことを。

重い腕を持ち上げ、愛しい人の頭を撫でる。あの頃と変わらない柔らかな髪の感触に思わず笑みが漏れた。とても安らかな気持ちだった。心が解けるのと一緒に、世界が形を失っていく。

——少し、眠ろう。

ようやく、そう思えた。

ずっと暗闇が恐ろしかった。すべてを奪う闇を恐れて、目を閉じることもできなかった。

——だけど、今なら怖くない。

愛しい人のぬくもりに包まれながら、ゼルヴェルは瞼を下ろした。

†

「……見世物小屋をイロナに譲る？」

突然、聞かされた話にエランは驚いた。手に持っていたパンを落としそうになったほどだ。

当たり前のようにルチアと同じ食卓を囲むようになって、もう十日ほどが経つ。

最初の二、三日はほとんど出掛けることなくこの部屋で過ごしていたが、最近は前のようにギルドで依頼を受け、少しずつだが冒険者としての仕事もこなしていた。

自分がいない間、ルチアはこの部屋でどう過ごしているのだろうと考えていたところだったが、まさかそんな話が進んでいるとは思いもしなかった。

「というか、もう譲ったんだ。もうボクにあそこは必要ないからね」

エランの驚きとは対照的に、ルチアはなんでもないことのように言う。

「本当に、よかったのか？」

あの場所はルチアにとって大切な場所なのだと思っていた。シュカリが、ルチアのために作った大事な居場所なのだと理解していたのに……それをこんなに簡単に手放してしまうなんて。

「でも、じゃあ……お前はこれからどうするんだ？」

「そうそう。それでエランに聞きたかったんだけど――冒険者になるのって難しいのかな？」

「……え？」

ルチアの口から飛び出したのは、またしても驚きの発言だった。

今度こそ、エランは手の中のパンを落としてしまう。

――冒険者になる？　ルチアが？

そんなことを言い出すなんて想像もしていなかった。

驚きに目を瞬かせるエランを、ルチアは真剣な表情で見つめている。冗談を言っているわけではなさそうだ。でも、なぜ急にこんなことを言い出したのだろう。

――いや、急ではないのかもな。

今日までずっと考えていたのかもしれない。ルチアなりに、今後の身の振り方について。それで出した答えだというのなら、エランもきちんと答えてやる必要がある。

エランは机に転がっていたパンをいったん皿に戻すと、正面からルチアの顔を見た。

「別に冒険者になるのは難しくない。ギルドに登録さえすれば、誰でもなれるものだからな」

「本当に？　じゃあ、今度一緒に連れていってくれる？」

「……本気なんだよな？」

「こんなこと、冗談では言わないよ」

ルチアは変わった。改めてそう思う。

以前のルチアはいつだって飄々としていて、掴みどころのない男という印象だった。

だが、今のルチアからそんな印象は受けない。表情からして違っていた。何を見ても楽しそうに目を輝かせている。エランの毎朝の鍛錬すら楽しそうに眺める姿はとても微笑ましかった。

「じゃあ、今日一緒にくるか？」

「いいの？」

「構わない。俺もお前が戦っているところを見てみたいからな」

「……っ、エランって、本当にそういうとこ」

ルチアは何かもごもごと言いながら、顔を俯《うつむ》かせてしまった。

パンを口にめいっぱい押し込んでいるのが見える。急に腹が減ったのだろうか。

そういえば、ルチアがこうして普通に食事を取ることも、エランの驚いたことの一つだった。ルチアも半分は人間なのだから、別におかしなことではないのかもしれないが、そうだとわかっていても、こうして一緒に食卓を囲んでいることにまだ少し違和感はある。

——でも、こうして誰かと一緒に食事をするというのは悪くない。

誰か、というか……ルチアだからだろうか。

ルチアが動いている。話している。たったそれだけのことに喜びを感じている自分がいる。幸せだと心の底から思う。

「……何？」

見ていたことに気づかれてしまった。不思議そうにこちらを見るルチアの頬に、パンくずがついているのが目に入る。エランはそれを指でつまむと、そのまま自分の口へと運んだ。

「なんでもない。食事が終わったら、一緒に出よう」

手続きには少し時間がかかる。人が混む時間にかかってしまうと面倒だ。エランは止まっていた手を動かし、食事を片付けることにする。

その向かいでルチアが顔を真っ赤に染めていることに、全く気づいていなかった。

「冒険者になるって意外に簡単なんだね」

「……まぁ、そうだな」

ルチアの言葉に、エランは複雑な気分で返事をした。

確かに、冒険者になるのはそんなに難しいことじゃない。窓口で必要な書類に記入し、提出するだけで手続きは済む。それで最低ランクの冒険者にはなることはできた。

しかし、ルチアの場合は違う。ルチアの冒険者証には〈Cランク〉という文字が刻まれていた。

普通、駆け出しの冒険者というのはFランクから始めるものだ。エランもかつてそうだった。

そこから何年も経験を積み重ね、ランクを上げていく必要があるのだが、ルチアはそれを一瞬で飛び越えてしまった。

——まさか、ギルド長に目をつけられるなんて。

手続きをしようと受付に並んでいたら、珍しく顔を出したギルド長に捕まった。

長年、ギルドに所属しているエランでも直接ギルド長と話したことは数えるほどしかない。それなのに、初めてギルドに行ったその日に話しかけられ、その上、戦いを挑まれるなんて。

ルチアが半魔であることがバレたわけではなさそうだったが、まさかあんなことになるとは思っておらず、エランも驚いてしまった。ルチアが戦うところを見られたのはよかったが、肝が冷えるというのはこういうことを言うのだろう。

——ルチアは、あまり気にしていないみたいだが。

今回は侮られたというわけではなく、戦闘狂が力比べで勝負を挑んできたというのが正しい。

確かにルチアの雰囲気は強者のそれだ。見るものが見れば、只者ではないことはすぐにわかる。

だからといって、いきなり戦いを挑んでくるのはどうかと思うが。

だが、ルチアの戦いを実際に目の当たりにして、エランも冒険者としての血が騒いだ。

ルチアの戦い方は基本魔術師の戦い方だ。魔術を駆使し、相手を翻弄する。だが、普通の魔術師ならば後衛に徹するところを、ルチアは平然と前衛の仕事もこなす。

ルチアの得物は杖ではなく、魔術で作り出した長剣だ。魔術であんなものまで作れるのかと思わず感心してしまった。手に持った長剣で相手の攻撃をいなしながら、魔術を繰り出す。

その戦い方は恐ろしく優雅で、エランはずっと視線を奪われていた。

「エラン、なんか考え事？」

隣で歩くルチアが、ひょいとエランの顔を覗き込んでくる。

エランがしばらく黙り込んだまま歩いていたせいか、その表情はどこか浮かない。

「お前のことを考えていたんだ」

「……えっ」

「さっきのお前の戦闘、格好よかったからな」

正直に言ってしまえば、ルチアと楽しそうに戦っているギルド長が羨ましかった。

エランもああしてルチアと戦ってみたい……いや、一緒に戦うなら正面で向き合うより、お互い背中を預け合う戦い方のほうが、エランの理想に近い気がした。

ルチアと一緒に戦うのは、どんな気分がするのだろう。

「……エランってさ。実は天然のたらしだったりする？」

「え？」

「なんでもない」

「言いたいことがあるなら言えばいいだろ」

「別に……大したことじゃないし。あ、そういえば、イロナから伝言があったんだ」

ルチアが、急に思い出したように手を叩いた。

「伝言？　あいつから？」

「そう。見世物小屋を出た後に二人は会ってたんだね。イロナから聞いて驚いたよ」

「ああ……偶然な」

そういえば、イロナに会ったことは、まだルチアに話していなかった。エランはルチアが眠っていたときの話をするのを、実は避けている。話したくないことがあるからだ。

——俺がしていたことを、ルチアはまだ知らない。

エランが自らの体内で核を育てたことは知っている。だが、どうやって育てたかまでは、詳しく説明していなかった。聞かれてもいないのだから、説明する理由もない。

こうして核が育つこと自体、とても珍しい現象なのだということは聞いていた。だから、想像が及びもつかないのだろう。

まさか、眠っている自分にエランが催淫剤を用い、精を勝手に搾《しぼ》り取り、体内の核を育てていたなんて……普通に考えて気づくことではない。

「それで、伝言というのは？」

「三人で会う約束、楽しみにしてるって。イロナとそんな約束をしたの？」

「ああ……そういえばそうだったな」

別に忘れていたわけではない。あの日、イロナがくれた約束は、間違いなくエランの心の支えになっていた。あそこでイロナと出会っていなければ、今こうしてルチアは目を覚ましていなかったかもしれない。その礼を、イロナに伝えたい気持ちはあった。

——だが、もしあの話を振られたら。

イロナはエランがしたことを知っている。その話をルチアにされてしまったら……先に口止めする時間はあるだろうか。いや、口止めしたとして、イロナが黙っていてくれるとは限らない。

イロナのことだ。逆に面白がって話すかもしれない。そう考えると気は重かった。

別に悪いことをしたわけじゃない。あの行為が必要なことだったと理解はしている。だが、それとこれとは別だ。こんなこと、進んで話したくはない。

「どうしたの？」

「……いや。そういえば、あそこの再開はいつからなんだ？」

「今日からだよ。ああ、そうか。今から行けばいいんだ」

「え——？」

心の準備をする間もなかった。ルチアはその場でイロナに連絡を取ると、「行くよ」と言ってエランの腕を取る。そのまま腕を引かれて連れていかれたのは、裏通りだった。

二人で暮らす建物の前を通り過ぎて、さらに通りを奥へと進む。そこはエランも初めてくる場所だった。じろじろと遠慮のない視線をあちこちから感じるが、ルチアはそんなこと全く気にも留めていない様子だ。その横顔は、どこか楽しそうな雰囲気すらある。

「どこまで行くんだ？」

「もうすぐだよ」

到着したのは、どう見ても廃墟としか呼べない建物だった。あちこちが朽ちかけており、窓もほとんどが割れている。まだ明るい時間帯だというのに、ずいぶんと不気味に映った。

ここが目的地というのはどういうことなのだろう。呆然と建物を見上げるエランの隣で、ルチアは何かをし始める。見ると、扉に魔石を近づけていた。

「何をしているんだ？」

「ん？　ああ。この扉は魔術具なんだよ」

「え……？　これが？」

どう見ても古ぼけた扉にしか見えない。これが魔術具だと説明されても、到底そんな風には見えなかった。エランはもう一度、端から端まで扉を確認してみたが、魔術具らしきところはどこにも見当たらない。だが、ルチアが魔石に魔力をこめた瞬間、その認識は一変した。

ひび割れにしか見えなかった溝に沿って、魔力を帯びた光が駆け抜ける。鮮やかな赤色の光だ。光が通った後は淡く発光し、複雑な模様を浮かび上がらせる。それは、どう見ても魔法陣だった。

魔法陣とは、魔術師が魔術を使うときにも用いる模様のことだ。エランも魔術師とパーティーを組んだときに何度か実物を見たことがあった。呪文だけではどうにもならないような大がかりな魔術を使うときや、無詠唱で魔術を使いたいときに用いるものだと聞いたことがある。

――それが、こんなところに。

魔力を流すまではただのぼろい扉だったのに、こうして魔法陣が浮かび上がるだけで全く違うものに見える。よく見ると、扉の朽ちていた部分も修復されていた。もう先ほどまでとは別の扉だ。

ルチアは浮かび上がった魔法陣を確認している。

問題がないのが確認できたのか、後ろに立つエランのほうを振り返った。

「エラン、手を出して」

「手？　これでいいか？」

言われるまま、エランは左の手のひらをルチアに差し出す。ルチアは小さく頷くと、そこに手に持っていた魔石を当てた。ほわりと体温ほどの熱を感じる。見ると、魔石が触れていた場所に小さな花のような模様が浮かび上がっていた。

「これは？」

「この扉を通るための鍵みたいなものだよ。さてと、行こうか」

「行くって？」

「イロナのところだよ」

言いながら、ルチアが扉を開く。その向こうに、あの見世物小屋が見えていた。


「エランくん!!　来てくれたんだ！」

「相変わらず賑やかだな。お前は」

「ルチアさまも！　ようこそ、いらっしゃいませ！」

舞台での見世物を観た後、エランはルチアと一緒に控え室に来ていた。

並んで立つ二人を見たイロナが嬉しそうに声を弾ませる。エランの腕を両手で掴んできた。

「エランくん、舞台はどうだった？　楽しめた？」

「ああ、よかったと思う」

エランたちが観た見世物は、エランが前に出ていたようなものではなかった。

昼間にやっているという時点でおかしいとは思っていたが、その演目は子供でも楽しめるような内容のものに変わっていた。

見世物の主役は魔物。それを一緒に舞台に立ったイロナが操り、芸を見せる。

卑猥なものを見せられると思っていただけに最初は驚いたが、その面白さにエランも気がつけば夢中になって舞台を見入っていた。それは隣に座っていたルチアも同じだった。

エランと同じところで驚き、同じところで笑っていた。それがなんだか嬉しかった。

「ルチアさまも楽しんでいただけました？」

「すごく楽しめたよ。よく思いついたね、あんなこと」

「あの子たちの提案ですよ。僕は一緒に楽しませてもらってるだけです」

イロナの言う「あの子」というのは、一緒に舞台に出ていた魔物のことだろう。相変わらず、イロナは魔物と意思の疎通が図れるらしい。本当にすごい能力だ。

ルチアはさっき観た見世物が気に入ったらしく、興奮気味にイロナの話を聞いている。

――本当に楽しそうだな。

そんな二人を眺めていると、ふと背後から何者かの視線を感じた。それはエランに向けられたものではない。おそらくこの視線が向けられているのは、ルチアだ。

エランは太腿《ふともも》のホルスターから短剣を浅く抜くと、その刀身を視線を感じるほうへと傾ける。

刀身に映る人物を、相手にばれないように確認した。

柱の陰からルチアを見ていたのは、褐色の肌の青年だった。頭はフードで覆っているが、顔の造作は確認できる。これまで見たことのない顔だった。

——敵意はないようだが……何者だ？

エランは短剣をホルスターに戻すと、素早く青年のほうを振り返った。

ルチアにばかり気を取られていていた青年は、エランの行動に対し、反応が遅れたようだった。

気づいてすぐに顔を背けたが、青年の浮かべていた表情はしっかりとエランの目に焼きついていた。ルチアを見ていた青年の瞳に浮かんでいた感情に、エランはふと既視感を覚える。

——あれは、もしかして。

「悪い。ちょっと抜ける」

「え？　エランくん？　どうしたの？」

「しばらく二人で話していろ」

二人の返事を待たず、エランは駆け出した。廊下の向こうへ消えた青年を追いかける。足の速さには自信があったので、少しぐらい先を行かれても相手に追いつける自信はあった。

だが、ここはエランにとって不利な場所だった。

──観客に紛れられると厄介だな。

廊下の先にはまだ観客がいる。その中に紛れ込まれてしまえば、追うのは難しくなるだろう。

エランは意を決し、大きく息を吸い込む。

「──シュカリ！」

「っ」

エランの呼びかけに青年は明らかに反応した。ゆっくりと走る速度を落とし、そのまま足を止める。しかし、こちらを振り返ることはしなかった。

立ち止まったものの、何か決心がつかない様子で立ち尽くしたままだ。エランは駆け足で青年に近づくと、正面へと回り込み、その顔を覗き込んだ。じっくりと眺めても、その顔に見覚えは全くない。それでも、エランはそれがシュカリなのだと確信していた。

「どうして……私だと？」

シュカリは戸惑った様子だった。エランに問う声も、老人のものとは全く違っている。

だが、シュカリに自分の正体を隠す気はないらしい。その目は困ったように伏せられていたが、エランと話をする気はあるようだ。

「あんな顔でルチアを見ていればわかる。その角だって、全然隠せていないしな」

「…………」

エランの指摘にシュカリは大きく溜め息を吐き出すと、おもむろに被っていたフードを脱いだ。不自然に膨らんでいたフードの下から現れたのは、黒い二本の巻き角だ。

そこだけは老人の姿のときと変わらない。だからこそフードで隠していたのだろうが、膨らみの形を見ればそれがなんなのかぐらい、すぐにわかる。

「少しいいか？」

「……なんでしょうか」

「話がしたい。あの階段のところへ行かないか」

エランがシュカリを誘ったのは、最後に二人で話をしたあの階段だった。


「ずいぶんと前のような気がするな」

ここでシュカリと話をしたのが、遥か昔のことのように思える。あの日からいろいろなことがありすぎたからだろうか。

前と同じように石段に二人並んで腰を下ろす。二人の距離は前よりも離れていた。

「ルチアに会いにきたんじゃないのか？」

エランの問いかけに、シュカリは即座に首を横に振った。

「……私に、その資格はありません」

「じゃあ、どうしてここに？」

「久方ぶりにここの魔術具が作動したのが気になって……まさか、ルチア様が来られているとは思わなかったので驚きました。それに、エランくんも――無事でよかったです」

声は違うが、語る口調は老人のときと変わらない。あの優しげな笑顔を浮かべることはなかったが、その口調にシュカリらしさを確認し、エランは安堵した。

見た目は変わっても、本質は何も変わっていないようだ。

「あんたも無事でよかったよ」

「……私は、特に危険な目になど遭っていませんから」

シュカリは深く俯《うつむ》いた。何かを悔いているような表情だ。

――何をそんなに悔いているんだ？

ルチアが大変なときにその場にいられなかったことだろうか。それとも、何か別に理由があるのだろうか。俯《うつむ》いたシュカリは、ずっと自分の胸元あたりに触れていた。

――手の中に、何かあるのか？

なんとなく、それが気にかかった。エランはシュカリの手の中をじっと覗き込む。

シュカリの手の中にあるのは、どうやら魔石のようだった。首から細い鎖でぶら下げた小さな魔石をしきりに握ったり撫でたり……それに触れていないことはない。

――大切なものなんだろうか。

もっとよく見てみたくて身体を乗り出す。シュカリがエランの視線に気がついた。

間近で見られていたことに驚いたのか、ハッとした表情で顔を上げる。

その拍子に手の中に握っていた魔石が、するりとこぼれ落ちた。鎖で繋がっているので、地面に落ちることはなかったが、手から飛び出した反動で魔石が大きく揺れる。

――この魔石の色は。

「もしかして、それ……あいつの何かか？」

「ッ……」

その魔石は、あの男の触手と同じ色をしていた。

あの日、エランとルチアを散々苦しめたものだ。見間違えるはずがない。

エランの言葉にシュカリは慌てた様子で立ち上がった。魔石をエランから守るように距離を取り、手の中へと包み込む。大切なものを守る動きだった。

「別に、それに何かをするつもりはない」

「でも……この人はあなたたち二人を傷つけて」

「知っていたのか？」

「……魔術具に残った映像を見ましたから」

シュカリは魔術具を使って、あの日に起こったすべての出来事を見たようだった。

エランとルチアがどんな目に遭ったのか、その結末までを知っていたのだ。その上で、これまで我が子のように大切にしてきたルチアの前に一度も姿を現さなかった理由は、今、その手の中で必死に守ろうとしている魔石なのだろう。

今、シュカリは魔石に対して「この人」と言った。ということは――

「それは、あいつ自身なのか？」

エランの問いにシュカリは怯《ひる》んだ様子を見せた。しばらく逡巡していたようだが、誤魔化すことを諦めたのか、小さくこくりと頷く。

「……今は、この姿で眠っています」

「そうか」

やはり、あの男だった。

だが、ルチアを死の淵に立たせた元凶が目の前にいると知っても、エランはなぜか恨む気持ちになれなかった。

――苦しんでいた……あの男も、ずっと。

だからといって、あんなことをしていい理由にはならない。しかし……どうしても、怒りの感情を抱けそうになかった。

あの男だって被害者だ。人間の非道な行いによって生み出された被害者の一人でしかない。

それにあの日……エランは気づいてしまった。

あの男が消える瞬間、瞳の奥に浮かんでいた複雑な感情に。

あれは苛立ちや怒りではなく、どうしようもない悲しみと苦しみだった。狂気と嫌悪ばかりを宿していた男の瞳に、初めてはっきりと見えた別の感情だった。

泣いているように見えた。苦しみに嘆いているようだった。

「エランくんは、復讐をしたいと思わないのですか？」

「考えたこともなかったな。今、俺とルチアは生きているわけだし」

「でも……それでも」

「あんたは罰してほしいのか？」

「……っ」

――守ろうとしたくせに。

シュカリの発言は、その行動と矛盾していた。

エランの問いにシュカリもそのことに気がついたのだろう。苦しそうに表情を歪める。

「大切なんじゃないのか？」

「――……なぜ」

「あんたの行動を見れば、誰にだってわかるだろ」

シュカリは何か言おうとしたようだったが、言葉を選びきれなかったのか、そのまま何も言わずに黙り込んでしまった。苦しそうな表情は変わらない。魔石を握る手が震えている。

――そんなにも大切にしている相手だったのか。そういえば、あの男も……

あの男にも、大切な誰かがいるようだった。それを忘れてしまっていることを、何よりも悔いていた。あんなどうしようもない怒りと苦しみを、エランにぶつけてくるほどに。

――その相手というのは、もしかして。

そのとき、ふわりと周りの空気が動いた。風が吹いたわけではない。

エランは空気の流れを追うように視線を動かす。シュカリの後ろに誰かが立っているが見えた。ちょうどシュカリからは死角になる位置だ。ほとんど見えないほどに透けているその人影は、あの男の姿をしていた。

その表情は、これまで見たどれとも違う。とても穏やかな表情だった。

優しい顔でシュカリのことを見つめている。

——愛しい相手を見つめる顔だ。

何かを言葉にする間もなく、男の気配はふわりと消えてしまった。その姿も、あっという間に見えなくなる。

「会えてよかったな」

エランは思わずそんな言葉を口にしていた。長い時間、会えなかった二人がようやく出会えたような——抱え続けていた苦しみが、わずかだが解けたような気がしたからだ。

エランの言葉にシュカリは驚いたようだった。顔を上げ、信じられないものを見るような目でエランを見つめる。何度か目を瞬かせた後、無言のまま涙を流した。


シュカリとはその場で別れた。

もう一度だけ「ルチアに会わなくていいのか」と聞いてみたが、シュカリがその問いに頷くことはなかった。シュカリは目を伏せたまま、頑《かたく》なに言葉を発しなかったが、「いつかは会いにこい」と言ったエランの言葉に迷いながらも頷いていたので、今はそれでいいことにする。

エランは一人、控え室に向かって廊下を歩いていた。

途中、何人か見知った従業員を見かけたが、彼らは相変わらずエランに話しかけてくることはなかった。そんな反応すら、今は懐かしく思える。

「エランくん！」

もうすぐ控え室というところで、廊下の向こうからイロナが走ってきた。ちょうど控え室から出てきたらしい。ルチアはまだ中にいるのだろうか。控え室に視線を向けていると、すぐ近くまで駆け寄ってきたイロナが、トンッとエランの肩に拳をぶつける。

「ひどいよ。置いてくなんて」

「悪い」

「……まあ、なんか事情があったんだろうけどさ。エランくん、身体は？　もう平気？」

イロナはエランの身体の状態を確認するように、上から下までじっくりと眺める。最後にエランの瞳の奥を覗き込んできた。

「ああ。もう平気だ——ここのみんなも無事だったんだな」

まじまじと見つめてくるイロナから目を逸《そ》らすように、エランは廊下を歩く従業員のほうへ視線を向ける。イロナも同じように周りを見た。

「無事だよ。あの日、急にいなくなったのは二人のほうだったんだって」

——そうだったのか。

エランからしてみれば、見世物小屋の全員が消されたように見えていたがそうではなかったらしい。空間から切り離されたのはエランたちだけで、こちらはそれ以外、普段どおりだったのだとイロナは続けた。

「でも、あの日の夜……急にこの見世物小屋から弾き出されて、その後はどうやっても戻ってこれなかったんだ。みんなとは、そのときバラバラになっちゃったんだけどさ。こうやって声を掛けたら戻ってきてくれたんだ」

そう嬉しそうに話す。イロナはやはり悪い人間ではないのだろう。この場所が大好きだという気持ちが、言葉の端々から伝わってくる。

「よかったな」

「そっちこそ。ルチアさまとずいぶん仲良くやってるみたいじゃない」

そう言って、へらっと頬を緩めて笑う。その言葉になんと答えていいのかわからず、エランが気まずさに視線を逸《そ》らすと、イロナはぷっと噴き出した。

「あーあ。もうちょっと揶揄《からか》いたかったけど、そろそろ行かなきゃ」

「ん？」

「夜の見世物の準備があるんだよね。あ、そっちも見てく？　夜はエランくんが出てたのと同じような演目だよ」

——あれも、まだやっていたのか。

てっきり、夜にも昼と同じような演目をやるのかと思っていたが、どうやら違うらしい。

子供にも楽しめる演目をおこなった場所で、今度は冒険者を犯すというのか。

それもおそらく同じ魔物を使うのだろう。趣味が悪いのは相変わらずだった。先ほどイロナのことを悪い人間ではないと思ったばかりだったが、その認識だけは少し揺らぎそうだ。

「——遠慮しておく」

「だろうね。それに、今日の夜はそれどころじゃないだろうしさ」

「え？」

「なんでもなーい。こっちの話」

イロナはそう言って、ぺろりと舌を出す。

「さーてと、本当にそろそろ準備に行かないと」

「あ、ちょっと待て」

「んー？」

あっさりと立ち去ろうとするイロナを、エランは慌てて呼び止めた。

まだ、あの日の礼を言っていない。こんな話を聞いた後というのはどうも決まりが悪かったが、エランは一度咳払いをしてからイロナに向き直った。

「イロナ。あのときは助かった……本当に感謝している」

あの日、身体も心も限界だったところを救ってくれたのはイロナだ。

イロナがいなければ、本当にどうなっていたかわからない。エランは深く頭を下げた。

「え、ちょっと……僕、そういうの苦手なんだってば！　いいから。頭を上げてって」

イロナは慌てた様子だった。わたわたとしているのが、目で見ていなくてもわかるほどだ。

エランが頭を上げると、ほっとしたような表情を浮かべていた。

「全部お前のおかげで助かったんだ。あの日、お前に会えてよかった」

「あー……うん。まー、じゃあ、そのお礼だけは受け取っとく」

歯切れの悪いイロナを見るのは、なんだかおかしかった。だが、仕事があるイロナをこれ以上、引き留めるのは悪い。エランはイロナに別れを告げると、ルチアが待つ控え室へと向かう。

「う……なんか、悪いことしちゃった気になるじゃん……ま、いっかー」

エランの背中に向かってイロナが呟いた声は、エランの耳には届かなかった。


「よく、あれがシュカリだってわかったね」

控え室に入るなり、ルチアに掛けられた言葉にエランは驚いた。

扉の前で立ち止まり、目を丸くしていると小さく手招きされる。誘われるまま近づくと、ぐいっと身体を引き寄せられた。後ろから抱きしめられる格好で、ルチアの腕の中に収まる。

「お前、知っていたのか？」

「……あの姿は小さい頃に一度、見たことがあったんだ」

どうやらルチアもシュカリの視線に気づいていたらしい。ルチアの腕に力がこもる。少し震えているようだった。

「声を掛けなくてよかったのか？」

「あの姿のときは、ボクを不快に感じるらしいから」

そういう理由があったらしい。だが、あのとき駆け出したエランを、ルチアは止めなかった。

ルチアもシュカリのことを気にかけていたからだろう。

「シュカリは、何か言ってた？」

「俺たちが無事でよかったと……あと、いつかまた会いにくる。そう約束した」

「そっか」

ルチアはそれきり黙ってしまった。

ぽふり、とエランの頭に自分の頭をのせて、何かを考えている様子だ。

――ルチアは気がついたんだろうか。

シュカリの姿を見たのだとすれば、その胸にぶら下がっていた魔石に――その正体にルチアは気づいていたのかもしれない。ルチアはあの男の魔力に敏感だった。あれの正体がわかっていたのだとしたら、今のルチアの心情はかなり複雑なものなのかもしれない。

「ルチア」

名前を呼びながら、自分を抱きしめるルチアの腕を優しく叩く。

いつか、ルチアのこの気持ちも解ける日が来るといい――その日が早く来ることを願いながら。

「――家に帰るか」

エランの言葉に、ルチアが小さく頷いた。


ルチアと二人で街に戻った頃には、日はすっかり沈んでしまっていた。

夕食は、帰りに立ち寄った酒場で済ませた。

美味しいもので満たした腹に幸せを感じながら、エランは自宅の扉を開ける。

部屋に入った途端、後ろからルチアに抱きしめられた。うなじに触れる柔らかいものは、ルチアの唇だ。

「……っ、どうした？」

あまりに突然のことに、エランは戸惑いを隠せなかった。その体勢は控え室で抱きしめられたときと変わらないのに、うなじに触れる吐息の熱さのせいか、官能を喚び起こされそうになる。

エランの問いかけに、ルチアは何も答えなかった。無言で何度もエランの肌に口づけを落とす。

ルチアが目を覚ました日以来、こうした触れ合いはほとんどしてこなかった。

眠るベッドは同じなので、偶然に足先が触れ合うことぐらいはあったが、こうして意識的に触れられるのはあの日以来、初めてだった。

——なんだって、急に。

ルチアの表情が気になり、エランは後ろを振り返る。だが、それを確認するより先にエランの身体を異変が襲った。急に膝から力が抜ける。ルチアが支えてくれたおかげで転倒は免れたが、いったい何が起こったのか、エランは理解できずにいた。

ふと、下腹部あたりに違和感を覚えて、エランは視線を下に向ける。そこに揺らめいている金色の触手を見つけて、眉根をきつく寄せた。

「お前……何を」

すぐに、ルチアのせいでこうなっているのだと気がついた。触手が触れている場所——下腹部に刻まれた紋様から、何かが抜き取られたような気がしたからだ。

あたたかく満ちていたものが無理やり奪われるような感覚。腹の奥がしんと冷え、落ち着かない気持ちがした。指先が氷のように冷たくなっていく。

——この感覚は、知っている。

この飢えのような感覚には覚えがあった。

核を腹に宿していたときに何度も経験した感覚だ。核に精が足りないとき、これと全く同じ現象が起こっていた。エランはこの感覚を目印にルチアとの行為に及んでいた。

この症状を治めるには、体内にルチアの精と魔力を受ける必要がある。

「なんで、今……こんな」

だが、今のエランの腹に核は宿っていない。あれは、エランの見ている前でルチアの中へと戻っていった。紋様だけは今も身体に刻まれたままだったが、それが原因で体調が悪くなったことは今日まで一度もなかったのに。

——なぜ、今になってこんなことに。

「こうしたら、エランからボクを求めてくれるかなって」

エランの疑問に、ルチアが感情の読めない声で答えた。エランの首元にうずめていた顔を上げ、後ろからエランの顔を覗き込んでくる。ゆらゆらと揺らしていた触手を、エランの服の隙間から忍び込ませた。脇腹を撫でられる感触にエランは身体を震わせる。

「……求める、って。お前、何を言って」

「わからない?」

ルチアはそういうと今度は自分の手で、エランの下腹部を撫でた。

愛おしそうに触れながら、戸惑った表情を向けるエランを見つめ、唇の端を上げる。

「イロナに聞いたよ。眠ってるボクから精を搾《しぼ》り取ってたんだってね」

「……っ、それは」

ルチアの言葉を聞いて、エランは息を呑む。

そういえば、イロナに口止めすることをすっかり忘れていた。

いきなり見世物小屋に連れていかれたせいだ。それに、突然シュカリが姿を現したせいもある。

他のことに気を取られすぎて、こんな大事なことを忘れてしまうなんて。

イロナがルチアに話したのは、エランが席を外していたあいだだろうか。

二人がどんな話をしたのか、気になるが聞けない。

――ルチアは怒っているのか？　それとも……呆れている？

あれらの行為に、やましい気持ちなどなかった。だが、自分の口から明かすのを躊躇《ためら》うぐらい、羞恥心や後ろめたさはある。何を言われるのかと、エランは全身を強張《こわば》らせた。

「別に、ボクは怒ってるわけじゃないよ」

そう話すルチアは、相変わらず感情が読みづらかった。まるで、最初に出会った頃のようだ。

得体の知れない恐怖がエランを襲う。怯えて震えるエランの顎にルチアの指が触れた。くすぐるように撫でられると無意識に口を開いてしまう。

「ほら、欲しくならない？」

「……何が、したいんだ」

「ボクを欲しがるエランを見てみたいだけだよ。ボクを使ってそんなことをしてたっていうなら、なおさらね……君の痴態が見てみたい」

「――ッ」

ルチアはエランの耳元に口を寄せると、耳朶を唇で食んだ。

耳に触れられるのは、あまり得意ではない。エランは、いやいやと首を横に振る。

「……ぁ、やめ……ぁあッ」

言葉の先は続かなかった。耳の穴に舌を、ぐちゅりと挿し込まれたからだ。

逃げることは許さないと言わんばかりに手で頭を固定され、耳から快楽を与え続けられる。

「ねえ、欲しがってくれる？」

甘い囁きと共に、濡れた耳朶にルチアの吐息が触れた。

「…………わかったから、寝室に」

「そうだね。そうしようか」

すっかり力が抜けてしまったエランを、ルチアは軽々と持ち上げる。

腕の中にいるエランの頬に口づけを落としながら、ルチアは腰から生やした触手を器用に使って、寝室に繋がる扉を開いた。


飢えのせいで、寒くてたまらない。

ベッドに降ろされる前に、エランはルチアの唇を無理やり奪った。驚いたように目を見開いたルチアだったが、エランがそうした理由にすぐに気づいて面白そうに目を細める。

「唾液からも魔力が補えるの？」

「そんなに多い量じゃないけどな……お前が遠慮なく魔力を抜き去ったせいで、このままじゃ動きづらい」

半分は応急処置みたいなものだった。もう半分は、自分からもルチアに触れたいというエランの感情からの行為だったが、それは恥ずかしいので明かさないでおく。

ベッドに降ろされ、エランはすぐにルチアの服を脱がしにかかった。いきなり、そんなことをしてきたエランにルチアは意外そうな表情を浮かべたが、特に抵抗をする様子はない。

「ボクまで全部脱がせる必要はないんじゃないの？　用があるのは下だけでしょ？」

ルチアの問いに、エランは答えなかった。

ルチアの服を脱がし終えた後、次は自分の服を脱ぎ捨てる。

口づけだけでは、飢えの感覚は癒えていない。それどころか、時間の経過とともにひどくなっている。全身が凍りついていくようだった。

そんな身体を少しでもあたためようと、ルチアに擦り寄り、ぴったりと肌を密着させる。

「お前も脱げば、こうして直接触れられるだろ」

「――――ッ」

動揺を見せたルチアを、エランはそのままベッドに押し倒した。眠っていたときにそうしたように上に跨がって四つん這《ば》いになると、後孔を解《ほぐ》すために後ろに手を回す。

そこで、はたと気づいた。

「……あ、潤滑剤が」

手元にケラスィナの蜜入りの小瓶がないことを思い出す。ルチアに見つからないように、寝室以外の場所に隠したのが仇となった。

行為に潤滑剤を使わなかったことはない。どうすればいいのか、すぐには思いつかなかった。

瓶を取りに行くべきかと悩んでいると、エランの呟きから察したルチアが腰からしゅるりと触手を伸ばす。

「エラン、上を向いて口を開けて」

「……口？」

「そう。飲み込まないでね」

乞われるまま口を開く。先ほど生えてきた触手が、エランの口元に向かって伸びてきた。

指の太さほどの触手の先端には、小さな穴が開いている。そこから、とぷりと粘性の高い液体が吐き出され、エランの口の中へと落とされた。

「う……ッ」

どろりとした甘い香りの液体だった。口の中から鼻に抜けてくる香りが思考をぼんやりとさせる。

それでも、飲み込むなという言いつけだけはしっかり守った。

触手から吐き出される液体をすべて、舌の上で受け止める。

「じゃあ、それを手のひらに吐き出して」

「？」

言われたとおり、エランは下を向くと口の中に溜まった液体を手のひらへと吐き出した。エランの唾液の混ざった液体は、口と手の間を透明な糸で繋ぎながら、とろとろとこぼれ落ちる。

これを潤滑剤として使えということらしい。それなら最初から手に出せばよかった気がするが、ルチアはそんなエランの行動を熱のこもった目で見つめていた。

「ふふ、とても卑猥だね。エラン」

「――っ」

嬉しそうに笑うルチアの声に、腹の奥が疼《うず》いた。鳥肌が止まらない。

すぐに我慢ができなくなり、エランは指にその液体を纏《まと》わせると後孔へと塗りつけた。ゆっくりと指を挿し込むと、泡となった空気が弾け、ぐちゅりと卑猥な音を立てる。

「あ……ん、はぁ……」

「それだけで気持ちいいの？　エラン」

「ん……、だって」

ここを拡げるということは、ルチアの陰茎をここに受け入れるということだ。

エランの身体は、その悦《よろこ》びをよく知っている。こうして指を一本挿し込むだけで、身体は快楽を欲しがるようになってしまっていた。ここ数日、この行為を我慢できていたことが嘘のように、指を軽く動かすだけで物欲しさに腰が揺れてしまう。

「……本当に卑猥な身体になったんだね。エランは」

「っ……」

「ボクがそれを教えてあげたかったのに」

夢中で孔を拡げていると、そんなルチアの声が聞こえてきた。

視線を上げると、複雑な表情でこちらを見つめるルチアと目が合う。その瞳には間違いなく劣情の熱がこもっているのに、眉は困ったように下げられていた。

「……ボクのためにしてくれたって、わかってるはずなのに。嫉妬するなんておかしいよね」

「嫉妬、しているのか？」

嫉妬という言葉は意外だった。ルチアがそんなことを考えるなんて。

不満そうに吐き出すルチアを、可愛らしいと思ってしまった。もしかして、ずっと不機嫌に見えたのも、これが原因だったのだろうか。

「嫉妬するよ。相手が自分なのだとしても……いや、自分だからなのかな。やっぱり複雑だよ。覚えてないことも含めてね」

「それなら、これから目に焼きつければいい」

「え……？」

エランは自分の後孔から指を素早く抜き取ると、ルチアの陰茎を入り口へとあてがった。

催淫剤を使わずともしっかりと勃起したルチアの熱が、触れたところからじんわりと伝わってくる。入り口に押し当てるだけで、その気持ちよさに腰が震えた。

「俺が、こんな姿を見せるのは……お前だけだ」

「ふふ……エランは、ボクを悦《よろこ》ばせるのが上手だね」

とん、と下から軽く突かれた。ルチアの陰茎の先端が、エランの中へ滑り込む。

「ぁあ……ッ」

少し入ってしまえば、我慢なんてできなかった。

じわじわと腰を下ろし、中を押し広げるように自分からルチアの陰茎を招き入れる。

この行為は何度もした。少しは慣れていたはずなのに……自分の体温よりも熱いそれを受け入れるのは初めてで、その感覚の違いにエランは戸惑う。

——どう、して。

太さや硬さまで違う気がする。

これまで受け入れてきたものと、今入ってこようとしているものが、同じものには思えない。

「あ、あ……あつ、い……おっきい……っ」

思わず途中でそんな弱音を吐いて、身体を下ろすのをやめてしまった。

まだ半分しか入っていないのに、ずいぶんと奥まで犯されているような気がする。

「どうしたの、エラン」

「これ、なんか、ちがう……」

エランは、がくがくと震えが止まらなくなるほど感じてしまっていた。陰茎からは先走りがあふれて止まらない。こんな状態でこれ以上進めたら、どうなってしまうのだろう。

目に焼きつけろと言ってルチアを煽《あお》ったのは自分なのに、全身を襲う未知の感覚にエランは動けなくなってしまった。

「……こんなの、知らない」

「エラン？」

「ルチア……」

助けを求めるようにルチアの名前を呼ぶ。

縋《すが》るような視線でルチアを見つめたが、それは逆効果だった。ルチアが強い力でエランの腰骨を掴む。そのまま、ぐっと身体を引き下ろされた。

「ぃ、ぁあああ!!」

一気に奥まで貫かれ、エランは叫んだ。逃げようにも腰をがっちり掴まれてしまっては何もできない。髪を振り乱して叫んでも、ルチアは力を緩めてくれなかった。

今の行為で達してしまったらしく、エランの陰茎から白濁が飛び散る。

「ゃ、……ぃ、ゃぁ……っ」

達して、より敏感になった身体は勝手にびくびくと跳ねた。中はエランの意思と関係なく収縮を繰り返し、望んでいない快楽をエランに伝えてくる。頭が真っ白になる。

「あ、ぅ……ん、……ぁあッ」

胸を突き出すように身体を反らして、エランは何度も押し寄せる快楽に夢中になっていた。

「……いい声。可愛いよ、エラン」

「ん、ぅ」

身体を起こしたルチアが、片手でエランの身体を引き寄せて唇を奪う。隙間から侵入してきたルチアの舌が、エランの啌内を蹂躙する。

「っ……ん、ぅ、……んあぁッ」

そうしているあいだにも、下から何度も突き上げられた。

軽く揺さぶられるだけでも頭が痺《しび》れるほどの快感なのに、ルチアの動きに容赦はない。

「ん、ぐぅ……ひ、ぁ……ああぁッ」

弱い場所を抉《くじ》り、奥を突き上げる激しさに、いつしか唇は離れていた。

ルチアの乱れた呼吸が間近から聞こえる。自分の喘ぎと重なるそれがなんだか嬉しい。

無理やり腰を掴む手の強さもそうだ。強引に責められ続けるのはつらかったが、これが一方的な行為ではないと感じられることに、エランの心が満たされるのも確かだった。

エランはルチアの顔を見る。いつもより鮮やかな藍色の瞳に散らばった金がきらきらと輝いているのに気づいて、思わず頬が緩んでいた。

苦しいのに、幸せだった。

エランは腕を持ち上げ、ルチアの首の後ろに回す。抱きつくように身体を寄せると、ルチアが息を呑むのが聞こえた。その声が聞こえた瞬間、これまでで一番強く奥を押し潰される。

「ん、ぁああッ！」

放たれた熱と魔力の奔流を内側に感じながら、エランはルチアにしがみつく腕に力を込めた。

体内を金色の魔力がぐるぐると巡っているのがわかる。腹の紋様が熱かった。そこがもう一つの心臓になったかのように脈動している。送り込まれた多すぎる魔力に反応しているのだろう。

「……あ、はぁ……っ、ぁつ……ッ」

「エラン、ごめん。もう少し」

「ん……」

謝る声に小さく頷く。ルチアにも魔力を多く流し込みすぎている自覚があるようだった。どうやら制御が難しいらしい。

眉間に深い皺を寄せているルチアの肩に、エランはそっと頭を預けた。

そこから鼓動の音が感じられた。生きている音だ。しっとりと汗ばんだ肌もそう。ルチアがきちんと生きているのだと実感できる。エランはその幸せを噛みしめる。

「——ルチア。好きだ」

思わず口をついて出た言葉だった。今、それを伝えようと決めていたわけではない。考えてもいなかった。それなのに、どうしても言わずにはいられなかった。

「っ……どうして今、そんなこと」

エランの言葉に、ルチアは衝撃を覚えている様子だった。激しい驚きようが繋がったところからも伝わってくる。流れ込んできていた魔力の量がまた増えたのだ。

それが動揺のせいなのだとすると——そんなところも、可愛らしく思えてくる。

「言わないほうがよかったか?」

「う……それは」

嬉しいけど、と小さな声が返ってきた。背中に回された腕の力が増したのがわかる。エランからも、力いっぱい抱きしめ返した。

首元に顔をうずめると、ルチアもぐいぐいと頭を擦り寄せてくる。

強引に責めたかと思えば、こんな風に子供のように甘えてくる。

どんな激しい責めも許せてしまうのは、ルチアのこんな不器用な一面を知ってしまったからだろうか。何をしても、可愛らしいとしか思えない。

――これが惚れた弱みということか。

そう考えてしまった自分に、無意識に笑みが漏れた。


「ねえ、エラン……ちょっといいかな」

魔力の流れがようやく落ち着いた頃、ルチアがおそるおそるといった様子で口を開いた。

エランはルチアの身体にもたれ、少し微睡んでいるところだった。送り込まれた熱でくらりと揺れる頭を起こし、ルチアの顔を覗き込む。

「……どうした？」

「あの、さ――もっと、君の中に入りたいって言ったら、どうする？」

「もっと、中に……？」

既に充分深いところまで繋がった気がするのに、どうしてこんなことを改まって言うのだろう。

エランは首を傾げる。

「どういう意味だ？」

その問いに答えづらそうにしているルチアの背後で、金色の触手が揺れていた。

太さも長さも様々な何本もの触手が蠢《うごめ》いているのに気づいて、エランはすぐに理解する。

「これを入れたいのか？」

「……やっぱり、嫌？」

返事より先にエランは、その中の一本を掴んだ。

つるつるとした触り心地の触手の表面を、指でそろりと撫でてみる。

「ん……」

撫でる動きに反応して、ルチアが小さく吐息を漏らした。

それが恥ずかしかったのか、ルチアは睨むような視線でエランを見る。

「前も思ったけど、ちゃんと感覚があるんだな」

「あるよ。これだってボクの身体なんだし」

——そうか……ルチアにとっては、これも身体の一部なんだな。

自分にないものだから、あまりそういう感覚がなかった。これもルチアの身体の一部なのだと考えれば、触手たちにも途端に愛情が湧いてくる。

「構わない」

「え？」

「お前がしたいようにしてもらっていい」

「…………エランってさ、本当」

顔を赤くしたルチアが、それを誤魔化すようにぐりぐりと頭を押しつけてくる。

手の中にいた触手がエランの指に巻きついた。


構わないとは言ったものの、未知に対する恐怖がないわけではない。ルチアの触手に責められた経験は何度かあったが、決して慣れる行為ではなかった。

エランは緊張で震えてしまう息をゆっくりと吐き出して、気持ちを落ち着ける。

「……怖い？」

ルチアはいったん身体を離すと、エランを仰向けでベッドに寝かせた。

自分はその隣に片膝を立てて座り、腰の辺りから生やした触手でエランの身体を撫でている。

「怖くないわけがないだろ」

「それでも、受け入れてくれるんだね」

恐怖を隠すつもりはなかった。震えてしまう指先を握り込んでいると、その上にルチアの手が重ねられる。ルチアは身体を捻るようにしてエランに覆いかぶさると、そっと耳元に唇を寄せた。

「怯えてるエランも可愛い」

「……それは悪趣味だ」

「そう？　嫌だと泣き喚いてくれてもいいよ。それでも、やめる気はないから」

そんな物騒なことを囁いて、ルチアは身体を離した。

代わりに触手が巻きついてくる。太腿《ふともも》に巻きついた触手によって片脚が大きく持ち上げられ、後孔がルチアに見えるように晒《さら》された。

恥ずかしい格好を見られていることに、きゅっと身体の奥が疼《うず》く。

「ここは物欲しそうにしてる」

「……ん」

誘うようにひくひくと収縮する後孔を、細い触手が優しく撫でた。

ついさっきまでルチアを咥《くわ》え込んでいたそこは、赤く色づき、柔らかく綻んでいる。

「前はひどくしちゃったからね。これも気持ちいいものなんだって教えてあげる」

「ぁ……んぁッ」

陰茎と変わらない太さの触手が、くぷんと後孔へ沈み込んだ。さほどの抵抗もなく、後孔は触手を受け入れる。ぬるりとした粘液をまとった太い触手がずるずると内襞を擦り上げながら、奥を目指して侵入してくる。みっちりと咥《くわ》えさせられる感覚にエランは腰を震わせた。

「あ、あぁ……ふとい……」

「大丈夫。ちゃんとエランが気持ちよくなれる大きさだよ」

「あ、……ぁあッ」

容赦なく入り込んでくる触手は、先ほど陰茎が収まっていた場所よりも、さらに奥を目指しているようだった。中を押し広げながら、ゆっくりと、確実にエランの体内へ入り込んでくる。

息が詰まるような圧迫感に喘いでいると、その口元にも触手が伸びてきた。指二本分ほどの太さの触手はすぐに口に入ってくるわけではなく、まずは唇を愛撫するように、するすると撫でる。

「ん、んぁ……っ」

エランはその触手の先端に舌を這わせた。ほのかに甘い味が口の中に広がる。欲しがるように唇を開けば、触手のほうから口の中へと入ってきた。確かな質量のあるそれは、大きく口を開かなければ受け入れることが難しい。

「エランは喉を犯されるのも好きだったよね」

「……ん、ぐ……ぅ」

「わかってるよ。ほら、こっちももっと欲しいよね」

「ん、ぁあ――ッ」

エランの奥まで到達し、そこを柔らかく責めていた後孔の触手が急に動きを変えた。さらにその奥に入ろうとするように、ぐちゅぐちゅとそこを押し潰し始めたのだ。

悲鳴を上げようと喉を開いたところに、口の中の触手が入り込んでくる。

体内と喉を同時に責められる感覚に、エランは何度も大きく身体を跳ねさせた。

「……あ、がぁ……あぁぁ」

喉から変な音が聞こえる。息苦しいはずなのに、背中をびりびりと駆け抜けるのは紛れもなく快感だった。それを示すように、エランの陰茎はすっかり硬く勃《た》ち上がっている。

脚を持ち上げられているせいで、張りつめた陰茎は頼りなく揺れていた。揺れるたび、糸を引いた雫がエランの腹に垂れる。

「ふふ、気持ちいいね、エラン」

「あ、あぁぁ……んぁ、ッ」

「さぁ、もっと奥にボクを受け入れて――」

奥を強引に抉《こ》じ開けようとしてくる感覚に、エランの身体に緊張が走った。

だが、口を大きく開かされているせいか、うまく力が入らない。怯えた目でルチアを見ても、嬉しそうな笑みを返されるだけだった。

ずず、と後孔の触手がわずかに引き抜かれたと思えば、すぐさま勢いよく挿入される。

「――ぁああああ！」

視界が真っ白になるほどの衝撃だった。目の前にちかちかと光が散る。最奥のさらに奥を無理やり貫かれ、身体はびくびくと激しく跳ねた。びゅっと飛び出した白濁が胸にまで飛んでくる。

それを舐《な》め取ろうと伸びてきた触手がエランの肌を撫で、それがまた新たな刺激となってエランを襲った。

「あ、あ……っ、ぁあ……ッ」

涙がぼろぼろとあふれてくる。目元にも細い触手が群がった。

涙を拭き取るだけじゃない。触手は細い先端でエランの眼球をちろちろと刺激してくる。涙腺にまで入ってこようとする触手を瞼を閉じて防ごうとしたが、うまくいかなかった。

「……ぁ、あ……」

信じられないところから侵入《はい》られている。

痛みはなくとも恐ろしさで、エランの震えは止まらなかった。

後孔と喉への責め苦も続いている。強い刺激を与えられるたび、頭に痺《しび》れるような快感が走る。

「ああ、すごいよ。エラン」

感動するようなルチアの声が聞こえた。こんなひどい有様だというのに、本当に嬉しそうだ。

そんなルチアの声を聞きながら、全身を犯す触手の責めを受け続ける。

「ん、ぐあぁ……ッ」

奥に何度か強く刺激されたかと思えば、中にほとばしるような熱さを感じた。

魔力の熱ではない。どろっとした熱い何かが、エランの奥で吐き出されたようだ。

その衝撃に身体を硬直させていると、喉奥の触手も何かを吐き出す。とろとろとした液体が直接、食道へと流し込まれた。鼻に抜けてきた甘い香りは嗅いだことがある。これは媚薬の香りだ。

——まだ、終わりじゃないのか?

後孔と喉、目だけでは済まされないらしい。身体の奥を犯していた触手は深いところからは抜け出たようだが、まだエランの中に居座り続けるつもりのようだった。

口の中の触手はエランにたっぷり媚薬を飲ませた後、するりと出ていく。

そこに今度はルチアの唇が重ねられた。優しく唇を触れ合わせた後、唾液と触手の粘液で汚れたエランの口元を綺麗にするように舐《な》め取っていく。

そんなルチアの愛撫のおかげか、はたまた流し込まれた媚薬のせいか。唇が離れる頃には、エランの表情は完全に蕩けていた。思考も蕩けていたが、身体は熱くてたまらない。

「……っ、ひぁ」

弛緩しきった身体を新たな刺激が襲った。胸の先端を触手がなぞったのだ。

そこから伝わる感覚は、エランが生み落とした核がそこを責めたときと全く同じだった。

「だめ、だ……それは……無理」

「どうして？　前もここからいっぱい出して気持ちよくなったでしょ？」

「なんで、知って……」

あのとき、ルチアはまだ眠っていたはずだ。エランが核に襲われていたことを、ルチアは知らないはずなのに。

「あれはボクだって言ったでしょ。うっすらとだけど、ちゃんと覚えてるよ。エランはここでも気持ちよくなれるってね」

「……うそ、だ。そんな」

「嘘じゃないよ。ほら、ここからもボクを受け入れて」

糸ほどの細い触手がエランの乳首に向かって伸びてくる。勃《た》ち上がった乳首の根元を縛るように絡まった。見たいわけではないのに、なぜかそこから目が離せない。

もう一本伸びてきた触手は先端に絡められた触手より少し太かった。それでも糸を数本束ねたぐらいの太さしかない。その触手がしようとしていることに気づいてエランは息を呑んだ。

「嫌だ、入れるな」

「邪魔しちゃだめだよ——ほら、入るところをちゃんと見て」

「あ、や……だめ、だ、そんな……ひぁッ」

自分の乳首に触手が入っていく瞬間を見せつけられた。

「や、あぁ……ぬい、て……」

「どうして？　そんなに気持ちよさそうなのに」

「きもち、いぃ……から、……あッ、へんに、なる……っ」

「エランは学習しないよね。そんな風に言われてやめられるはずがないでしょ？」

「……あ、あ……だ、って」

じんじんと乳首に熱が溜まっていっているのがわかる。脈動し、熱く硬くなっていく感覚は、やはり陰茎の反応と似ていた。

またそこから何かが飛び出してしまいそうな感覚に、エランはいやいやと首を振る。

――まただ……いやだ、そんなところから。

だが、それはまたしてもエランの意志などおかまいなしだった。ぶわりと身体中の毛穴が開くような感覚に襲われる。口を大きく開きながら、エランはびくんと大きく背中を仰《の》け反《ぞ》らせた。

「ひぁああ……っ」

乳首の触手が抜け落ちた瞬間、前よりも勢いよく、エランの乳首から液体が飛び出した。ルチアはつかさずそこに顔を寄せ、エランがこぼした液体をぺろりと舐《な》め取る。

「や、め……なめ、るなぁ……」

「嫌だよ。こんなにおいしいのに」

雫を辿るように舐《な》め取ったルチアは、最後にエランの乳首に直接吸いついた。触手に犯されるよりも優しい刺激だったが、ちろちろと舐《な》め、吸われる感覚にエランは身体をよじる。

反対側の乳首も同じように吸われた。存分に舐《な》め回した後、ルチアはようやく唇を離す。

「……やっぱり、足りない」

「え――？」

すっかり脱力していたエランだったが、ルチアの口からこぼれ出た信じられない一言に、驚いて顔を上げた。

「ねえ、エラン……ここにも入りたい」

そう言って、ルチアが触れたのはエランの頭だ。

寝転がったままのエランの頭を両手で包み込み、額をこつりと合わせる。

「……どういう、意味だ？」

「そのままの意味だよ。君の頭の中を侵食《おか》したい」

はっきりとそう告げたが、間近で見るルチアの瞳は少し戸惑いに揺れていた。

エランの頭に入りたいと言いながらも、自分もその欲求をどうしたらいいのかわからないように見える。

「それも、触手としての……本能か？」

「そうみたいだね。愛する人の中に入りたくて仕方がないみたいだ」

――愛する人。

その言葉に身体中の熱が、ぶわりと高まった。

これは媚薬の熱じゃない。全身が熱くなるのがわかる。

顔も耳もおそらく真っ赤だろう。至近距離でエランの顔を覗き込んでいたルチアはその変化にすぐに気づいたらしく、驚いたように目を瞬かせた。

「エラン、どうしたの？　顔が真っ赤になってるけど」

「お前が、急にそんなことを言うからだろ」

「え？」

全くの無意識だったらしい。

さっき、エランが「好きだ」と言ったときには、自分だって動揺していたくせに。

——ちゃんと聞いたのは、初めてのような気がする。

向けてくる視線や抱きしめる腕から、愛情のようなものは感じ取っていた。ルチアの愛情表現は不器用だが、愛しいという感情を隠すことはしない。

エランのことを見つめる瞳にはいつも愛情がこもっている。

「——お前の好きにしたらいい」

「え？」

「ここまで来たら、もうどこに侵入《はい》られようが一緒だろ」

——尻に喉に目に胸……それに最後は頭か。

もうこれ以上はないだろうなと思ったが、ルチアならまだ上があってもおかしくないかもしれない。それだってきっと、ルチアにねだられれば受け入れてしまうのだろう。

この男の要求を拒絶することは難しそうだ。

エランは頭に触れているルチアの手に自分の手を重ねて、ゆっくりと目を閉じる。

「……ぅ、んっ」

すぐに頭を侵食《おか》されるのかと身構えていたが、そうではなかった。

唇を重ねられる。緊張で強張《こわば》る身体を宥めるように、優しく口づけられた。

後孔に入ったままだった触手もゆっくりと動かされる。媚薬で高められた身体は内壁をぬるりと撫でられるだけで、甘美な刺激に腰が揺れてしまう。

「ふ、ぅ…………ンッ」

舌を絡め合う。薄く目を開くと、こちらを見ているルチアを目が合った。

エランの視線に気づいてルチアの目がふわりと細められる。愛しいという気持ちのこもった視線に鼓動が高鳴るのを感じた。

「んぁ……っ」

くちゅ、と両耳から濡れた音が聞こえ、エランは短い悲鳴を上げた。

——これ、触手か？

細い触手が束になって入ってきているようだ。

その感覚にうなじから背筋にかけて、震えが駆け抜ける。

——この感覚は、あの洗脳具と同じ……。

そういえば、あの洗脳具もエランの頭に入り込んでいたのだった。これも同じようなものなのだろうか。耳から入って、頭の中を侵食《おか》すのだろうか。

「ん、……んぁ……ッ」

濡れた音はどんどん大きくなって聞こえた。細い触手が奥へ奥へと入り込んでくるのがわかる。口はルチアの唇で塞がれたままだった。咥内に入り込んだ舌が、歯列や上顎を愛撫するように撫でる。咥内と後孔、そして耳の中を同時に犯され、エランの高い喘ぎを上げ続けた。

その声はルチアの口の中へと吸い込まれていく。頭の側面に触れていた手は、いつの間にか後頭部へと回されていた。その手からは、決して逃さないという執念すら感じられる。

──あ、あ……、入ってきてる。

耳よりさらに奥に触手が入ってきた。頭の奥を侵食されていくのがわかる。頭の中から耳を介さずに濡れた音が響いてくるようだ。

痺《しび》れるような感覚に、下腹部が勝手にぴくぴくと震える。軽く達している感覚だった。足先が勝手に丸まり、後孔の触手を締めつけてしまう。全身が気持ちよくてたまらない。

──なんだ、これ。

頭に直接、快楽を刷り込まれていく。エランの思考は、とろとろと蕩けていった。

だが、それはエランだけではないようだった。ルチアが唇を離す。かと思えばエランの隣にぽふりと倒れ込んだ。

隣で寝転んだルチアもとろりと目を蕩けさせ、エランのことを見つめている。

『エラン、聞こえる？』

「んぁ……っ」

あの頭に響く声だった。名前を少し呼ばれただけなのに、その声は達してしまいそうなほどの快感を運んでくる。

『気持ちいいね、エラン』

「ん、ん……っ、きもち、い……」

『ボクもすごく気持ちいい……こんなに満たされたのは初めてかもしれない』

頭に響くルチアの声はとても嬉しそうだった。

そんな声を聞かされたせいか、エランはもっとルチアに触れたくなった。すぐ隣にいるルチアに身体を寄せる。その気持ちはルチアも同じだったらしく、そのまま腰を引き寄せられた。

『ありがとう、エラン。ボクを受け入れてくれて』

「……ん」

ルチアの言葉にエランは小さく頷くことしかできなかった。

それでも、気持ちはきちんと伝わったらしい。

優しく頬を撫でられる。撫で返すようにエランもルチアの頬に触れた。そんなやり取りの最中にも、頭の奥からはずっとびりびりと痺《しび》れるような快感が送り込まれてくる。

「あ、……あぁッ」

ルチアの肌と触れ合っているところからも、気持ちよさがどんどん高まっていった。

抱きつくというよりも、しがみつくようにルチアの身体に腕を巻きつける。もう限界だった。

『イっていいよ、エラン』

「うぁ、ぁあああああ――ッ」

ルチアの声が引き金となった。頭から足先まで快感が突き抜ける。白濁を吐き出すことなく、エランは達していた。後孔の触手を締めつけながら、全身を痙攣させる。

目の前にきらきらと金色の光が散った。それはルチアの魔力の色と同じ色をしている。エランの目には、ルチアの周りに淡い金色の光がふわふわと舞っているように見えた。

――侵食《おか》されるというよりは、お互い、しっかりと繋がっているみたいだ。

身体も心もルチアの金色の魔力に包まれていく。

そのあたたかさを感じながら、エランは金色の世界に溶けた。


この夢を見るのは、久しぶりだった。あの金色の光に包まれる夢だ。

ルチアの核を生み落としてからは、ずっと見ていなかったはずだ。光の中をエランはぷかぷかと揺蕩《たゆた》う。相変わらず、ここは落ち着く場所だった。

『こんにちは』

「？」

初めて聞く声だった。後ろからふわりと優しい声が聞こえた。

声のほうを振り向くと、光の中に誰かが立っているのが見える。その姿は、光そのものが人の形をしているようだった。

顔は見えない。どんな姿をしているのかもはっきりとはわからない。

ただ、その声から女性だということだけはわかった。

「――っ、？」

誰なのかと問おうとしたが、なぜか声が出せなかった。女性もそれをわかっていたらしい。

人差し指を立てて、そっとエランの唇に当てる。そして、小さく頷いた。

長い髪が揺れている。その髪も光が作り出したものだったが、さらりと揺れるそれはとても美しかった。

『あの子が幸せそうで嬉しいわ』

物柔らかな声はそう告げた。そして、本当に嬉しそうに笑う声が聞こえる。

一瞬、その人の顔が見えたような気がした。

花がふわりと開いたように笑うその顔は――ルチアの笑顔にとてもよく似ていた。

その顔はまた光の中に溶けて、見えなくなってしまう。しかし、たとえ見えなくなっても、その人がどんな表情をしているのか、エランにはわかるような気がした。

『あの子はね、私にとっての光。私はあの子が生まれてきて本当に嬉しかった。ほんのちょっとしか、一緒にいられなかったけれど』

――光……そうか。ルチアの名前を付けたのは、きっと。

この人は、ずっとここでルチアを見守ってきたのだろうか。

エランにはもうこれがただの夢だとは思えなかった。

ルチアの核を一人で育てているとき、この場所で何度も励ましてくれていたのは、きっとこの人だ。お礼を言いたい。だが、相変わらず声は出せない。

エランは女性に向かって頭を下げた。この人なら、これだけでもわかってくれるはずだ。

『あなたは、本当にいい子ね』

柔らかい声で笑った。その笑った声もどこかルチアと似ている。

『そうだ。あなたにも光を分けてあげるわね』

「？」

『あなたの目は私と同じ色だもの。きっと同じぐらい、綺麗に映えるわ』

目を閉じて、と優しく告げると女性はエランに顔を寄せた。

肩に手を置いて背伸びをすると、エランの閉じた両瞼に柔らかく口づける。触れた場所から、ほわりとあたたかい光を感じた。ルチアの魔力と似たあたたかさだった。

『じゃあ、あの子をよろしくね』

女性の姿が光の中に消えていく。

白くぼやけていく世界に、エランは自分の意識が浮上するのを感じた。

目が覚めて、一番に感じたのは空腹だった。

窓の外を見ると、すっかり日が昇ってしまっている。もう昼前のようだ。

隣ではルチアが眠っていた。エランが身体を起こしてもルチアが目を覚ます様子はなく、すやす

やと気持ちよさそうな寝息が聞こえている。

その寝顔をしばらく眺めた後、エランはベッドを抜け出した。うんっと大きく背伸びをした後、裸足のまま向かったのは、部屋の隅に置いてある大きな姿見の前だ。

服を捲ってみると、身体には情事の跡が色濃く残っていた。主に触手が巻きついた跡だったが、それ以外にもぽつぽつと赤い跡が残っている。

いつの間にこんな跡を残したのだろう。だが、今はその跡すら愛おしかった。

触手に侵入《はい》られた場所に後遺症などはないようだった。頭に侵入されたときはどうなるかと思ったが、どこにも違和感は残っていない。

だが、今はそれよりも確認しなければいけないことがあった。

エランは鏡にさらに近づくと、じっと自分の瞳の中を覗く。そこにきらきらと煌めくものを見つけて、やはりあの夢がただの夢ではなかったのだと確信した。

——お揃い、だな。

それはエランが気に入っていたものだった。

あの人はそれを知っていたのだろうか。ふ、と表情が緩む。

「……エラン？」

ルチアが目を覚ましたようだった。起き抜けらしいぼんやりとした口調で、エランの名を呼んでいる。振り返ると、ちょうどルチアがベッドを降りるところだった。

先ほどのエランと同じように背伸びをするルチアの姿を見て、思わず笑みが漏れる。

「何を見てたの？」

エランが鏡を覗き込んでいたのを、どうやら後ろから見ていたらしい。

特に説明しないまま、エランはルチアのほうへ近づいた。その肩に手を置いて、くんと背伸びをする。偶然にも、夢であの人がやったのと同じ体勢だった。

顔を近づけて、ルチアの藍色の瞳に自分の瞳を映す。

「見ろ。お揃いだ」

「え……」

「金色の粒。お前の目と同じだろ？」

エランの目の中には、ルチアと同じ金の粒が浮かんでいた。昨日まではそこになかったものだ。

これは間違いなく、夢の中であの女性から分けられた光の粒だった。

「どうして、これ……」

ルチアも驚いているようだった。目を見開き、信じられない表情でエランの瞳を覗き込んでいる。

「夢の中で、俺と同じ目の色をした人がくれたんだ」

実際に見たわけではなかったが、光の中のあの人がそう言っていた。

エランの目を、自分と同じ色の瞳だと。

「え？」

「その人は、お前が生まれてきて嬉しかったと言っていた」

――あんたはきっと、それをこいつに伝えたかったんだろ。

泣き虫なルチアのことだからてっきり泣くかと思ったのに、珍しくルチアは泣かなかった。

だが、エランの言葉に心底驚いたのか、目を見開いたまま固まっている。大きく開いた瞳に朝の光が反射して、いつもよりも金の砂粒が煌めいているように見えた。

「……ルチア？」

名前を呼ぶと、ルチアはハッと我に返ったようにエランを見た。

もう一度エランの瞳の中をじっと見つめたかと思うと、ふわりと花が咲いたかのように笑う。その顔は、やはりあの女性とよく似ていた。

「知ってる、気がする」

「え？」

「エランがボクの頭を撫でてくれたときに思い出したんだ――ボクを愛してると言ってくれた人がいたことを」

ルチアは何かを思い出しているようだった。

嬉しそうに微笑む顔が、夢で会ったあの人と重なる。

「ボクの名前もその人がつけてくれたんだ」

――やっぱり、そうか。

ルチアというのは〈光〉という意味のある言葉だ。

あの女性もルチアのことを「私の光」だと言っていた。

だからルチアに、この名前をつけたのだろう。自分と同じ金の光を瞳に宿す、愛する自分の子供に――この名前を。

「生まれたときのことを覚えているのか？」

「そうだね。半魔は人間とは違うから、生まれた瞬間から全部覚えてるよ……いや、ずっと忘れてしまってたけど」

ルチアはそういうと、エランの手を取った。

包み込んで、そっと持ち上げる。

目を伏せて身体を折ると、エランの手のひらに唇を寄せた。

「この手が……君の手のあたたかさが、すべてを思い出させてくれたんだ」

恭しい仕草でそう告げるルチアに、先に恥ずかしくなったのはエランのほうだった。

それでも、この手を振り払うわけにはいかない。

ぐっと拳を握って耐えていると、顔を上げたルチアがエランを見た。エランの困惑した表情に気づいて、堪えられなかったように破顔する。

「堕《お》ちたのは、ボクのほうだったね」

「え？」

「君を堕《お》としてやろうと思ったのに」

そういえば、そんなことを何度も言っていたような気がする。

出会ったときから、ずっと――堕《お》ちる堕《お》ちないにこだわっていたのは、ルチアだけだったような気もするが。

「不満か？」

「そんなわけない」

短いやり取りをして、今度は二人で一緒に笑った。

同じ金色の光を宿す瞳にお互いを映し合い、そっと唇を重ねる。

「――俺だって、もうお前に堕《お》ちてるよ」

両手でルチアの髪を、くしゃりと乱暴に撫でる。

嬉しそうに笑うルチアの顔を見上げて、エランも幸せにあふれた笑みを浮かべた。

番外編　絡みあう金色

――流石にまずいかもな。

護衛の依頼中、エランだけではどうにもならない強さの魔物に出くわした。山中とはいえ、街からそう離れてもいない場所で出くわすには、あまりに強すぎる魔物だった。見た目は獅子に似ていたが、大きさはその何倍もあり、体は鋭い棘のような毛と厚く硬い皮に覆われている。

そんな魔物と、エランの得物である短剣は非常に相性が悪かった。

戦って勝つことは早々に諦めた。まともにやりあっても消耗させられるだけだ。

ルチアがいれば結果は違ったのだろうが、今日この依頼を受けたのはエラン一人だった。

どんな依頼であれ、簡単なんて考えてはいけなかったのに……そんな油断が今回の事態を招いたのかもしれない。

魔物と対峙してからの立ち回りは悪いものではなかったはずだ。自分が囮になるという作戦だって愚かな選択だったとは思っていない。エランはまず、手持ちの魔術具を使い、護衛対象を魔物の目から隠した。それから魔物を挑発し、自分のほうへと誘き寄せたのだ。

逃げ足には自信がある。しかし、エランの予想以上に魔物の足も速かった。

うまく崖まで誘い込み、そこから突き落とすようにして魔物を仕留めることには成功したが、エランも無傷とはいかなかった。落ちた魔物に致命傷を与えるほどの高さの崖から、エラン自身も転がり落ちてしまったのだ。高さの四分の一あたりの場所でなんとか引っかかり、下まで落ちることは免れたが、全身痛まないところはない。特に左足首がひどく痛んだ。

「どう見ても折れているな……」

あえて声に出したのは、内臓が痛まないかを確認するためだ。腹部に致命的な傷はなさそうだったが、足は間違いなく重傷だった。足首から先が、あらぬほうを向いている。繋がっているだけまだよかったが、皮膚を突き破って骨が飛び出してしまっているせいで出血も多かった。すぐに太腿《ふともも》を強く縛って止血したが、このままではあまり長く持たないだろう。

「荷物は崖の下、か……」

転がり落ちた衝撃で、持っていた荷物のほとんどは崖の下だった。ルチアに持たされた薬や魔術具はすべてあの中だったのに。手元に残っているのは、愛用の短剣のみ。

「……助けが来るまで、このままか」

幸いにも依頼の期限は本日中だ。その前に護衛対象がギルドに駆け込んでくれるといいが、そこまでは期待していない。

――ルチア。

エランが戻らないことに気づけば、真っ先に動いてくれるだろう相棒の顔を思い出す。

ルチアはこの場所を見つけてくれるだろうか。道筋から大きく離れた崖の中腹、下に広がるのは森だけだ。ルチアであっても、簡単に見つけられる場所ではない。

「……寒いな」

風を遮るものがほとんどないからか、もしくは失血のせいか。やけに身体が冷える。

眠るのは危険だと、本能が警鐘を鳴らしていた。


長い夜だ。眠るつもりはないのに、時折意識が遠のくことがある。

エランはそのたび岩肌に拳をぶつけ、意識を保つことに集中した。拳はもう傷だらけだ。

だが、もうその痛みすら感じなくなりつつあった。冷え切った指先は赤黒く変色している。間近にある手元を見つめているはずなのに、視界もぼやけ始めていた。

――意識だけは、保たないと。

眠るのは絶対にまずい。そう必死で自分を叱咤するエランの目の端に、何かが横切った。

「なんだ……？」

最初は小さな蛇かと思ったが違う。その金色には見覚えがあった。

「お前、ルチアか……？」

しゅるしゅると壁を這う金色の細長い物体に、エランは呆然としたまま話しかけていた。

エランの声に反応するように金色がこちらに近づいてくる。手を伸ばすと、指先に触れた金色がくるりとエランの指に絡みついた。

『見つけた。生気がずいぶん薄いね……かなりひどい状態みたいだ』

頭の中に直接、声が響いてくる。ルチアの声だ。

「……ルチア」

『早くそこに向かいたいけど、君を捜すのに魔力を使いすぎたみたいだ。もう少し待てる？』

「…………ああ」

無理を言ったところですぐに来られないのだから、ここは頷くしかない。わかっているのに、エランは返事に迷ってしまった。ルチアに見つけてもらえた。状況は格段によくなったはずなのに、なぜだか急に自分の気持ちが弱くなってしまった気がする。

『エラン、大丈夫？』

――ああ、そうか。こいつの声を聞いたからか。

ルチアの声を聞いて、ひどく安堵した。そのせいで緊張の糸が切れてしまったらしい。

『……ねえ、エラン。もし、嫌じゃなかったらなんだけど』

「なんだ？」

『この触手を食べてくれない？　話はできなくなるけど、今は身体の回復のほうが大事でしょ？』

「触手を、食べる？」

ルチアの声に問い返しながら、指に巻きついている金色を見つめる。

視線に反応するように巻きつく強さを変えたそれを、エランは親指の腹で撫でた。

「……そんなことをして、大丈夫なのか？」

『心配？　お腹を壊したりはしないよ』

「そうじゃない……お前は痛くないのかと思って」

これがルチアの一部であることは、もう知っている。

たとえ本人がそうしろと言っても、それを傷つけるというのは、やはり抵抗があった。

『優しいね、エラン。平気だよ、痛みは感じないから安心して』

「それなら……お前の言うとおりにする」

『必ず迎えにいくから安心してね』

その心配はしていなかった。ルチアなら必ず迎えに来てくれる。

ただ、その言葉を最後にルチアの声が聞こえなくなってしまったことに心細さが増した。

「……ルチア」

呼んでも返事はない。触手も動かなくなってしまった。そんな触手を手のひらに乗せ、おもむろに顔を近づける。触手の先端を口に含むと、強く歯を立てた。ぶつりと触手が切れる。

断面からあふれた触手の体液がエランの口の中を満たし、甘い味が広がった。

「ん、ぁ……っ」

その甘さと一緒に魔力が染み込んでくるのがわかる。体内にルチアの魔力が混ざることは、エランにとって快楽に近い感覚だ。断続的に頭の芯が痺《しび》れるような衝撃が走る。

恍惚としながらも、エランは続けて二口、三口と触手を噛み切り、嚥下した。

「ぁ、はぁ……はぁ……」

全身が熱くなってくる。先ほどまで凍えるように寒かったのが嘘のようだ。ぐるぐると体内を巡る金色の魔力が、エランの体力を急速に回復していく。

「……っ、ん？」

突然、折れている足首の辺りが、ざわりと蠢《うごめ》いた。他の箇所とは明らかに違う感覚だ。違和感のほうに顔を向け、エランはぴたりと動きを止める。大きく目を見開いた。

「触手が、生えた……？」

エランの身体の内側から、金色の触手が生えていた。無数の細い触手が、千切れかけたエランの骨と肉を繋ごうとしているかのように、うねうねと波打ちながら蠢《うごめ》いている。

「う、く……ぁ」

奇妙な感覚に声が漏れてしまった。足首以外の他の傷口にも同じように細い触手が生え、傷を塞いでいく。ルチアの触手に撫でられるのとも、また異なる感覚だ。

「ん、ん……っ、ぁあッ」

触手が傷を塞ぐたび、びりびりとした快楽がエランを襲う。

閉じた瞼の裏にあたたかな金色を感じながら、エランはいつしか意識を手放していた。


「ここ、は……？」

「近くの洞窟だよ。すぐには戻れないことになってたからね」

ほとんど無意識で口にした問いに答えが返ってきて、エランは驚いて身体を起こした。いきなり無理な動きをしたはずなのに、全身に無数にあったはずの傷は全く痛まず、むしろいつも以上に俊敏にエランの身体は動く。そのことにも驚きながら、エランは声がしたほうに顔を向けた。

聞こえた声だけでそれが誰かはわかっていたが、視線の先に見慣れた銀色の髪が揺れているのを見つけて、ほっと息をつく。ほわりと発光して見える夜空色の瞳に見入っていると、こちらに伸びてきたルチアの手に、するりと頬を撫でられた。

「気分はどう？」

「……不思議といいぐらいだ。洞窟の中、にしては明るいな」

「明るく感じるのはボクの魔力がエランの身体に混ざってるせいだよ。今のエランはボクと同じぐらい夜目が利くんじゃないかな」

「……そうなのか」

ぐるりと洞窟の中を見回す。近くに光源は一切ないのに、こんなに明るく見えるのは、ルチアの魔力に影響されてのことらしい。

「お前にはいつもこう見えているのか？」

「そうだね。調節もできるけど」

——魔族というのは、なんとも便利な身体だな。

何事にも不便な人間の身体とは違う。触手を食べ、ルチアの魔力の多く取り込んだエランの身体は今、魔族に近い感覚になっているようだ。これはこれで便利そうだと考えていたエランの視界に、しゅるりと見慣れた金色が横切る。同時に違和感も覚えた。

「え……？」

「それ、もしかして気づいてなかった？」

「夢じゃ、なかったのか……」

その触手はエランの身体から生えていた。右肩の後ろあたりから、見えているだけで三本、指と変わらない太さの触手が揺れている。これが傷口から生え、エランの身体を修復している光景は覚えていたが、なんとなく夢のような気がしていた。夢だと思いたかったのかもしれない。

「これは、お前のと同じ触手だよな？」

「そうだね。まさかこれがエランからも生えるとは思わなかったけど」

エランから生える触手を見て、ルチアが嬉しそうに目を細めている。心なしか慎重に思える動作で手を伸ばすと、その触手に指を絡めてきた。

「ん、ぁ……ッ」

「感覚もあるみたいだね……それも、ずいぶんと敏感みたいだ」

「ぁ、あ……やめ、触るな」

ルチアの言うとおり、エランから生えている触手は驚くほど敏感だった。性器の特に敏感な部分に触れられるよりも、その感覚は鋭い。思わず後ろに飛び退いたエランだったが、生えたばかりの触手を自由に動かせるはずもなく、ルチアの手から逃れることには失敗した。

「ひ、ぁ……ッ」

触手を撫でられる感覚に、びくんと身体が勝手に跳ねる。そんなエランの反応を見て、ルチアは満足げに微笑んでいる。瞳に散りばめられた金色の粒子がいつもより強い輝きを放っていた。

「お前、ふざけるな……」

「ふざけてなんかないよ。エランから生えた触手が愛おしいんだ」

「ふ、ぁ……っ、よせ！」

しゅるり、という独特の音とともに、エランのものではない触手が現れる。その触手が向かっている先に気づいてエランは慌てて声を上げたが、その動きが止まることはなかった。

「――んぁッ」

触手同士が絡まる感覚は、指で触れられるのとはまた違った感覚だった。

触れた場所から何かが流れ込んでくる。身体の震えが止まらない。

「るちあ……っ、ん」

「何？　エラン」

「こっちに、来い」

息を乱しながら、ルチアを呼ぶ。さっきは自分から離れたのに、ルチアと離れていることが急につらく思えた。触手同士はずっと触れ合っていても、そこから体温は伝わってこない。それが物足りなくなったのだ。

誘うように両腕を広げると、破顔したルチアが飛び込むようにエランの身体に抱きついてくる。身体は大きいのに、まるで小さな子供のようだ。

「ぁ、あ……お前、それ……やめろ」

抱きつきながら、ルチアは容赦なくエランの触手に自分の触手を絡めてくる。

そこから流れ込んでくる得体の知れない感覚が恐ろしくて、エランは必死に首を横に振った。

「嫌だよ。エランと触手を絡められて嬉しいんだから……こんな日が来るなんて思ってなかった」

うっとりとした表情を浮かべるルチアを、それ以上強くは咎《とが》めることはできなかった。触手を絡めるという行為は、ルチアにとって何か大きな意味を持つものらしい。

いつもよりはしゃいでいるように見えたのも、それが理由のようだった。

「もう、いい……好きにしろ」

すぐに抵抗することを諦める。全身の力を抜くと、ぽふりとルチアの身体にもたれかかった。

——あったかいな。

自分以外の体温がこんなにも落ち着くものだなんて、ルチアとこういう関係になるまで知らなかった。安心して背中を預けられる相手だというのも大きいのかもしれない。それにルチアはエランにとって初めてできた、自分の帰りを待ってくれる人でもある。

改めてそう考えた瞬間、ふと助けを待っていたときの不安な気持ちを思い出した。

「エラン、どうかした？」

「何がだ」

「触手が急に巻きついてきたから、どうかしたのかなって」

「え……っ」

さっきまでは一方的にルチアの触手に絡みつかれていた触手が、突然意志を持ったかのようにルチアの触手に巻きついていた。離そうとしても、うまくいかない。

「……悪い」

「いいよ。嬉しいし」

ルチアは本当に嬉しそうだ。二人の触手が絡み合う光景を、頬を赤らめながら眺めている。

――少し、慣れてきたな。

触手の敏感さが薄れてきたようだった。ルチアの触手と触れ合っている部分から流れ込んでくる感覚にもようやく馴染んできたのか、そこまで気にならなくなっている。

不思議な感覚なのは変わらなかったが、絡み合うことでお互いが深く繋がっているのがなんとなくだがわかった。それは、身体を繋がり合わせたときの充足感にも似ている。

「……お前が、俺に入りたいという気持ちが少しわかったかもしれない」

「ええッ⁉」

エランの何気ない呟きに、ルチアが珍しく大声を上げた。そんなに驚くようなことを言っただろうか。自分が口にした言葉を反芻してみたが、そこまでおかしなことを言ったとは思えない。

だが、ルチアは固まったままだ。目を大きく見開いたまま、こちらを見つめている。

「そんなに変なことを言ったか？」

「あ、いや……その……変っていうか、わかってもらえるとは思ってなかったから」

そう言って、今度は照れたような表情を見せた。むずむずと口元を動かしているのは、にやけてしまいそうなのを堪えているのだろうか。触手もそんなルチアの感情を反映しているのか、もぞもぞと奇妙な動きでエランの触手に擦り寄ってくる。

――そうか。俺の触手も、感情の変化で動いているのか。

それならば、と目の前で可愛い表情ばかりを見せるルチアの背中に腕を回した。体格差のせいで抱き寄せるというよりは抱きつくような体勢になってしまったが、ぐっと近くなった顔に唇を寄せると、エランから生えている触手も同じようにルチアの触手にきゅっと強く巻きつく。

今度はルチアが、ひくりと身体を揺らした。

「ちょっと、エラン」

「俺からするのは嫌か？」

「嫌じゃないから、困るんだって」

普段は翻弄されることばかりだが、たまにはルチアを翻弄するのも悪くない。

エランの触手が動く。その先端がルチアの尖った耳に触れた。

「エランもここに入ってみる？」

「いや、無理だ……お前のようにうまくできる気がしない」

「手伝うよ」

「あ……お前……っ」

いつの間に触手を伸ばしていたのだろう。右耳からルチアの触手が入ってくる。

「受け入れるのが、上手になったね」

「ん……ッ、はぁ」

頻度は高くないが、こうして頭に入られたことは何度かある。受け入れ方はわかってきていたが、感覚はいつまで経っても慣れなかった。瞼が小刻みにひくつき、喉からも勝手に声が漏れる。

——いつもと違う。

時折、頭の奥に針のようなものでつつかれるようなピリピリとした痛みが走った。

こんなことは初めてだ。我慢できない痛みではないが、これまで感じたことのない感覚に本能的な恐怖がエランを襲う。ルチアの背中に回した腕に力を込めると、その痛みが少しだけ和らいだ。

『ここに入れてほしいな』

聞こえたのは、頭に直接響くほうの声だ。ここ、というのは先ほどから痛む箇所だろうか。

『大丈夫だから、ボクを信じて』

そう言われても、何をどうすれば信じることになるのか……全く見当もつかない。

『すごく痛むわけじゃない？』

「……ああ」

『じゃあ、無理やり入っちゃおうかな』

「え……あっ、ぁああッ」

問い返す間もなかった。頭の中心に走った強い衝撃に、身体が一際大きく跳ねる。次の瞬間には何も感じなくなっていた。痛みだけではない。すべての感覚がどこにもない。

「————ッ」

声も出せなくなっていた。呼吸もできない。だが、不思議と苦しさはなかった。

『聞こえてるよね？　こっちで話せない？』

『あ……』

『うん、そんな調子。何か話してみて』

『身体が、変な感じだ』

『今、エランの身体はボクの指揮下にあるからね。わかる？』

急に感覚だけが戻った。相変わらず、動かすことはできない――そのはずなのに、身体が勝手に動いている。ルチアが言ったとおり、エランの身体は今、完全にルチアの指揮下にあるようだ。

『これで、触手を一緒に動かす気か』

『そうなんだけど……エランって順応性高すぎじゃない？　もっと混乱するかと思ったのに』

『なぜだ？　他のやつならともかく、お前にされて困ることじゃないだろ』

『…………』

急に無言になったルチアが、眉間に皺を寄せている。はぁ、と大きく溜め息をついたかと思えば、背中から生える触手の本数を一気に増やした。

『じゃあ、こんなことをしても？』

エランの背中からも大量の触手が生える。ルチアの仕業なのは間違いなかった。自分では指一本動かせないのに、感覚だけははっきりと伝わってくる。新たに生えた触手の伝えてくる無数の感覚と流れ込んでくる情報の多さに、エランは一瞬で混乱していた。

『あ、あ……なんだ、これ』

『考えなくていいよ。本能だけで感じて』

『ほん、のう……』

――もっと、繋がりたい。侵入《はい》りたい。一つになりたい。

これが、触手の本能なのだろうか。ルチアの耳に触れていたエランの触手が形状を細く変化させ、耳の中へと侵入していく。

『こうやって、侵入《はい》るんだよ』

親が子供に教えるように、ルチアが優しい声色でエランを誘導した。不思議と触手の動かし方がわかる。ルチアに完全に奪われていた身体の主導権が、少しだけエランに戻ってきた。

『ほら、エランもやってごらん』

言われるまま、自分の意思で触手を動かす。耳の穴から入り、さらに奥へと触手を進めていく。ルチアが誘導してくれているので、行き先を迷うことはない。

『ここだ……』

『いいよ。おいで、エラン』

ぷつんと触手の先端がどこかに沈み込んだ。触手が伝えてくる感覚に視覚や聴覚は存在しない。その代わり、触覚がかなり発達しているのがわかる。対象に触れることで得られる情報が、他の比ではなかった。

『あ……あ………』

触手から流れ込んでくる感覚に、エランの身体はずっとひくひくと痙攣していた。目も開けていられない。今は、ルチアの中へ入り込んだ触手から伝わってくる感覚だけがすべてだった。

――一つに、なってる。

ルチアとの境界はなくなり、すべてが一つになっていた。それが嬉しくてたまらない。

『気持ちいいでしょ？』

ルチアが語りかけてくる。それすら、自分が話しているのかと錯覚するぐらいだった。

不思議な感覚を味わいながら、こくりと頷く。勝手に涙があふれた。

――こんなにも、幸せな気持ちになれるのか。

周りに蠢《うごめ》いていた大量の触手も動かし、ルチアの触手と絡めていく。繋がれば繋がるほど、多幸感と快感が増していく。

『こっちでも、繋がろうか』

返事の代わりに、同じように涙を流していたルチアの目元に、そっと口づけを落とした。


いつもよりも激しい交わりだった。戦闘でもここまで本能を剥《む》き出しにしたことはない。

そのぐらい、エランもルチアも完全に理性を飛ばしていた。

全身がお互いの体液でどろどろになるまで求め合ったせいで、全身の疲労感もひどい。今もし、魔物に襲われたら戦えるだろうか。

「ボクがどうにかするから大丈夫だよ」

「……声に出してなかっただろ」

「まだ触手が繋がってるからね。これが、最後の一本みたいだけど……」

あれだけ生えていた触手は肩の後ろから生えている一本を残して、すべて消えていた。

エランから触手が生えたのは、ルチアの触手を口にしたことによる一時的な効果だったらしい。

最後の一本、と呟いたルチアはどこか冴えない表情を浮かべている。

寂しいと感じている気持ちは、触手を通じてエランにも伝わってきていた。

「……またお前の触手を食えば、今回と同じようなことになるのか？」

「えっ、食べてくれるの？」

「便利なこともありそうだからな」

「……便利って」

身体を修復する力もそうだが、触手を使って戦うのも面白そうだとエランは考えていた。そんな思考が繋がっている触手から伝わったのか、ルチアが複雑そうな表情を浮かべる。

「エランは戦うことが好きだよね」

「ああ。それに触手が生えればまたこうして、お前と触手を絡められるからな」

「………エランって、そういうとこ」

ルチアの感情の変化に合わせて、触手が絡まる力を強める。エランも視線を触手に向けた。

「この触手、少し色が違うんだな」

「ん？　ああ、そうだね。エランとボクの魔力の色の差かな」

似ている金色の触手だったが、よく見るとエランから生える触手のほうが色が薄い。わずかな色の違いを確認しながら、エランはルチアの触手に指先を滑らせる。

「お前の色のほうが好きだな」

「え……っ」

「いつも思っていたが、お前のこれはすごく綺麗な色だと思う」

「…………ッ」

ぎゅうっと、さらにルチアの触手の巻きつく力が強くなった。その先端が、ぱたぱたと落ち着きなく揺れている。ルチア本人は両手で顔を覆い、ふるふると小刻みに身体を震わせていた。

——こういうところだけは、厄介だな。

触手は感情を隠せない。照れているルチアを見つめるエランの触手も、エランの感情を表すように機嫌よく左右に揺れていた。

この作品に対する皆様のご意見・ご感想をお待ちしております。

おハガキ・お手紙は以下の宛先にお送りください。

【宛先】

〒150-6019 東京都渋谷区恵比寿4-20-3 恵比寿ｶﾞｰﾃﾞﾝﾌﾟﾚｲｽﾀﾜｰ 19F
(株) アルファポリス　書籍感想係

メールフォームでのご意見・ご感想は右のＱＲコードから、
あるいは以下のワードで検索をかけてください。

アルファポリス　書籍の感想　検索

ご感想はこちらから

本書は、「アルファポリス」(https://www.alphapolis.co.jp/) に掲載されていたものを、
改題、改稿、加筆のうえ、書籍化したものです。

その手《て》に、すべてが堕《お》ちるまで
~孤独《こどく》な半魔《はんま》は愛《あい》を求《もと》める~

コオリ

2024年 5月 20日初版発行

編集－本丸菜々
編集長－倉持真理
発行者－梶本雄介
発行所－株式会社アルファポリス
〒150-6019 東京都渋谷区恵比寿4-20-3 恵比寿ｶﾞｰﾃﾞﾝﾌﾟﾚｲｽﾀﾜｰ19F
TEL 03-6277-1601（営業） 03-6277-1602（編集）
URL https://www.alphapolis.co.jp/
発売元－株式会社星雲社（共同出版社・流通責任出版社）
〒112-0005 東京都文京区水道1-3-30
TEL 03-3868-3275
装丁・本文イラスト－ウエハラ蜂
装丁デザイン－AFTERGLOW
（レーベルフォーマットデザイン―円と球）
印刷－中央精版印刷株式会社

価格はカバーに表示されてあります。

落丁乱丁の場合はアルファポリスまでご連絡ください。

送料は小社負担でお取り替えします。


ISBN978-4-434-33742-0 C0093